Was war wird sein

Die Zukunft der Menschheit – alles Schicksal?

Die Erlebnisse, Gedanken und Visionen eines Mannes

von Friedrich Schmidt
2018

Bibliografische Information der Deutschen Nationalbibliothek: Die Deutsche Nationalbibliothek verzeichnet diese Publikation in der Deutschen Nationalbibliografie; detaillierte bibliografische Daten sind im Internet über dnb.d-nb.de abrufbar.

TWENTYSIX – Der Self-Publishing-Verlag
Eine Kooperation zwischen der Verlagsgruppe Random House und BoD – Books on Demand

© 2018

Herstellung und Verlag:
BoD – Books on Demand, Norderstedt

ISBN: 978-3-7407-5077-0

Was war wird sein - Die Zukunft der Menschheit, alles Schicksal?

Roman

Von Friedrich Schmidt

..

Verlag:

Prolog

Teil 1

„Da war diese wunderschöne Frau, Daniela, du kennst sie. Sie bewegte sich stets so graziös, ihre Sprache konnte man als gewandt bezeichnen. Ihre Haut, ihre Nägel, ihr Haar, ja, selbst ihre Stimme... alles Makellos... ihre Beine, der Po, ihre Brüste. Es gab nichts auszusetzen, an dieser Frau. Doch, einen Schönheitsfehler hatte sie – aber durch den wurde sie nur noch interessanter... sie hatte zweifarbige Augen! Ihr rechtes Auge war Königsblau und das linke Auge, und dies hatte sie wohl von ihrer nicht minder schönen Mutter geerbt – hatte eine Giftgrüne Färbung."

„Ich könnte stundenlang nur von ihr erzählen, doch will ich, was diese Frau angeht, gleich auf den Punkt kommen, um weiter zu erzählen, was mich so bewegt."

Peter nickte stumm und hörte weiter zu. Wir saßen, wie so oft, in einer Spelunke, die zwar alt, aber nicht schäbig war. Wir lümmelten uns an unserem Stammtisch in der Ecke am Fenster, und tranken Bier. Mit einem wink zum Wirten, machten wir klar, dass jeder ein weiteres kühles Blondes wollte. Kopfschüttelnd machte sich der Wirt, Werner, daran, zwei Gläser zu spülen und zu füllen.

„Also… es fällt mir teilweise schwer, darüber zu reden – und dies, obwohl ich nicht gerade ein Typ bin der, wie es so schön heißt: …nahe am Wasser gebaut hat – soll heißen: mich wirft nichts so schnell aus der Bahn." Ich hob die Augenbrauen, als ich sagte: „Ich will bei Leibe nicht behaupten, dass ich der Ironman schlechthin bin – aber eben auch kein Waschlappen, der gleich zu Weinen beginnt, nur weil des Nachbars Hund gestorben ist. Nun, diese kleine, von der ich sprach… na, ich kenne sie von klein auf. Ich sah sie aufwachsen. Ich erinnere mich, wie sie als kleines Mädchen meine Kirschen von den Bäumen klaute… ich erinnere mich an ihr bezauberndes Lachen… den liebevollen Umgang, den sie mit jedem pflegte, der auch nett zu ihr war. Wer, zum Teufel hätte gedacht, dass – zum Beispiel ich, ihr alter Nachbar… diese Frau überlebt. Ihr Freund, ihre Familie – jeder der sie kannte, hat sich gefragt: „Warum gerade sie? Warum Krebs? Wieso sie - wo sie doch so gesund gelebt hat, Sport getrieben hat – weder geraucht, noch getrunken hat. Warum hat Gott, oder war es der Teufel? - eines der vollkommenen Geschöpfe der Stadt ausgesucht? Doch nicht sie… . Was mich also bewegt ist das, was man das Schicksal nennt. Wobei das Schicksal es ja auch durchaus gut, wenn nicht sogar besonders gut mit dem einen oder anderen von uns meint. Aber gerade dies ist es ja, was ich meine… die Frage – die philosophische Frage heißt doch: Gibt es Glückspilze oder Pechvögel? Was kann man tun, um sein Leben zu beeinflussen – kann man dies überhaupt? Da ist, und da sind sich alle Psychologen einig, zum einen das Elternhaus, in dem man… mehr oder weniger gut… aufwächst, samt der dazugehörigen Schulbildung, ein wichtiger Faktor. Und auch der Freundeskreis, welcher einen, während der wichtigen Zeit, in der man heranwächst, einen umgibt – und natürlich erheblichen Einfluss auf einen Jeden haben kann. Beides sind nicht zu unterschätzende Punkte, in der Entwicklung eines Menschen. Die sogenannten Freunde – oder eben echte Freunde – und natürlich die Familie."

„Alles kann also eine Rolle im Leben spielen. Es heißt nicht umsonst, dass das Leben einen prägt. Denn die oben genannten Umstände – das Elternhaus, mit seinen Eindrücken – die Schulbildung, mit ihren positiven, aber auch negativen Momenten, weil man sich – wie auch im Freundeskreis, schlechtes abschauen kann."

„Und - nicht außer Acht zu lassen, ist der Einfluss der, falls vorhandenen, Geschwister. Und auch die jeweilige Religion eines Menschen kann, je nach Festigkeit des Glaubens, große Macht bedeuten."

„Es sind da also eine Menge Begebenheiten, die einen Menschen prägen. Äußere Einflüsse und auch Gefühle und unser Verstand, die aus einem Wesen erst einen Menschen machen – uns aber auch in bestimmte Bahnen lenken. Jedem ist klar, wie wichtig die Schulbildung ist, ebenso, wie der richtige Umgang."

„Aber durch alle diese Dinge wird höchstens ein Grundgerüst gebaut. Nichts von alledem sagt grundsätzlich aus, ob dieser oder jener Mann ein Anwalt oder Verbrecher wird. Nein, der Charakter eines Menschen ist nicht alleine maßgebend dafür, was aus einem wird – es gehört auch Glück oder Pech dazu. Denn sonst wäre doch alles Schicksal... vorbestimmt... von wem? Gott? Der Zahnfee? Also ich weiß nicht."

Peter hatte sich, nur stumm nickend, alle meine Ausführungen angehört, und nichts dazu gesagt – bis jetzt. Er gab mir aber Recht, indem er: "Ja" sagte, und dies mit einem deutlichen Kopfnicken unterstrich – „... ich denke auch, dass es so etwas wie ein Schicksal geben muss. Denn Pech oder eben auch Glück kommt nicht einfach so. Ich denke, dass unser Leben durch die beiden Dinge in eine Bahn gelenkt wird. Wie du sagtest... da ist das Elternhaus und der Freundeskreis. Die Schule - alles nimmt Einfluss auf einen, und dann ist da aber noch die Sache mit dem Glück – oder Pech, wie du willst. Aber eben, und das ist der springende Punkt, kann man sein Glück, wenigstens zum Teil, beeinflussen... ein Beispiel: Ich erwähle, welchen Beruf ich im Leben erlernen will. Ich komme zu einem Entschluss, und nun kommt's – um den Beruf dann wirklich zu erlernen, muss ich meinem Glück auf die Sprünge helfen. Ich tue das, indem ich mich bemühe... anstrenge... Bewerbungen schreibe und so. Von allein kommt das Glück eben nicht."

„So ist es", gab ich zu. „Aber diese Punkte sind nicht die Einzigen, welche uns beeinflussen. Was wäre zum Beispiel, wenn keiner das Rad erfunden hätte? Alle folgenden Erfindungen wären nicht gemacht worden. Es gäbe also auch kein Fahrrad oder Auto... ganze Berufsgruppen hätte es nie gegeben. Wer kann die Frage beantworten, wie unsere Welt dann aussehen würde? Wäre die Luft, die wir atmen, sauberer, oder gäbe es eine andere Erfindung, welche die Luft noch mehr verschmutzt hätte? Würden wir alle mit Flugrobotern fliegen oder müssten wir jeden Weg zu Fuß zurücklegen? Fragen über Fragen... und keiner da, welcher die Fragen beantworten könnte. Die Fragen sind unbeantwortbar, weil keiner Hellseher ist, und sich auch keiner, außer uns solche Fragen stellt... oder?"

Wieder nickte Peter, und er lehnte sich zurück, weil Werner unsere Biere brachte. Werner stellte die Gläser ab, nahm die leeren Gläser von den runden Pappdeckeln, und stellte die vollen Biere auf die Deckel. Er nahm die leeren Gläser mit zwei Fingern auf, doch bevor er sich wieder hinter seine Theke machte, sagte er: „Zum Wohle, die Herren." Er sagte dies, obwohl er seine gebogene Pfeife im Mund hatte. Dann machte er sich, nachdem er mit dem Kugelschreiber vier Striche auf meinen Deckel gemalt hatte, wieder auf den Weg. Das Lokal war klein, nur drei Tische vor der Fensterreihe, an denen Fernfahrer gerne ihre Wurst mit Pommes mamften. Und dann waren da noch die Hocker, die um die U-Förmige Theke gruppiert waren. Die Hocker waren beinahe an jedem Tag von Bier sabbernden Alkoholikern besetzt, die Werner sein Einkommen sichernden.

„Ich denke nicht", kommentierte Peter meinen Einwand, - „... dass wir die einzigen sind, die sich über solche Dinge Gedanken machen... ich denke eher, dass nicht genug Menschen philosophieren."

An meinem Bier nippend, stimmte ich ihm zu, und fragte mich in Gedanken, wo wir stehengeblieben waren. Doch da fiel es mir wieder ein und ich überlegte, wie ich den Gedanken weiterspinnen konnte. Ich kam zu keinem richtigen Schluss. Peter und ich kamen ja bereits zu der Erkenntnis, dass die Frage nicht klar beantwortbar ist, ob unser Leben denn nun vom Glück, beziehungsweise Pech, den Einflüssen von außen oder dem, was wir selbst tun, beeinflusst wird – oder eben vom Schicksal bestimmt wird, oder einer Mischung von alledem. Die Beantwortung der Frage, zu der Erkenntnis kam ich letztendlich, konnte nur heißen, dass es wohl für jeden Menschen unterschiedlich sein muss. Daher sagte ich: „Es gibt wohl Leute, die man als Glückspilze bezeichnen muss. Denn von ihrer Intelligenz her ist bei vielen nicht zu verstehen, dass alles, was diese Leute angreifen, zu Gold wird. Demnach muss es auch Pechvögel geben – welche einfach nichts dafür können, dass ihnen kaum was gelingt... sie haben den nötigen Verstand, einen guten Umgang mit normalen Freunden, vielleicht sogar einen guten Chef... Ehefrau... alle Voraussetzungen zum Erfolg scheint gegeben, und dennoch gelingt ihnen nichts im Leben. Bei den meisten Menschen wird ihr – na, sagen wir mal – mittelmäßiger Erfolg darin liegen, dass ihr durchschnittlicher Chef... die durchschnittliche Ehe... der durchschnittliche Job... ein durchschnittliches Leben ermöglichte. Es gab nichts Auffallendes bis zu ihrem Tode... was nicht als Fehler zu werten ist. Aber, ob es so etwas wie das Schicksal gibt... dazu fehlte mir bis jetzt jede Erklärung. Ich schaute aus dem Fenster. Wir befanden uns am Rande des Städtchens, auf einem Parkähnlichen Gelände. So konnte ich, obwohl die Sonne, an diesem siebenundzwanzigsten Mai, seit Stunden untergegangen war, sehen, dass viele Spatzen sich auf einem Baum sammelten. Wie auf Kommando, und ohne erkennbaren Grund, flogen sie plötzlich alle davon, und ich fragte mich warum.

„Fragen über Fragen", murmelte ich vor mich hin, und dachte wieder an Daniela, die heute Morgen an dieser schlimmen Krankheit verstarb. Ich wurde unendlich traurig, sah ihr wunderbares Gesicht vor mir, ihr Lächeln, und musste selbst dabei lächeln.

„An was denkst du", fragte mich Peter.

„An den Tod", antwortete ich.

„Und dabei lächelst du?", fragte er, und zog dabei ungläubig die Augenbrauen hoch.

„Ja", antwortete ich schwermütig, und schaute ihn an.

„Warum nicht, Peter, warum soll man nicht lächeln, wenn man an den Tod denkt... es werden Witze gemacht und gelacht. Babys werden in dem Moment geboren. Du musst dem Tod ins Gesicht sehen können, lächelnd, und sagen: mich bekommst du noch nicht – ha, noch lange nicht. Ich nehme mein Schicksal in die Hand, überlasse nichts dem Zufall, bestimme selbst, was ich wann tue!"

„Ist es so einfach?", fragte mich Peter.

„Meinst du das wirklich? Denke mal nach... konntest du bisher alles lenken... bist du wirklich deines Schicksals eigener Schmied?"

Peters Worte machten mich erst recht nachdenklich. Wie war das? Was geschah in meinem Leben. Ich wollte Peter, und auch mir, die Frage beantworten, und so sinnierte ich nach und blickte dabei wieder aus dem Fenster. Die Vögel setzten sich wieder auf den Kastanienbaum.

Kapitel 1

Gedankensprünge

Meine Erinnerungen begannen, als ich in die zweite Klasse ging. Wir waren fünf Kameraden damals. Alles Jungs, echte Kumpels, Freunde fürs Leben... jedenfalls zu der Zeit, später verloren wir uns größtenteils aus den Augen.

Na, damals hatten wir allen möglichen Unsinn im Kopf. So auch an diesem Tag. Es war der erste Schultag im neuen Jahr. Wir hatten vor den Ferien ausgemacht, dass jeder von uns einen oder mehrere Silvesterkracher vom Vater klaut, die wir heute hochgehenlassen wollten. Jeder von uns hatte sich daran gehalten, und nun, auf dem Nachhauseweg, legten wir alles Material zusammen. Es waren circa zehn Kracher, und einer war ein richtig dickes Ding. Wir berateten, welche Bombe wir wo losgehen lassen wollten. Den größten Kracher wollten wir in einem Briefkasten zünden. Das taten wir auch. Michel hatte die Streichhölzer. Er durfte alle Bomben anzünden, so auch diese. Ich steckte sie, nachdem ich mich in alle Richtungen umgeschaut hatte, ob niemand schaut, in dem Briefschlitz, und zwar so, das nur noch die Zündschnur herauslugte. Michel steckte die Schnur an und wir beobachteten ihn voller Spannung. Nachdem die Lunte zischte, rannten die anderen davon, um das Schauspiel aus sicherer Entfernung zu beobachten. In dem Moment kam der Herr des Hauses aus der Tür gestürmt. Er schrie, was wir denn da… weiter kam er nicht, denn sein hölzerner Briefkasten landete gerade mit lautem Getöse – in mehreren Stücken – samt Inhalt auf dem klatschnassen, schlammigen Boden. Ich blieb lachend stehen, und zeigte nur auf meine Kollegen, die, für den kleinen, dicken Mann, der nur Schlappen anhatte, außer Reichweite waren. Auch sie lachten lauthals, rennend, vor sich hin, und blickten zwischendurch nach hinten. Sie sahen, wie der Mann die Verfolgung aufgab, und auch mich, der ihn frech angrinste, als ich in aller Ruhe an ihm vorbeitappte, vorbeiziehen lies.

Erneut lächelte ich, immer noch aus dem Fenster schauend, die Vögel beobachtend, vor mich hin. Ich spürte Peters Blick, aber er unterbrach mich nicht bei meinen Gedanken, die - zunächst bruchstückhaft, für diesen Moment meine Kindheit zurückholten. Ich erinnerte mich weiter, als wir Jahre später – immer noch die gleiche Klicke, im Wald… mitten im Sommer, Feuer machten, und die zuhause geklauten Würstchen grillten. Das Feuer hatten wir stets ausgepinkelt… die üblichen Jungenstreiche eben. Einmal verirrten wir uns in einer Höhle, die im Wald war. Es war ein Erdloch, das in mehreren Kammern endete. Stockdunkel - weshalb wir uns auch verliefen. Ein Feuerzeug, das einer der Kumpels dabei hatte, rettete uns, mit seinem kleinen Licht quasi das Leben. Es wurden, so erzählte man, mal zwei Kinder in dem Gewölbe tot aufgefunden. Dann machten meine Gedanken einen Sprung – dorthin, wo man mich als jungen Mann bezeichnen konnte. Als ich mich, ich war sechzehn, in ein Mädchen namens Doris verliebte. An dem Tag war ich wohl noch kein Mann, aber meine Kindheit endete in dieser Sekunde, in der ich ihr in die Augen schaute, und ein Blitz mich traf. Die Schmetterlinge, die von nun an aus meinem Bauch wollten, sorgten dafür, dass alle Kindlichkeit mich entließ. Noch am selben Abend erhielt ich von Doris den – bis heute – heißesten Kuss meines Lebens… der Kuss sorgte dafür, dass meine Hose innerhalb einer Sekunde viel zu eng wurde… und der Kuss wollte nicht enden, und die Umarmung wurde enger und inniger… bis unser beider Herzen Rock´n Roll spielten, und unser Atem sich überschlug, sodass uns nichts mehr anderes übrig blieb, den Kuss zu beenden, wenn wir überleben wollten. Doch das war nur eine Pause, die solange anhielt, bis jeder von uns wieder Luft bekam… dann wiederholte sich der Kuss, bis wieder zu dem Moment, wo nichts mehr ging, außer Luftholen. Doris wurde später meine Frau. Ja, in der Tat – auch wenn das nicht jeder Mann gerne zugibt. Sie war und ist die einzige Frau in meinem Leben… außer meiner Mutter natürlich, und der Oma. Es kann aber auch nicht jeder Mann von sich behaupten, dass er die große Liebe seines Lebens getroffen hat. Dies kann ich. Es gibt nicht Vieles, dass ich mit solcher Sicherheit sagen kann – aber dies schon: mit Doris machte ich den besten Glücksgriff meines Lebens. Solch ein Glück, solch einen tollen Partner zu haben, das trifft beileibe nicht jeden, oder sogar nur wenige. Doris ist eines der wenigen Dinge, wenn ich mal so sagen darf, die mir im Leben vergönnt waren und sind. Sie ist nicht die hübscheste, sexyste, intelligenteste, nein, noch nicht einmal netteste Frau, die ich je kennengelernt habe, aber ihr liebes Wesen, ihre Ehrlichkeit und Aufrichtigkeit, ihr Fleiß, ihre gesunde, wenn auch einfache, Weltanschauung – letztlich auch, um auch dies zu erwähnen, wenn auch durchschnittliche, aber dennoch nicht schlechte Figur, und auch ihr liebes Engelsgesicht – vor allem jedoch ihre echte, große Liebe zu mir, machten sie zur perfekten Frau für mich. Sie war und ist, stets Freundin und Geliebte und Kumpel zugleich. Wir teilen nicht nur Tisch und Bett, wie es so schön heißt, nein, auch unsere Gedanken und Gefühle und unsere Einschätzung über Werte sind identisch. Wir geben für die gleichen Dinge Geld aus, oder eben nicht. Wir haben den gleichen Geschmack – beim Essen, oder einem Möbelstück oder einem Automobil. Wir haben uns gesucht und gefunden, wir ergänzen uns vollkommen. Selbst beim Sex. Ich gehe sogar soweit zu sagen, dass ein Schnösel wie ich, sie nicht verdient hat. Sie ist außergewöhnlich, einzigartig – nicht für andere, aber für mich – und ich glaube und hoffe, dass sie über mich genauso denkt und fühlt.

Meine Gedanken verweilten einen weiteren Augenblick an ihrem Gesicht, so, wie es damals, als junges Mädchen war. Dann alterte gedanklich ihr Gesicht – zu dem Zeitpunkt, als sie unsere Tochter auf die Welt brachte. Da war sie zweiundzwanzig. Meine Gedanken führten mich zur Geburt, bei der ich anwesend war. Es dauerte Stunden, und war anstrengend… auch für mich. Mir fiel ein, dass ich bis zu diesem Zeitpunkt keine Probleme hatte, Blut zu sehen… von da an schon. Mir wurde damals schlecht, ich wurde kreideweis und musste mich hinlegen.

Ich lehnte mich zurück und trank einen kräftigen Schluck Bier. Peter tat es mir gleich und winkte erneut dem Wirt. Ansonsten blieb er ruhig, er wusste, dass mich meine Gedanken nicht in Ruhe ließen. Und so war es. Diese Gedanken führten jedoch zu keiner Idee. Ich brauchte aber eine Idee um weiter zu kommen. Ich schaute auf die Uhr. Wir hatten mindestens noch zwei Bier Zeit. Erneut beobachtete ich die Spatzen, als ob sie mir, uns, verraten könnten, ob unser aller Leben nun von einem Schicksal abhängt, oder nicht. Welcher Gedanke könnte mir da weiterhelfen? Ich überlegte, welche Eigenschaften die Menschen besitzen. Da war die Erfindungsgabe. Das Rad wurde ja erfunden, und hat so unser aller Leben beeinflusst. Da ist der Charakter eines Menschen... ein guter, oder eben ein schlechter... und die Schulbildung, die Freunde... Stopp, diese Gedanken hatte ich schon – Glück, Pech... ja, was gab es noch? Die Fähigkeit auf Veränderungen und äußere Begebenheiten zu reagieren. Also unser Verstand... mir fiel wieder Daniela ein... der Tot.

Kapitel 2

Erlebtes

Der Tod hatte mich mehr als einmal in meinem Leben schmerzlich berührt. Wie jeden von uns. Jeder Mensch lernt den Tot in seinem Leben kennen – früher oder später – brutal, oder kaum merklich, weil man noch zu jung war sich zu erinnern, beziehungsweise – die brutale Tour, weil man vielleicht sogar die ausführende Kraft, also der Killer war. Als Soldat beispielsweise oder als Unfallfahrer.

So einen Killer lernte ich, gewissermaßen, kennen. Ich arbeitete damals schon als Reporter bei einer Zeitschrift. Schräg gegenüber von der Eingangstür unserer Redaktion, also auf der anderen Straßenseite, war eine Bank. An diesem kalten Novembermorgen, es war der fünfte, der Geburtstag meines Bruders… an dem Tag wurde, als ich gerade die Tür zum Treppenhaus öffnen wollte, die Bank überfallen. Ich wurde aufmerksam, weil, wie ich – anfangs nur aus den Augenwinkeln, wildes Getümmel beobachtete. Dann Geschrei, kurze Kommandorufe des Anführers. Kurz darauf hörte man Reifenquietschen, und eine dunkelblaue Limousine kam von der Kreuzung her angerast. Sie hielt vor dem Eingangsportal der Bank. Nur wenige Sekunden später hörte man schon die Sirenen mehrerer Polizeiautos. Ich schaute mich nach allen Seiten um, und stellte mich in den Hausflur. Durch die massive Holztür fühlte ich mich, falls noch Schüsse fallen sollten, sicher. Ich beobachtete von nun an das Spektakel nur noch durch den Spalt zwischen „Tür und Angel". Vier Polizeiautos kamen nun plärrend aus zwei Richtungen kommend, an. Ein Polizeiauto versperrte dem Fluchtwagen den Weg. Der Fahrer darin hob sofort die Hände, blieb aber im Auto sitzen. Die übrigen Bankräuber, keiner wusste zu dem Zeitpunkt, wie viele es waren, blieben in der Bank. Man konnte nur zwei Schatten hinter der leicht spiegelnden Glastür nervös hin und her rennen sehen.

Ich erinnerte mich, dass sich von nun an die Ereignisse überschlugen. Es kam noch zwei Autos der Polizei an. Mannschaftswagen. Sie hielten mitten auf der Straße. Der eine neben dem Fluchtauto, der andere dahinter. Aus beiden Wagen gingen die Schiebetüren auf, und je vier Polizisten sprangen, kaum dass sie gehalten hatten, mit gezogenen Waffen aus den Busähnlichen Fahrzeugen heraus. Die, neben dem Fluchtauto, umzingelten den dortigen Fahrer. Sie öffneten die Tür, und zerrten den Fahrer, der keinen Wiederstand leistete, aus dem Auto, und zogen ihn hinter den Bus, mit dem sie gekommen waren. Die anderen Beamten, aus den übrigen Autos hatten, ebenfalls mit gezogenen Pistolen, das ganze Szenario abgesichert, und verschanzten sich nun hinter ihren Autos. Die Polizisten aus dem letzten Bus hatten die Heckklappe ihres Fahrzeugs geöffnet, und waren gerade dabei, die Straße abzusperren, und Schaulustige, welche bereits, trotz der frühen Morgenstunde – es war sieben-Uhr-dreißig, herangeeilt waren, und gafften – in Sicherheit zu bringen. Währenddessen war ein Schuss in der Bank zu hören gewesen. Alle duckten sich. Sekunden darauf tat sich was an der Eingangstür der Bank. Sie ging auf, und ein Mann im dunklen Anzug wurde vor die Tür geworfen. Die Bankräuber machten klar, dass mit ihnen nicht zu spaßen war. Sie hatten den Mann – später stellte sich heraus, das er in derselben Straße wie ich wohnte... wir waren also Nachbarn... sie hatten ihn, mit einem Genickschuss hingerichtet. Einfach so, nur, um zu beweisen, dass mit ihnen nicht gut Kirschen essen war, und das ihren Forderungen, die wohl noch folgen würden, Folge zu leisten sein wird.

Schlimme Erinnerungen. Ich schaute zu Peter, der mir zuprostete und trank. Auch ich leerte mein Glas, dankbar, dass mich Peter nicht aus meinen Gedanken riss. Aber so waren wir immer, wenn wir in dieser Kneipe saßen. Wir redeten über Gott und die Welt, diskutierten über Politik oder Frauen, oder verloren uns, wie heute, in unseren Erinnerungen. Keiner von uns käme auf die Idee, den anderen dabei zu stören. Wir saßen uns dann – wie jetzt – nur gegenüber, tranken unser Bier, schauten zwischendurch auf die Uhr, um zu sehen, ob es schon Zeit war nach Hause zu gehen, und spannen unseren Tagtraum weiter. So schaute ich wieder aus dem Fenster, und blickte auf den Baum – ins Leere.

Ich sah wieder die Polizisten vor mir. Auch sie hatten wohl nicht mit einem solchen Vorgehen der Bankräuber gerechnet- nicht zu diesem Zeitpunkt. Es war ja noch zu keinen Verhandlungen gekommen. Warum also diese Brutalität? Sie waren, jedenfalls für den Moment, fassungslos – ich war fassungslos! Richtig Sprachlos und betroffen, war ich erst später, als ich erfuhr, das der Tote, sein Name war Wolfgang Müller, mein Nachbar war.

Ich war damals fünfundzwanzig Jahre alt, arbeitete gerade seit gut einem Jahr bei diesem lokalen Wochenblatt. Dieses Erlebnis war das Extremste, welches ich bis dato erlebte. Ich war, Gott sei Dank, nie beim Militär.

Meine Gedanken holten mich wieder zurück in die andere Welt – meine Gedankenwelt... meine Erinnerung.

Es kam wieder Bewegung ins Spiel. Die ebenerdige Tür der Bank wurde einen Spalt geöffnet. Einer der Bankräuber schrie etwas – ich konnte nicht verstehen, was. Aber die Polizisten hatten verstanden. Jemand ging zu einem der Busse, und nahm ein Megafon aus dem Fahrzeug.

Er sprach: „Bitte beruhigen sie sich... wir werden ihren Forderungen nachgeben. Behalten sie Ruhe und versuchen sie sich und die Geiseln zu entspannen. Wir werden den gewünschten Fluchtwagen bereitstellen... sie müssen sich jedoch einen Moment gedulden. Es wird circa eine halbe Stunde dauern... also bitte... bewahren sie Ruhe und entspannen sie die Situation", wiederholte er – „... sie werden ihr Auto bekommen, aber bitte, schießen sie nichtmehr, es gibt keinen Grund weiterer Gewalt... ich verspreche das wir sie, mitsamt ihrem Fahrer ziehen lassen werden... bestätigen sie."

Der Bankräuber schrie wieder etwas, das ich wieder nicht verstand. Doch das „O. K." des Polizeisprechers lies darauf schließen, das der Gangster seine Forderungen wiederholt hat. Die Glastür der Bank schloss sich wieder.

Einer der Beamten war plötzlich bei mir, und befahl mir, den Ort zu verlassen – ich ging eine Etage höher in mein Büro. Von da konnte ich den Fall aber kaum weiterverfolgen.

Später, in den Nachrichten – im heimischen Wohnzimmer, konnte ich verfolgen, wie der Fall weiterverlief. Die Polizisten hielten scheinbar Wort, und lieferten das Fluchtauto. Sie ließen den Fahrer wieder zu seinen beiden Kameraden. Er setzte sich hinter das Lenkrad des blauen Fluchtautos, die beiden aus der Bank nahmen hinten Platz. Jeder von ihnen hatte eine gefüllte Plastiktüte dabei. Die anwesenden Polizisten verfolgten sie, wie wohl versprochen, nicht. Aber natürlich ließen sie die Kerle nicht einfach so davonkommen. Zwei Hubschrauber verfolgten die Flucht. Einer von ihnen immer im Schatten des Autos, unbemerkt – in großer Höhe. Der zweite Hubschrauber flog tief, parallel zum Fluchtauto, aber außer Sichtweite. Über Funk waren alle natürlich permanent untereinander verbunden, wobei der hochfliegende Helikopter scheinbar den Einsatz leitete und koordinierte. Polizeifahrzeuge folgten dem Geschehen in sicherem Abstand oder auf Parallelstraßen und Autobahnparkplätzen. Und hier, auf der Autobahn schlugen sie zu. Über Fernsteuerung wurde die Elektronik des Fluchtautos gestört. Das Auto wurde langsamer. Die Verfolger schlossen auf, und zusätzlich kamen weitere Polizeiautos vom Parkplatz, und so waren, innerhalb von wenigen Minuten, die Gauner umzingelt. Der tieffliegende Hubschrauber umkreiste das Geschehen. Der Fahrer stieg wieder als erster aus. Einer seiner Kollegen, wohl der, welcher auch schon Wolfgang Müller erschoss, schoss ihm in den Rücken. Daraufhin eröffneten auch die Beamten das Feuer. Sie durchsiebten das Auto... keiner der beiden anderen, kam lebend davon.

Der Oberhammer – so recherchierte einer unserer Reporter - war, dass das Geld unbrauchbar war, weil zwei Farbpatronen – in jeder Tüte eine, explodierten.

Vier Menschen waren gestorben. Hatte das Schicksal wirklich nichts anderes mit diesen Leuten vor? Hatten sie ihr Schicksal selbst in Händen? Die Polizisten... Wolfgang Müller? Wohl kaum.

Ich schaute Peter an.

„Was gibt's?" – fragte er mich.

„Ach", murmelte ich vor mich hin.

„Ich komme zu keinem richtigen Schluss. Weißt du, manchmal denke ich, ich wäre einer von diesen Vögeln da draußen. Ich könnte, einfach so, vom Boden aufsteigen. Aus der Vogelperspektive könnte ich dann alles sehen. Nicht, weil ich neugierig bin, sondern... weil ich dann schlicht und einfach den Überblick hätte. Man könnte nicht nur alles sehen... mein Gedanke ist, das ich dann alles besser verstehen könnte... die Zusammenhänge erkennen könnte."

Ich hob die Schultern, und erklärte meine Vision weiter: „Es gibt so viele Dinge, die wir, von hier, vom Boden aus – einfach nicht sehen können, und somit auch nicht verstehen können. Wir wissen zwar vieles. Wie ein Auto gebaut wird. Was Religion ist, wie ein Schiff beladen wird. Wie unsere Gesellschaft funktioniert, und so weiter. Aber wissen wir, wie es Frau Müller erging, als sie hörte, dass ihr Mann bei einem Banküberfall erschossen wurde? Was hatten sie geplant? Einen Urlaub, wollte sie schwanger werden – oder war sie nicht gar schwanger? Wie wurde sie dann damit fertig? Alleine, mit einem Baby, dessen Augen vom Vater waren. Wie oft würde sie ihren Mann in des Kindes Gesicht erkennen? Wie wäre das Schicksal des Kindes beeinflusst, wenn es ohne seinen Papa aufwächst? Würde sein Leben genauso verlaufen – mit oder ohne Vater?

Ich bestellte die letzte Runde für heute Abend und Peter pflichtete mir nickend bei – auch was das letzte Bier anging.

„Ich verstehe nun, was dich beschäftigt", meinte er, und lehnte sich zurück.

„Du suchst nach der Erklärung, die wir uns alle einmal stellten – warum das Ganze – und wer bestimmt über uns – wir, oder Gott."

„Genauso ist es", gab ich zu – „... es beginnt beim Entstehen des Universums, was ja auch so eine ungeklärte Frage ist, und endet nicht bei Danielas Tod, und warum es so schlimme Krankheiten wie Krebs gibt. Ich will nicht alles hinnehmen. Ich will die Fragen klären, wohlwissend, dass ich das nicht kann. Niemand kann alle Fragen beantworten, selbst das größte

Genie nicht. Aber ein paar Fragen, die, welche mich am meisten bewegen, die will ich beantwortet _haben. Werner_ brachte die letzten Biere für heute Abend.

Kapitel 3

Erkenntnisse

Ich setzte mich zurück, nahm das Glas in die Hand und Peter tat es mir gleich. Wie Fotos, die man sich in schneller Folge betrachtet, sah ich weitere Bilder meines Lebens vor meinem inneren Auge vorbeihuschen. Bilder meiner Jugend, meine Freunde... Bilder meiner Frau, als sie jung war, etwa zwanzig, und heute, dreißig Jahre später – ihr Gesicht, teilweise gezeichnet von Schmerz und Kummer... den halt jeder während seines Lebens hat... und ja, auch ihre Haarfarbe war nicht mehr die selbe... doch das war immer noch nicht das Bild, welches ich brauchte, um zu einer Erkenntnis zu kommen.

Was war da auch schon, in meinem Leben, das so normal ablief wie es wohl bei neunzig Prozent der Menschheit verläuft – unabhängig davon, ob nun einer Millionär, Milliardär oder Bettler ist. Sicher, der Tagesablauf bei einem Millionär und einem Arbeiter, wird wohl – vielleicht sogar extrem – unterschiedlich sein, aber nicht grundlegend. Beider leben verlief, vom Prinzip her jedenfalls, praktisch gleich. Ihre Mütter hatten sie in die Welt gesetzt... sie besuchten eine Schule, beide hatten im Winter einen Mantel an... sie durchlebten die Pubertät, lebten in einem Haus, und gingen beide einer Arbeit nach. Ob des einen Mantel nun 100 oder 1000 Euro kostete, ob das Haus nun 200000 oder 700000 Euro kostete… beide hatten stets warm, und es regnete nicht durch das Dach. Doch hatten beide Söhne… und denen stand beiden beide Möglichkeiten offen – theoretisch jedenfalls, der eine könnte absteigen, der andere aufsteigen… wenngleich die Wahrscheinlichkeit wohl eine andere sein wird.

Nach einem Blick auf meine Armbanduhr, welche halb zwölf – also kurz vor Mitternacht, anzeigte, beschloss ich heimzugehen. Ich würde heute zu keinem Geistesblitz kommen, das wurde mir in dem Moment klar. Ich schaute zu Peter, der mir gähnend zunickte. Er hatte mich, wieder einmal, wortlos verstanden.

Mit den Worten: „Ja, für heute soll Schluss sein" – machte er deutlich, dass wenn man einen ganz genau kennt, sich gut versteht – und vor allem, wie wir beide, von klein auf miteinander aufwächst – ein Seitenblick genügt, um zu verstehen, was der andere will.

So leerten wir beide unsere Gläser, und taten, was sonst nur Frauen vorbehalten ist – wir gingen zusammen auf die Toilette. Beim hinausgehen zückte ich den Geldbeutel und zahlte die Zeche bei Werner an der Theke. Dann machten wir uns zu Fuß auf den Weg. Unsere Einfamilienhäuser waren höchstens einen Kilometer weit weg. Unterwegs, auf der anderen Straßenseite, trafen wir noch Siggi, einen weiteren Nachbarn, der wohl ebenso wie wir auf dem Heimweg war. Siggi war Chorleiter des katholischen Kirchenchors und kam wohl gerade von der Probe. Morgen war hoher Besuch angesagt. In unser kleines, nur etwa viertausend Seelen zählendes Örtchen, würde Morgen der Ministerpräsident kommen, um die Anbindung an die Autobahn zu eröffnen. Es würde also einiges los sein, in unserem sonst so verschlafenen Kaff, auf dessen Bürgersteig wir drei hier mit Sicherheit die einzigen waren, die noch unterwegs waren.

Vor meiner Haustür verabschiedete sich Peter mit kurzem Gruß – er musste noch drei Häuser weiter.

Heute war Samstag, Doris könnte also noch wach sein, dachte ich, als ich die Haustüre von unserem Haus öffnete. Doch dem war nicht so. Als ich, auf leisen Sohlen, einen Blick in unser Schlafzimmer riskierte, sah ich, dass Doris bereits tief und fest schlummerte. Ich musste noch einmal auf die

Toilette – die vier Bier mussten raus… dann legte ich endlich meine Jacke in der Garderobe ab, dabei sah ich in den Spiegel, und ich verharrte einen Moment und schaute mein Spiegelbild an, als ob das mir meine Fragen beantworten könnte. Ich sah einen Mann, der wohl kaum durchschnittlicher sein konnte. Weder hübsch noch hässlich. Nichtmehr ganz gesund, aber auch nicht wirklich krank… das Bild eines neunundvierzigjährigen, 181 cm großen Mannes halt. Braune Haare, mit nur leicht grauen Schläfen… und noch allen Zähnen… nein, mein Spiegelbild würde mir heute nichts erzählen. Ich beschoss gähnend ins Bett zu gehen.

Im Bett liegend gingen mir noch etliche Bilder durch den Kopf. Ein Stamm in Afrika, eigentlich Wilde Eingeborene – ohne, für uns Mitteleuropäer sichtbare Kultur, welche, die nur mit Lendenschurz bekleidet waren… diese behaupteten, dass sie – ihre Vorfahren, nicht von der Erde stammten. Dieses Volk verfügt sogar über ein Instrument aus Eisen, das so ähnlich aussieht wie ein Sextant und mit einem Ende – in einer bestimmten Richtung, in den Boden gesteckt wird. Das Gerät zeigt dann, zu einem bestimmten Zeitpunkt auf den Stern* von dem sie kämen. Verblüffend daran ist, das, nach ihren Sagen her, es dort – gemeint ist der Stern Sirus, es drei Planeten gäbe. Die Wissenschaftler – das erste Mal begegnete man dem Volk in den Fünfzigern, konnten zu der Zeit, mit ihren Teleskopen nur zwei Sterne auflösen, sichtbar machen. Erst in späterer Zeit, in den Siebzigeren, wurde festgestellt, dass Sirius tatsächlich ein dreifaches Gestirn ist!

Wissend, das mich auch dieser Gedanke nicht weiterbringt, schlief ich ein. Aber ich würde noch hinter das Geheimnis des Schicksals kommen, dessen war ich mir sicher.

*Dieses Volk, es trägt den Namen *Dogon*, gibt es wirklich. Ein Planetensystem bei einem der drei Sirius-Sterne, konnte dennoch bis heute nicht nachgewiesen werden, und gilt als unwahrscheinlich (nicht unmöglich)

Kapitel 4

Träume und…

Ich träumte von einem leuchtenden Ei. Das Ei hatte in etwa die Größe eines Straußeneis – und schwebte über einem See. Aber das war noch nicht das verblüffendste – dies war der Umstand, dass das Ei vollkommen aus leuchtenden Buchstaben bestand. Ähnlich den Buchstaben einer Neonreklame. Alle Buchstaben leuchteten in goldgelber Farbe. Bei genauerem Hinsehen, konnte ich erkennen, das auch Zahlen unter den Buchstaben waren. Einen Sinn ergaben aber weder die Zahlen, noch die Schriftzeichen. Ich schaute noch besser hin, und sah, dass die Buchstaben nicht alle arabisch waren, nein, auch griechische Ziffern und sogar so etwas wie Keilschrift war zu erkennen.

Dann sah ich einen Vogel, der einem Adler ähnlich war. Er stieg vom Rande des Sees auf und stieg kreisend immer höher – so hoch, dass er die gesamte Welt im Blick haben musste. Er schien sich alle Details zu merken, die er beobachtete.

Der Vogel flog, nachdem er alles gesehen hatte, zu einem Mann, der auf dem Gipfel eines hohen Berges stand. Ich konnte nur die schwarze Silhouette des Mannes erkennen. Der Vogel landete auf der breiten Schulter des Mannes. Er schien dem Mann ins Ohr zu flüstern. Als der Vogel sich vor die Füße des Mannes setzte, breitete der Mann – scheinbar warnend, die Arme aus, und schrie nach unten ins Tal… aber niemand hörte ihn… auch ich nicht.

Ich wurde wach. Schweißgebadet. Was der Traum mir sagen wollte, war klar. Es würde was Großes geschehen, und ich war dabei. Das Ei symbolisierte das große, noch zu klärende Geheimnis. Der Vogel war sowas wie ein Spion, ein Allwissender. Und der Mann auf dem Berg – das war dann wohl ich… derjenige, der alle Anderen Warnen will, und nicht gehört wird… ich musste hinter das Geheimnis kommen. Vielleicht würde ich das Geheimnis erkennen können… vielleicht. schaute auf meinen Wecker, welcher in roten Lettern 4: 07 Uhr anzeigte. Ich legte mich wieder hin und schlief weiter.

Doch ich schlief unruhig, weil mich erneut wilde Träume plagten. Ich sah einen Mann vor mir, einen dunkelhaarigen, untersetzten – mir völlig unbekannten Mann, im dunklen Anzug, welcher einen Hut anhatte. Der Mann hockte in einem Zug. Er schaute sich die vorbeihuschende Landschaft an. Er spiegelte sich im Fenster. Der Mann blickte plötzlich auf – etwas schien seine Aufmerksamkeit zu erwecken – der Blick des Mannes verfinsterte sich… wurde ängstlich – ich konnte nur nicht erkennen warum, da mein Traum stumm ablief. Nun flogen Glassplitter unbekannter Herkunft dem Mann entgegen – er hob schützend die Arme vor das Gesicht. Er beugte sich nach vorne, und nahm den Kopf zwischen die Knie, er wurde hin und her geschüttelt… noch mehr Bruchstücke flogen dem Unbekannten um die Ohren, doch wie durch ein Wunder wurde der Mann von keinem Teil getroffen. Der Zug schien nun auf der Seite zu liegen – Funken sprühten, die Scheibe, in der der Mann sich eben noch gespiegelt hatte, flog als Ganzes weg… die ganze Seitenwand wurde stark verformt… Bleche flogen, ebenso wie eben das Fenster, davon. Schotter wurde ins Abteil geschaufelt, spritzte hoch – dem Mann knapp an der Schläfe vorbei – er schloss die Augen, ihm wurde sichtbar schlecht, er war ganz bleich und der Zug schlitterte immer noch über den Boden, aber unglaublicher Weise war der Mann noch auf seinem Platz. Der Zug kam zum Stillstand – er öffnete die Augen und sah zwischen seinen Füßen einen Kopf. Den Abgetrennten Kopf seiner Frau… der Mann musste Kotzen… ich erwachte. Ich stand auf. Ich zitterte. Noch nie hatte ich einen so realen – so einen emotionalen, unwirklichen, heftigen Traum. Ich musste was trinken gehen, stand auf, und begab mich in die Küche. Bevor ich die Küchenschranktür öffnete, um mir ein Glas zu nehmen, nahm ich erst tief Luft. Langsam atmete ich aus, danach ging es mir etwas besser. Ich schaute auf die Küchenuhr über der Tür, sie zeigte 6: 09 Uhr an – es war noch sehr früh, für einen Sonntagmorgen, aber ich würde heute wohl nichtmehr einschlafen. Ich füllte mein Glas am Wasserhahn, und trank das Glas halb leer. Ich füllte nach und begab mich ins Wohnzimmer damit. Dann setzte ich mich auf die Couch und stellte das Glas auf den Couchtisch. Ich nahm die Fernbedienung, und schaltete den Fernseher ein. Einen Nachrichtensender. Die Schrift, die zu sehen war hieß – „Breaking News" – dann erschienen Bilder eines Zugunglücks… ein Feuerwehrmann begleitete einen Überlebenden aus dem Zug… der Mann aus meinem Traum – ich schluckte… schluckte die nicht vorhandene Spucke herunter – träumte ich immer noch? Ich kniff mich mit der rechten Hand in den linken Unterarm… es tat weh. Was war geschehen? War ich Verrückt – plötzlich Hellseher? Bildete ich mir nur etwas ein? Wie konnte der Fernsehsender diese entsetzlichen Bilder so schnell senden… das konnte doch nicht sein?!

Als ob die Moderatorin meine Gedanken lesen konnte, gab sie mir quasi Antwort auf die letzte Frage, indem sie ihrem Publikum mitteilte: „Das Kamerateam war gerade in einem ganz anderen Fall unterwegs… eigentlich auf dem Rückweg ins Studio, als der Fahrer des Busses, in dem das Filmteam oft unterwegs ist, das Zugunglück beobachtete. Sie hielten sofort an, um zu helfen – informierten gleichzeitig Polizei und Feuerwehr… und ja, sie machten ihre Kamera fertig, um sie, liebe Zuschauer – aktuell und exklusiv, über dieses tragische Unglück zu informieren. So, wie unsere Reporterin, Angela Mauren, uns telefonisch mitteilte, seien die Einsatzhelfer der Polizei und der Feuerwehr nur wenige Minuten nach dem Unglück eingetroffen. Doch ob, oder wie viele Tote oder Verletzte sich an dem Unfallort… kurz hinter Frankfurt… eh… befinden, dazu lässt sich bis zur Stunde noch nichts Genaues berichten… ebenso wenig ist klar, warum der Zug entgleiste… aber wir bleiben selbstverständlich für sie am Ball, und werden ihnen laufend berichten. Moment bitte… ich höre gerade von unserer Reporterin die neueste Meldung… Angela, hörst du mich… die Verbindung ist schlecht…"

 Auf dem Bildschirm war nun nichtmehr die blondgelockte Moderatorin zu sehen, sondern die Reporterin vor Ort, die gerade ihr Handy zuklappte, und stattdessen in ihr Mikro sprach: „Ja, Monika Sanders... die Verbindung müsste nun stehen..."

Sie strich sich das – im dunkeln, schwarz aussehende Haar aus den Augen, welches vom Wind jedoch sofort wieder vor die Augen flog, weshalb sie sich in den Wind stellte – dann sprach sie: „Ja, eh... wir können einen Mann interviewen... ein Überlebender... Herr Frey... sie sind, Gott sei Dank, ohne weitere Verletzungen aus dem Zug gekommen... können sie uns mitteilen, was passiert ist?"

Dieser Herr Frey - meine Vision, mein Herz raste bei seinem Anblick und schlug bis zum Hals – starrte zunächst nur, immer noch gestützt von dem Feuerwehrmann – sekundenlang, mit weit aufgerissenen Augen, in die Kamera, bevor er stammelte: „Tod... se sin alle Tod" – er schaute nach unten, und der Feuerwehrmann führte ihn zum Krankenwagen, der, nur wenige Meter weiter, bereits mit geöffneten Türen auf Herrn Frey wartete.

„Ein gebrochener, am Boden zerstörter Mann, meine Damen und Herren, wohlmöglich der einzige Überlebende dieser Zerstörung, dessen Grund wir noch nicht kennen... bitte bleiben sie dran. Wir werden versuchen alles Wissenswerte für sie zu erfahren, wir werden sie auf dem Laufenden halten – bis dahin, für Kanal 6 – ihre Angela Mauren, danke... und somit zurück zum Sender."

Kapitel 5

Teil 2

... Visionen

Doch statt nun etwas Reales zu tun, wie, mich beruhigen, und mich wieder ins Bett zu legen... oder mit Doris, wenn sie denn wach ist, über das Erlebte oder meine Träume zu reden – über das, was in den letzten zwei Stunden geschah... über meine Hellseherei – oder was immer es war. Stattdessen tat ich etwas, was ich bis dahin noch nie getan hatte. Ich wusste noch nicht einmal, warum ich tat, was ich da vorhatte. Ich wurde innerlich gezwungen. Als ob ich eine Marionette wäre. Ich hockte mich vor den PC und schaltete ihn an. Als er gebootet hatte klickte ich auf mein Schreibprogramm und begann wie irre zu schreiben... ohne Unterbrechung. Beinahe den ganzen Tag schrieb ich. Ich unterbrach das Schreiben nur, um mir zwischendurch ein Glas Wasser zu holen und um auf die Toilette zu gehen. Alles geschah wie in Trance. Doris sprach mich an, fragte, was ich da tat und bot mir Essen an. Doch ich winkte nur ab und sagte, dass ich dies hier nur fertig machen müsse und keinen Hunger hätte, obwohl mir der Magen knurrte. Ich wollte, musste meine Gedanken, die nur so aus mir heraussprudelten, aufschreiben.

Ich schrieb:

Roman von
Markus Ferra

Geldgier

Kapitel 1

Franks Erzählung.

Köln, Deutschland, gestern, - in der Zukunft.
Im Fernsehstudio eines Privatsenders.

Im Fernsehstudio war es heiß und ich schwitzte. Unter den Scheinwerfern fühlte man sich wie unter der Sonne Spaniens. Nur dass keine kühlende Brise kam. Und obwohl mir die Maskenbildnerin eben noch Puder auf die Stirn geklatscht hatte, standen schon wieder Schweißperlen auf meiner Stirn.

Das schlimme war, das mir, obwohl ich nicht viel anhatte, tatsächlich heiß war – ich erlebte zeitgleich, was ich schrieb. Dies war also mehr, als nur eine Vision – ich war dieser Frank… ich roch und fühlte, was er fühlte, und ich war nervös, als ob ich real auf diesem Sessel saß…

Das Interview begann von Seitens der Moderatorin mit einem feinen Lächeln. Dieses Mona Lisa – Lächeln… damit machte sie nicht nur mich, sondern Millionen anderer männlicher Zuschauer verrückt… und, - sie schwitzte nicht, und ich fragte mich wieso. Ich schob es auf meine Nervosität. Hinter der Kamera machte ein, ebenso nervös wirkender Mann, der ganz in dunkelblau gekleidet war ein Handzeichen und Karin, die Moderatorin, drehte sich zu mir und eröffnete die Sendung mit den Worten…
„Guten Abend, Herr Sommer, und…" – nun zum Publikum gewandt,
„… Guten Abend, meine Damen und Herren."

Die Applauslampe leuchtete, und der Applaus der etwa 100 Besucher vor Ort folgte prompt. Das rote Licht der Kamera zwei leuchtete und der Kameramann in weißer Jeans und schwarzem Hemd kam näher.
Der Monitor zeigte, für das Publikum unsichtbar, Karin - in Großaufnahme.

Mein Herzschlag ging auch in der Parallelwelt höher, obwohl ich diese Karin, die wirklich sehr sexy war, nur mit meinem inneren Auge sah – meiner Fantasie?

Die Kamera die auf mich zeigte war aus, das erkannte ich an dem
gelöschten Lämpchen. Karin drehte ihren hübschen Kopf wieder zu mir,
und zeigte etwas mehr von ihren strahlend weisen Zähnen, die
wie Perlen wirkten. Ihre gelborangefarbene Bluse, die sehr viel Dekolletee
zeigte, blendete etwas im Scheinwerferlicht, aber vor allem musste ich
versuchen, nicht auf ihre vollen Brüste zu starren, also blickte ich zum
Publikum. Von dem erkannte ich aber nur die Leute, die in den ersten
beiden Reihen setzten, alles dahinter
verschwand im Halbdunkel.

„Ich darf ihnen Heute Herrn Sommer vorstellen. Herr Sommer ist der
Bruder und einzige verbliebene Verwandte von Johann Sommer, dem
Mann, der unsere Welt verändert hat. Herr Sommer, bitte erzählen sie den
verehrten Zuschauern, aus ihrer Sicht, wie das damals war… mit ihrem
Bruder", sagte sie und ihre fast schwarze Haarpracht wallte beim
Kopfschütteln hin und her.

Man hatte mir vor der Sendung gesagt, wie es in etwa ablaufen würde. Sie
versuchten eine lockere Atmosphäre zu schaffen um mir das Lampenfieber
zu nehmen… was sogar einigermaßen gelungen war, - dennoch nahm ich
erst einen Schluck Wasser, und lehnte mich zurück in den weichen,
schwarzen und wuchtigen Ledersessel, und pustete erst aus, bevor ich
anfing zu erzählen. Nachdem ich mich gefasst hatte, und zum ersten Satz
Luftgeholt hatte, sprudelte ich richtiggehend los, mir wurde in dem
Moment klar, das auch ich heilfroh war, dass nun alles vorbei
war. Denn Karin hatte Recht, mein Bruder hatte die Welt verändert.

„Ich sehe ihn heute noch vor mir, meinen Bruder. Wenn ich heute daran
zurückdenke, wie alles begann, gebe ich ihnen… den Zeitungen, die später
über ihn berichteten… hatten natürlich recht, jemand… ich, hätte ihn
aufhalten müssen", gab ich Achselzuckend zu.
Aber wie hätte ich das tun sollen, - und vor allem, ich glaubte nicht daran,
an dass, was immer er auch tat – Tag für
Tag", sagte ich.

„Und sie wussten nie um was es geht?"

„Nein, nicht so richtig, ich… wir wussten nur, dass er sich mit dem
Universum und der Zeit beschäftigt. Wie ein Verrückter zeichnete er seine
Skizzen, Radierte, Kopierte, schrieb Notizen an den Bildrand. Er war
besessen, gerade als er seinem Ziel sehr nahe war. Schon so oft hatte er
das Projekt begonnen, und musste es immer wieder verwerfen, weil sich

immer wieder Fehler eingeschlichen hatten. Doch immer neue Ideen zwangen ihn immer wieder dazu, sich hinzusetzen, und erneut zu zeichnen. Um seinen Plan endlich zu verwirklichen. Es musste sein. Es war mit der Zeit zum Zwang geworden. Er musste es schaffen. Seine Gedanken drehten sich um nichts anderes. Für nichts Anderes sonst hatte er Zeit. In seinem Leben gab es keine Frauen, - und schon gar keine Kinder, keine Zeit.

Für nichts hat man Zeit... die Zeit ist immer zu knapp. Dies oder Ähnliches hörte man stets von ihm. Seit seiner Kindheit hatte er sich mit der Zeit befasst. An seinem fünfzehnten Geburtstag hatte er von seinem, - unserem Vater, ein Buch geschenkt bekommen - „E = mc²" – hieß es, glaube ich. Dieses Buch hat ihn wohl inspiriert. Ich denke, damit fing alles an. Er – Johann Sommer..., hatte er immer wieder gesagt... er würde es irgendwann schaffen, was noch niemand geschafft hat... er würde es vollbringen... irgendwann... murmelte er stets vor sich hin, während er einen perfekten Kreis ohne Zirkel malte. Ja, so was konnte er. Zu seiner Anerkennung muss man sagen, dass er schon immer ein Genie war. Ein Genie, das nie studiert hat. Er... man nennt das wohl Audiovisuelles Lernen... er konnte es einfach. Er brauchte nur ein Fachbuch oder eine Zeitschrift zu lesen, schon hatte er nicht nur verstanden, sondern auch alles in seinem Kopf gespeichert. Und - er konnte auch etwas damit anfangen. Ich habe mir mal eines seiner Bücher durchgelesen, und nur Bahnhof verstanden. Er stellte Theorien auf mit eh, Wurmlöchern, eh, es ging immer um Raum und Zeit, und keiner wusste, was er damit will. Meine Eltern und ich hielten es für einen Spleen. "

Karin lächelte milde, sie strahlte Ruhe aus und mir wurde bewusst, dass ich die ganze Zeit in dem Sessel vor und zurückgerutscht bin. Ich versuchte mich weiter zu beruhigen, indem ich meine Schweißnassen Hände rieb, einen weiteren Schluck aus dem Wasserglas, das neben mir auf einem kleinen, runden Glastischchen stand, trank – und mich wieder zurücklehnte, bevor ich weiterredete.

Danach war auch ich wirklich ruhiger... und ich war wieder Frank...

„Tatsächlich sehe ich ihn nun mit meinen inneren Augen vor mir. Wir wohnten damals beide noch in unserem Elternhaus. Das war vor etwa drei Jahren, kurz bevor... also ich hatte geheiratet, und war dabei von zu Hause auszuziehen. Es war Sonntagnacht, ich hatte frei, und kam nachts aus der Disco. Johann saß am Esstisch. Ich kannte den Anblick. Er lehnte sich

zurück. Johann schien fertig zu sein, mit seinen Plänen. Er trank einen
Schluck Bier und beugte sich wieder vor, um sich seine Zeichnungen und
Notizen wieder anzuschauen. Mit einem Grinsen im Gesicht lehnte er sich
erneut zurück, die Blätter in der Hand, dicht vor seinen stahlblauen Augen.
Denn das einzige Licht, dass er – morgens um drei - noch an hatte, war eine
40 Watt – Birne, die nur matt von der Decke her leuchtete. Er blätterte
vor und zurück, nahm sein Bierglas in die andere Hand, und ging zur Couch.
Dort schlief er kurz darauf mit den Blättern in der Hand ein. Er hatte mich
gar nicht bemerkt – ich hatte auch nichts gesagt, ihn nur vom Türrahmen
her beobachtet. Nun nahm ich ihm das Bierglas aus der Rechten, stellte es
auf den Couchtisch und deckte ihn mit der
alten rot blau karierten Decke, die immer auf der Couch lag, zu. Dann ging
ich in mein eh, Kinderzimmer... zu Bett. Wir hatten beide je ein Zimmer
unterm Dach. Er links, ich rechts vom Flur."

Der Film lief weiterhin vor meinen inneren Augen ab, und ich erzählte
weiter, wie alles kam, auch wenn ich nicht in jeder Sekunde dabei war,
Johann hatte mir aber auch viel erzählt. So zum Beispiel, wie es am
nächsten Tag weiterging.

Am nächsten Morgen weckte Johann die Sonne, die durch das Fenster fiel.
Das erste was er tat, er betrachtete sich die zerknitterten Blätter, die er
teilweise erst vom Boden aufraffen musste. Er sortierte alles, und
versuchte die Blätter glatt zu streichen. Dann legte er sie auf den
Couchtisch und begab sich ins Bad. Dort betrachtete er sich erst
einige Sekunden im Spiegel. Er sah sich selbst in seine Augen, und redete –
wohl das erste Mal in seinem Leben – mit sich selbst.
**Und ich sah mich selbst, in diesem Spiegel, dann sah ich wieder die
blonde, ungekämmte Mähne Johanns – es war verwirrend.**

„Du hast es geschafft", sagte er mit einem verschmitzten Lächeln,
wodurch sich an seinem spitzen Kinn ein kleines Grübchen bildete. Seine
halblangen blonden Haare standen in alle Richtungen. Er kämmte sich, in
gewohnter Manier – den Scheitel auf die linke Seite. Er entdeckte an
seinem Stoppelkinn erste graue Haare, aber das störte ihn
nicht im Moment – ihn störte was anderes...

„Du brauchst Geld", – sagte er zu sich.

Dann erledigte er seine Morgentoilette, und verließ das Bad wieder. Ein
Blick auf die hölzerne Wanduhr des elterlichen Wohnzimmers sagte ihm,
dass es halb sieben Uhr war. Er setze sich wieder auf die alte beige

Stoffcouch, die – wie alles in dieser Wohnung, seit zwanzig Jahren außer Mode war, und überlegte sich, wie er an Geld kommen könnte. Er würde viel Geld brauchen. Nun, da „es" endlich vollbracht war, würde er ein Modell bauen müssen. Ein funktionierendes Modell. Eines, mit dem er sich... er lehnte sich zurück, und sah mit verträumtem Blick aus dem Fenster, bevor er den Gedanken zu Ende Spann... mit dem er durch die Zeitreisen konnte. Aber zuerst musste er die zerknitterten Sachen wechseln, dachte er. Johann begab sich eine Etage höher über die dunkle Holztreppe in sein Dachzimmer. Als er sich umgezogen hatte, kramte er noch aus der obersten Schublade seines buchefarbenen Schreibtisches, der vor dem Fenster stand, ein paar Papiere heraus, und steckte sie in die Innentasche seiner blauen Anzugjacke. Danach ging er wieder zurück ins Wohnzimmer. Er bemerkte dass das Licht noch an war. Am Schalter rechts hinter ihm löschte er die Deckenlampe. Ein vorerst letztes Mal schaute er sich seine Pläne wieder an. Es war wirklich geschafft – vorerst. Alles war vollkommen. Dieser Tag war vollkommen, - er war zufrieden wie lange nicht mehr. Dann machte er sich zur Bank auf, um sich einen Kredit zu nehmen. Bald war Ostern, und auch er hatte Frei. Auch dieser Umstand war perfekt. Konnte er doch für sein Vorhaben ein paar freie Tage gut gebrauchen. Johann hatte sich überlegt, dass er angeben würde, dass er ein Auto kaufen würde. Das ist auch so eine Art Zeitmaschine.
Bei dem Gedanken musste er vor sich hin grinsen. Dann verließ er schnellen Schrittes das Zimmer, und er schlug die Tür hinter sich zu. Für den Besuch in der Bank hatte er den Anzug angezogen, den für meine Hochzeit gekauft hatte. Die Krawatte hatte er jedoch nicht um, er konnte einfach keine Krawatten binden. Die Bank lag nur zwei Blocks weiter, und er lief dorthin. Es war keine Hauptstraße, und so kamen ihm zu der Zeit nur zwei, drei Autos entgegen. Erst später, wenn der Feierabendverkehr losgehen würde, würde die Straße voller werden. Er trat kurz darauf durch die Doppelglastür der Bank, als ihm eine hübsche Frau, die gerade im Begriff war die Bank zu verlassen, ihn anlächelte. Die Frau schien in ihrem Kostüm den fünfziger Jahren entsprungen zu sein, dennoch erschien sie ihm
sehr Adrett, trotz, oder gerade wegen ihrer Turmfrisur. Ihn fröstelte, da es doch noch recht kühl war an diesem trüben Tag, dennoch lächelte er zurück und dachte, dass der Anzug und seine gute Laune wohl doch Eindruck hinterließen. Johann blieb dabei kurz stehen, um die Frau in ihrem weißen Kostüm vorbei zu lassen. Dann trat er ein. Er blieb hinter der zweiten Glastür, die wohl als Windfang diente, erneut kurz stehen um sich zu orientieren, dann lief er schnellen Schrittes auf einen Herrn im dunkelblauen Anzug zu, der hinter einem großen Schreibtisch saß und Dokumente studierte. Johann blieb vor dem Schreibtisch stehen und

blickte sich in der Bank um. Es war der übliche Anblick. Dunkle Granitplatten am Boden, helle Wände und verglaste Schalter vor denen Leute standen um ihre Geschäfte zu tätigen. Und an jeder Ecke schaute eine Kamera von der Decke her zu. An einer Wand hing ein großer Kalender mit dem heutigen Datum: 18. 04. 2043.

„Bitte, was kann ich für sie tun", - meldete sich der Mann hinter dem nussbaumfarbenen Schreibtisch, und er blickte
zu Johann durch seine Randlose Brille auf.

„Bitte setzen sie sich doch."

Johann folgte der Bitte, und setzte sich auf den linken, der beiden mit dunkelblauem grobem Stoff bezogenen Stühle, die sich vor dem Schreibtisch befanden.

„Ich hätte gerne einen Kredit – ich bräuchte 50000 Euro... für ein Auto", log Johann.

„Gern, Herr...

„Sommer."

„Herr Sommer, dann bräuchte ich die letzten drei Lohnzettel von ihnen" – meinte der Herr mit den fast schwarzen, kurzen Locken, dessen metallenes Namensschild ihn als Herrn F. Kuhn – auswies. Kuhn hatte den typischen Teint, den man in der Sonnenbank erhielt.
Johann holte die Papiere, die er eingesteckt hatte hervor. Er legte es samt seines Ausweises vor Herrn Kuhn. Der nahm die Papiere Kopfnickend zur Hand. Nachdem er die Blätter überflogen hatte, zog Herr Kuhn die Augenbrauen hoch, und sagte freundlich, aber mit bestimmtem Ton, dass er ihm abrate, bei seinem Einkommen einen Kredit in dieser Höhe zu nehmen. Kuhn beugte sich vor, und lehnte sich mit beiden Ellenbogen auf die Tischplatte.

„Ihre monatlichen Belastungen wären sehr hoch, oder die Laufzeit des Vertrages wäre", – er machte eine kurze Pause und erklärte dann weiter... „wäre sehr lang, sodass sie mit hohen Zinsberechnungen zu rechnen hätten."

Johann war sich dessen bewusst. Sein Lohn als Nachtwächter lag in der Tat bei der, wie es so schön hieß, unterer Lohnregion. Aber der Job hatte den

Vorteil, dass er sich nachts seinen Studien widmen konnte, und er alleine kam gut mit dem Geld zu recht, zumal er ja mit seinen dreißig Jahren Mietfrei immer noch im Elternhaus breit machte. Aber seine Eltern störte dies ja auch nicht weiter. Das Einzige, was sie hier und da mal zu ihm sagten, war: „Andere in deinem Alter haben eine Freundin, einen besseren Job, und dann kamen noch Stichworte wie Zimmerhocker oder Ähnliches. Aber Johann störte das genauso wenig, wie es seine Eltern wirklich störte, dass er noch im Haus wohnte. Er wusste im Gegenteil, als sein ein Jahr jüngerer Bruder Frank vor kurzem geheiratet hatte und ausziehen wollte, dass den Beiden das sehr wehgetan hatte. Nach diesem Gedankensprung mit seinen Eltern, sagte er daher, was der Unwahrheit entsprach, dass er bald Erben würde, und wahrscheinlich einen Großteil des Geldes auf Einmal zurückzahlen würde.

„Aha, eh, nun, eh dann... steht einem Kredit eigentlich nichts im Weg", stotterte Kuhn. Wenn sie sonst keine Ausgaben haben.

„Ich werde ihnen dennoch die bestmöglichen Konditionen ausrechnen, so, dass die monatlichen Belastungen für sie nicht zu hoch ausfallen, und die Zinsen in einem erträglichen Maß bleiben", meinte Kuhn freundlich lächelnd.

„Es dauert wohl gar nicht so lange", - meinte Johann grinsend - „ ...mit dem... Erbe", sagte Johann, während Kuhn mit dem Taschenrechner hantierte, und nur mit dem Kopf nickte.

„O.K.", meinte nach einiger Zeit Herr Kuhn und schien zufrieden, als er fertig gerechnet hatte. Er merkte noch an, dass eine Tilgung oder Teiltilgung selbstverständlich jederzeit möglich sei. Schulterzuckend gab er weiter an, dass in einem solchen Fall natürlich eine Bearbeitungsgebühr fällig wäre, die jedoch nicht so hoch ausfallen würde. Auf die Frage, ob Johann denn noch eine Frage hätte, schüttelte Johann nur verneinend den Kopf, und Herr Kuhn sagte dann nur noch, dass er die Papiere fertig machen würde. Und er füllte das Formular aus. Johann beobachtete derweil weiter das Geschehen in der Bank. Er war zufrieden. Sein Wohlbehagen würde heute den ganzen Tag anhalten, dass wusste er. Er würde sich heute Abend etwas gönnen.

„Einen Kinobesuch... nein, einen Bordellbesuch", dachte er und sein Grinsen riss nicht ab, auch nicht, als Kuhn ihm das Formular samt Stift zum unterschreiben hinhielt, und er unterschrieb. Kuhn trennte Johanns

Durchschrift ab und gab den Zettel Johann, der inzwischen aufgestanden war.

„Was für ein Auto wollen sie sich denn kaufen?", wollte Kuhn wissen.

„Ein ganz großes Ding", log Johann, und dennoch entsprach es der Wahrheit, denn was er vorhatte, war ein ganz großes Ding – falls es funktionierte. Johann wusste, dass Theorie und Praxis manchmal zwei Paar Schuhe waren.

Kuhn unterbrach seine Gedanken mit den Worten: „Sie können sich ihr Geld am Schalter zwei abholen, man weiß dort Bescheid, legen sie nur den Durchschlag vor. Hier, noch ihre weiteren Unterlagen. Kuhn übergab ihm noch einen Umschlag, in dem seine Lohnzettel und sein Ausweis waren. Mit den Worten: „Viel Spaß mit dem neuen Auto", verabschiedete sich Kuhn von Johann. Kuhn war aufgestanden, und reichte ihm die Hand. Kopfnickend schüttelte Johann die Hand, und wunderte sich noch, dass dieser Banker doch einen recht festen Griff hatte. Dann ging er zum Schalter zwei, und nahm sich sein Geld. Mit gemischten Gefühlen verließ er das Haus. Er hatte bisher alles erreicht. Sein Plan war perfekt, er hatte das Geld zum Bau eines Modells, aber, das erste Mal an diesem Tag verfinsterte sich nun doch sein Gesicht, - was war, wenn es nicht klappte. Er war noch mal bei den Gedanken von eben. Was war, wenn Theorie und Praxis nicht zusammenpassten? Gerade bei ihm, wo er doch immer alles plante, und stets der Meinung war an alles zu denken, und keine Fehler zu machen. Der Gedanke war ihm in der Tat noch gar nicht gekommen. Stets erschien ihm alles klar. Nie kam ihm, nicht mal im Ansatz, die Idee, dass alles nur ein Hirngespinst war. War er ein einfältiges Kind geblieben? Dies wurde ihm nun erst bewusst. Nun erst, wo er das viele Geld, in einem Paket unterm Arm, nach Hause trug. Hätte er wohlmöglich nachher einen Haufen Schrott in der Garage liegen. Er ärgerte sich über sich selbst. Er hatte alles so sehr geplant. Aber den wichtigsten Schritt, den, der sein Leben in der Zukunft verändern konnte, den hatte er sich nicht überlegt. 50000 Euro waren eine Menge Geld. Er würde zehn Jahre zurückzahlen müssen.

Bei diesen Gedanken kribbelte es mir im Bauch. Wahnsinn, dennoch schrieb ich, wie unter Zwang, weiter.

„Aber... nun war es zu spät", dachte er... „es muss einfach klappen."

Kapitel 2

Das Modell.

Als er Daheim angekommen war, war es Mittag und gleich würde Mutter zum Essen rufen, daher schlich er sich möglichst leise die Treppe hinauf und verstaute erst das Geld unter seine Unterwäsche im Kleiderschrank. Dann zog er sich um. Johann zog seinen hellblauen, Schlipprigen Jogginganzug an, den er oft zu Hause an hatte. Er war unruhig wie ein kleines Kind, dass etwas angestellt hatte. Er schaute auf seine Armbanduhr, es war zehn nach zwölf.

„Essenszeit", hörte er seine Mutter rufen, und er trabte laut hörbar, wie es normalerweise seine Art war, die Treppen hinunter. Nach dem Essen, das weitgehend wortlos verlief, machte er sich, ebenso still wieder auf, und trampelte wieder die Treppe hinauf in sein Zimmer. Mutter schüttelte nur den Kopf und räumte den Tisch ab.

Wieder in seinem Zimmer angekommen, machte er sich sofort an die Arbeit. Nach einem kurzen Blick auf seine Pläne und Zeichnungen hatte er sämtliche Zweifel verworfen. Nein, die Entwürfe waren so makellos, wie sie nur sein konnten. Johann war sich nun so sicher wie nie zuvor. Sein Plan, nein, sein Traum, er würde in Erfüllung gehen, es würde wie ein Hauptgewinn sein. Klar, die Zweifel, die Kuhn ohne es zu wissen, geweckt hatte, waren da. Jedenfalls für eine kurze Zeit. Aber nun wieder, während er seinen PC anschaltete, sah er alles bereits vor sich. Das Modell, zusammengebaut aus Teilen, die er gleich im Internet bestellen würde, - und es würde funktionieren! Der Rechner war Hochgelaufen, Johann setzte sich in den Drehsessel davor, und klickte den Internetbereich an. Er würde einige Stunden brauchen, aber Zeit bis zum Abendessen würde er ungestört bleiben, - über beides war er sich bewusst. Und es dauerte einige Stunden. Mit dem kleinen schwarzen Taschenrechner, den er neben der Maus liegen hatte, hatte er alle Bestellungen nach jeder Bestellung hinzuaddiert. Er würde noch 750 Euro übrig haben. Das war gut. Johann lächelte vor sich hin. Das würde ihm den Besuch im Bordell heute Abend verschönern. Und noch etwas fand er schön – und gut, - viele seiner Bestellungen würde ein Geschäft liefern. Alles Gewünschte würde er bis spätestens Ende der Woche haben. Mehr als zufrieden lehnte Johann sich zurück, immer noch grinsend. Er war glücklich. Nun war alles nur noch eine Frage der Zeit. Der Zeit, mit der er sich über so lange Jahre beschäftigt hatte, der Zeit, die ihn nie losgelassen hatte, der Zeit, mit deren Hilfe er Reich werden wollte, - Stinke Reich. Er schaltete den Rechner aus. Kurz darauf rief Mutter wieder zum Essen. Er schaute auf die Uhr, und dachte,

wie pünktlich doch seine Mutter war, - es war genau 19 Uhr
-Abendessenzeit.

Nach dem Abendessen, bei dem wieder nicht viel gesprochen wurde,
verzog er sich sofort wieder auf sein Zimmer. Dort lief er im Kreis, er war
immer noch unruhig. Johann dachte nach. Das Modell würde groß werden,
nicht so groß, dass es nicht in sein Zimmer passen würde, aber zu groß,
dass es nicht doch stören würde. Also wohin damit? Er stellte sich ans
Fenster und blickte hinaus. Es blieb schon erheblich länger hell. Selbst
jetzt, um 19 Uhr 35 konnte er noch die Sonne orange leuchtend am
Horizont sehen. Die Wolken wurden wunderschön Angelleuchtet. Wohin?
In der Garage stand Vaters Auto, sein Vater würde ihn nur nerven. Es blieb
nur der eine leere Kellerraum, neben dem Ölbrenner. Seine Eltern sollten
möglichst nichts mitbekommen – keiner sollte was mitbekommen, von
seinem Vorhaben. Er brauchte Abgeschiedenheit, damit er ungestört
hantieren konnte. Der Keller war gut, da ging fast nie einer der Familie hin,
so blieb nur ein Problem. Er würde Strom brauchen, und im Keller war kein
Anschluss, jedenfalls nicht in diesem Raum. Sein Fenster lag über diesem
Raum, diese Feststellung machte er, als er steil nach unten schaute. Er
würde also ein Verlängerungskabel aus seinem Fenster herunterlassen, -
das Problem war gelöst.

Er zog sich um und ging ins Bordell. Beim hinausgehen sagte er nur zu
seinen Eltern, die vor dem Fernseher hockten, dass er noch ausgehen
würde, sie nahmen es beide Kopfnickend wahr, und schauten ihren Film
weiter. Erst spät in der Nacht, als seine Eltern längst schliefen kam er nach
diesem langen Tag nach Hause. Schnell zog er sich bis auf die Unterhose
aus, plackte die Klamotten auf den Boden, und legte sich in sein Bett. Der
Silberfarbene Digitalwecker zeigte ihm in roten Leuchtziffern 3 Uhr 07 an.
Die Weckzeit war auf 8 Uhr 15 eingestellt. Noch fünf Stunden Schlaf,
dachte er, und schlief, nachdem er sich das Kissen zurechtgelegt hatte, fast
augenblicklich ein.

Um 8 Uhr 15 weckte ihn dann der Wecker, - und ja, tatsächlich, von weitem
unterstützte den Wecker ein Hahnenschrei. Die Augen reibend erwachte
Johann, er schüttelte den Kopf um sich wach zu machen, dann stand er
auf. Nachdem er aus dem Bad kam, zog er den Jogginganzug wieder an,
und ging nach unten. Es war Samstagmorgen und seine Eltern waren wohl
zum Einkaufen, wie sie es immer taten. Alles in diesem Haus verlief
stets absolut gleich, seit er sich erinnern konnte. Das Essen stand fast
immer auf die Minute genau auf dem Tisch. 7 Uhr Frühstück, 12 Uhr
Mittag, 19 Uhr Abendessen. Und samstags Großeinkauf beim

Billiganbieter. Es klingelte. Sollte das...? Ja, seine Sachen kamen, das erkannte er nach einem Blick aus dem kleinen Fenster das in die Eingangstür eingelassen war, - es war der Paketdienst. Er machte die Tür auf. Er nahm das erste etwa 60 mal 90 cm große Paket und ein zweites, etwa gleichgroßes Paket dem Boten ab, stellte beide zur Seite, und unterschrieb den Empfang. Nachdem er sich Kopfnickend bei dem Postmann bedankt und die Tür zugeschlagen hatte, trug er sofort die Pakete in den Keller. Ungeduldig machte er beides auf. Unter einer Menge Verpackungsmaterial verbarg sich ein Glaszylinder, der etwa einen Durchmesser von 20 cm hatte und etwa einen Meter lang war und eine Wandstärke von einem Zentimeter hatte. Vorsichtig legte er ihn auf einer alten, in Plastikfolie verpackten, Matratze ab, und kramte dass rechtliche Zeug aus dem Karton. Schwarze O – Ringe, die zum Abdichten des Zylinders vorgesehen waren, ein paar dünne Eisenstangen, ebenfalls schwarz lackiert. Und eine Handvoll silberner Schrauben. Außerdem noch einige elektronische Bauteile. Ein kleiner Schwarzer Kasten, auf dessen Oberseite drei LED's und eine große, digitale Anzeige und drei Kippschalter untergebracht waren. An dem Kasten hingen drei Kabel mit runden Steckern daran herunter. Johann legte alles bei den Zylinder. Dann öffnete er den zweiten Karton. Darin lagen Schläuche und Leitungen, Schrauben und Muttern, weitere elektrische Teile, und etwas, das wie eine Lichtmaschine eines Autos aussah, - also eine Art Generator. Johann packte noch zwei weitere dieser Generatoren, oder was es auch war, aus. Er legte alles auf die Matratze, deren Fläche langsam nicht mehr ausreichte. Johann ging in den Nebenraum und kramte dort aus einem Regal Schraubenzieher verschiedener Größen, und Schraubenschlüssel und eine Zange heraus. Beide Hände voll bepackt trug er alles zu den Werkstücken, und legte die Werkzeuge vor der Matratze ab. Er schaute auf die Uhr, er hätte noch ein paar Stunden Zeit, bevor seine Mutter wieder zum Essen rufen würde. Er spürte bei dem Gedanken, dass er Hunger hatte. Schnell lief er die Treppe nach oben und schaute in der Küche nach, was vom Frühstück übrig war. Kaffee war noch in der Kanne, und ein Croissant war auch noch da. Er nahm sich eine Tasse aus dem Schrank, schenkte sich ein. Dann nahm er den Croissant, biss ab, und nahm einen Schluck Kaffee. Er nahm beides mit hinunter in den Keller. Doch bis er unten an kam, war das Croissant gegessen und der Kaffee getrunken, und Johann ärgerte sich, dass er nicht die Kanne mitgenommen hatte. Er stellte die Tasse auf dem Fenstersims ab und widmete sich seinem Modell. Zuerst legte er die Eisenstangen in einer bestimmten Reihenfolge vor sich auf den Boden. Es waren verschieden dicke und unterschiedlich lange Stangen, gerade und gebogen. Er bastelte daraus ein Gestell in deren Mitte wohl der Glaszylinder kommen würde. Das ganze glich einem Fahrrad ohne Räder und ohne Sattel. Aber dieser Vergleich stimmte nicht mehr, als Johann die Generatoren, und die Kästen, die sich nun als eine Art Schaltpulte entpuppten, anbrachte. Er steckte die Kabel und Schläuche zusammen. Jetzt sah das Gestell wie eine Maschine von Jules Verne aus. Etwas provisorisch aber funktionell. Aber „Es" war auch noch nicht fertig. Den Glaszylinder ließ Johann unmontiert. Scheinbar fehlte noch etwas.

„Schade", dachte er. Der Rest würde wohl erst nächste Wochen kommen, aber er hatte ja auch noch fast zwei Wochen – über die ganzen Osterfeiertage, frei.

„Die Auferstehung Jesus, wird auch meine Auferstehung sein", dachte er in einer Art, wie es normalerweise nicht sein Ding war. Ein Blick auf die Uhr machte im klar, dass er noch Zeit hatte. Er legte noch von seinem Zimmer aus das Verlängerungskabel. Und zwar klemmte er es so in die ritzen der Fenster ein, das er die Fenster geschlossen halten konnte. Wieder im Keller steckte er den Stecker zur Probe ein. Das Display leuchtete in einem schönen Blau. Die Zahlen zeigten dreimal 0000, 0000... Johann zog den Stecker wieder und verließ den Keller. Auf dem Weg die Treppe hoch, nahm er den Geruch seiner Lieblingsspeise wahr. Nudeln mit Hackfleischsoße. Lächelnd betrat er die Küche. Er war während dieses Essens so freundlich, und so gesprächig wie lange nicht mehr. Er wollte, dass seine Eltern keinen Verdacht schöpften. Aber gerade seine gute Laune kam seiner Mutter verdächtig vor, und sie fragte, mit dem Gedanken im Kopf, dass er ja Gestern aus war, - ob er denn verliebt sei. Johann musste grinsen, und antwortete schelmisch: „Wer weiß"... und irgendwie war er auch verliebt, - in eine Maschine. Und er dachte nur, wann endlich die restlichen Teile kommen würden, um den ersten „Start" zu proben.

„Die Zeit, sie hat uns alle im Griff. Die Zeit bestimmt wann wir was tun, sie bestimmt unseren gesamten Lebenslauf, uns alle, alle auf der Welt. Sie lässt uns altern... die Zeit, was die alles macht, und was ich alles mit ihr machen kann", dachte er. Und das Wochenende zog sich dahin, wie immer, wenn man auf etwas wartet. Aber die noch fehlenden Teile kamen am folgenden Montag. Johann hatte das Glück auf seiner Seite. Schon so oft, wo er was bestellt hatte, und immer musste er darauf warten. Nicht so dieses Mal. „Die Sterne meinen es gut mit mir", dachte
er, und meinte damit auch, dass seine Eltern schon wieder nicht anwesend waren. Und so konnte er, als der Pakettieferer gekommen war, wieder alles ungestört im Keller verschwinden lassen. „Besser kann es nicht gehen",

dachte er. Und so baute er noch den ganzen Rest des Tages fieberhaft an seinem Modell. Er hasste es, als ihn seine Mutter mit dem Wort „Abendessen" bei der Arbeit unterbrach. Wie auf heißen Kohlen aß er brav sein Essen. Die Gedanken waren jedoch ununterbrochen bei seinem Modell, dass eigentlich kein Modell mehr war, sondern so gut wie fertig. Seine Eltern waren es gewohnt, dass Johann nur wenig sprach. Sie wunderten sich seit langem nicht mehr über dass, was immer ihren Jungen auch bewegte. Nach etwa seinem 15ten Geburtstag wurde er verschlossen, und wirkte stets nachdenklich, davor war er eigentlich ein fröhliches Kind gewesen. Nun, es war eben so, sie hatten sich daran gewöhnt.

In dieser Nacht wurde sein „Auto", sein Fahrzeug, - seine Zeitmaschine fertig! Johann stellte sich stolz, die Arme auf die Hüften gestemmt, vor sein Werk. „Geschafft", sagte er leise vor sich hin. Seine Uhr zeigte, dass es kurz nach Mitternacht war, morgen war Ostern – Zeit zum Auferstehen.

Kapitel 3

Die erste Reise.

An dem Gestell, also der Zeitmaschine, war ein kleiner Hocker integriert. Johann setzte sich darauf, und schaltete die Instrumente an. Ein leises, kaum hörbares Brummen ertönte.

„Hier, in dem kühlen, nackten Kellerräumen wird alles beginnen", dachte er. Er fragte sich was passieren würde. Er
hatte mal einen alten Film gesehen, bei dem der Zeitreisende seine Umgebung betrachtete, und so zusah, wie alles um ihn herum alterte, und sich verwandelte. Nur für den Reisenden selbst vergingen nur die Sekunden, die er halt brauchte während der Reise. Alle anderen um ihn herum würden um Jahre älter werden. Johann hatte nicht die Möglichkeit aus dem Fenster zu schauen, es lag zu hoch. Vor sich war nur die Mauer, die, wie er feststellte, kleine Risse hatte. Er hatte nun doch Demut, oder war es doch Angst. Würde er nur fünf oder zehn Jahre vorreisen wären seine Eltern wohlmöglich in der Zeit, in den zwei Minuten, währenddessen er reiste, sterben! Ihm kamen Bedenken. Ihm wurde nun, wo er nur noch den Hebel nach vorne bewegen musste, Bewusst, dass alles, was er von nun an tat, erhebliche Folgen haben könnte. Für die Menschen die er kannte, aber auch für alle anderen auf der Welt. Eben noch konnte er es nicht erwarten, endlich den „Startschlüssel" zu drehen, und „abzuheben", nun war er sich nicht mehr so sicher. Was noch konnte geschehen?

Alles im Umkreis von etwa einem Meter – vor, hinter, über und unter ihm, also auch der Boden, auf dem seine Maschine stand, würden – wenn auch nur virtuell durch die Raumzeit fliegen. Fliegen konnte seine Maschine jedoch nicht, würde sich der Boden, die Wand sich auflösen? Johann wurde tatsächlich schwindelig bei diesen Gedanken. An die Konsequenzen hatte er nicht gedacht, ihn hatten bis heute nur zwei Dinge bewegt, ob Zeitreisen überhaupt möglich waren und, nachdem er sicher war, das es wenigstens theoretisch machbar war, was er dann alles damit anfangen könnte. Aber was genau bei der Reise passiert, dessen war er sich völlig unklar, er hatte auch nicht darüber nachgedacht! Und dieser Umstand machte ihm jetzt Angst. Die Reise würde nur virtuell stattfinden. Er würde den Platz auf dem er sich nun befand, nie verlassen. Und doch würde er durch das Weltall rasen – schneller als das Licht. Er würde auf einem Tachyonenstrahl eine Abkürzung durch den Raum machen. Elektromechanische Kräfte würden ihn und seine Maschine dabei zusammenhalten. Statt auf einer Geraden würde er - und nur er – alle anderen auf der Welt würden davon nichts mitbekommen, so hoffte er jedenfalls - der Zeit entfliehen. Dies, indem er die Gerade, die normalerweise A und B verbindet, mit Hilfe seiner Maschine den Raum künstlich krümmen würde, und so die Strecke A, B, um einen Zehntelbetrag verkürzen würde. Zurück ginge es einfach in die Entgegengesetzte Richtung. Er würde also 100 Mal schneller die Erde virtuell umrunden als die Anderen es in Echtzeit taten. Aber wie genau das aussehen würde, ob er die Sterne sehen würde... er hatte keine Ahnung. Ihm wurde klar, dass er an weitere Dinge nicht gedacht hatte. (War er doch nur ein verrücktes Kind geblieben?)

Die Reise würde aus einer Täuschung bestehen. Wie die Pille, die dem Körper einer Frau vorgaukelt, schwanger zu sein, indem sie Hormone an den Körper abgibt, erzeugte seine Maschine einen virtuellen Neutronenstern, die Zeitreise gelang somit durch eine Gravitationsverzerrung. Die Masse des virtuellen Sterns würde den (virtuellen) Raum krümmen. Aber, - konnte das Haus in die Luft fliegen? Könnte er bei dem Versuch sterben – seine Eltern? Würde alles verbrennen? Er musste es ausprobieren. Es blieb ihm keine Wahl. Er hatte zu viel Energie, Arbeit und Geld in sein Projekt gesteckt, um nun, so nahe am Ziel einfach aufzugeben. Das war noch nie seine Art, er war viel zu beharrlich, er musste wissen was passiert, sonst wäre alles umsonst gewesen und er könnte den ganzen Krempel wegschmeißen. Und genau das würde er sich nie verzeihen. Johann nahm allen Mut zusammen. Er drückte den Hebel sehr zart vor. Es geschah nichts. Johann drehte an dem

zweiten kleinen Rad, das sich auf dem Kasten neben dem Hebel befand. Mit dem drehen des Rades erschien auf dem Display auf dem bisher 0000, 0000, gestanden hatte, dreimal – also gleichmäßig auf allen drei Ebenen, je die Zahl 0100, und der leise Brummton würde lauter und die Frequenz erhöhte sich. Also der Ton wurde höher, aber nichts geschah. Johann schaute sich um, die nackte Birne, die von der Decke hang, leuchtete immer noch und erhellte mit ihrer 25 Watt Leistung den Raum nur spärlich. Alles sah so aus wie Eben noch und auch er fühlte sich noch genauso gut – oder schlecht, wie auch immer... er drehte den Hebel weiter vor, und auch das Rädchen weiter nach rechts – nichts. Johann schüttelte den Kopf. Wieso passierte nichts? Außer, dass der Ton, der die Maschine verursachte immer etwas lauter und tiefer wurde, hatte sich nichts geändert! Johann schüttelte fassungslos den Kopf. Warum funktionierte es nicht? Was war falsch gelaufen? Wo konnte der Fehler stecken, - war die Energie zu gering? Hatte er etwas Wichtiges vergessen?
Johann wagte einen letzten Versuch, er drehte das Rad und auch den Hebel weiter nach oben. Auf dem Display erschien dreimal die Zahl 0250,0 – hatte das Licht geflackert, oder hatte er sich das eingebildet. Johann wurde mutiger. Er erhöhte die Werte auf 0700,5. Nichts. Nichts war auch nur annähernd verändert – doch, die Kaffeetasse, die er auf dem Fenstersims stehen hatte, sie war voller Staub und voller Spinnweben! Johann erstaunte nach einem Blick auf seine Uhr. Seine Digitaluhr zeigte eine völlig andere Zeit, - und auch ein völlig anderes Datum! Sein Herz klopfte. Total erstaunt wurde ihm klar, dass er gerade um über 700 Tage in die Zukunft gereist war. Er stand auf. Erst jetzt wurde ihm bewusst, dass es hell war. Die Reise hatte keine zwei Minuten gedauert und es waren 700 und ein halber Tag vergangen! Das war unglaublich. Nun erst wurde ihm klar, dass er die ganze Zeit über nur dagestanden und die Maschine betrachtet hatte. Er ging leise nach oben an die frische Luft. Draußen vor dem Haus atmete er erst einmal tief ein und pustete mit gespitzten Lippen hörbar aus. Es war warm, -es war Sommer! Er schwitzte, nicht nur vor Aufregung, sondern auch der Temperatur wegen, die sich um geschätzte 27° C bewegen musste. Es machte Johann sichtlich Probleme dass alles zu verkraften. Er sah aus, als hätte er einen langen Kilometermarsch hinter sich. Johann ging wieder nach unten.

„Was bleibt zu tun", fragte er sich, und gab sich gleich selbst die Antwort. „Heute nichts mehr", dachte er weiter. Er beschloss, für heute Schluss zu machen. Die Zeit wieder zurückzudrehen und... morgen, morgen würde er sein Vorhaben verwirklichen. Heute würde nur noch sein Bett auf ihn warten. Es war ansträngend gewesen und Johann gähnte, er war plötzlich müde geworden. Anstrengend. Die Reise selbst sicherlich nicht, aber die Begebenheiten, das Unerwartete, ja, fast konnte man sagen, der Schock, den er zu verarbeiten hatte, der machte ihn fertig. Er setzte sich wieder auf seinen Hocker, und drehte wieder alle Hebel auf null. Die Spinnweben und der Staub auf der Tasse waren verschwunden.

Seine Mutter verhinderte, indem sie zum Abendessen rief, das er weiter Gedanken verfolgte, die er im Moment selbst nicht verarbeiten konnte. Er tappte langsam die Treppe hoch, und setzte sich still wie immer an den Tisch. Nur dieses Mal war er aus einem anderen Grund ruhig, aber dieser Grund würde niemandem außer ihm bekannt werden. Er würde weiter so tun als ob nichts wäre. Denn nur wenn er weiterhin ungestört sein konnte, könnte er sein eigentliches Vorhaben verwirklichen. Keiner durfte ihm dazwischenfunken. Dann würde alles weiter nach Plan verlaufen. Morgen. Für heute hatte er genug. Er setzte sich sogar, entgegen seinen Gepflogenheiten, an diesem Abend mit seinen Eltern zusammen auf die Couch, und sah mit ihnen fern. Obwohl nur ein langweiliger Western kam. Vielleicht war dies – oder ein sentimentaler Anfall - der Grund, dass seine Mutter, während einer Werbepause, das Fotoalbum der Familie hereinbrachte. Vielleicht wollte Irene auch nur die Chance nutzen, um mal wieder mit ihrem Sohn zu plaudern. Zunächst missfiel Johann der Gedanke gleich wieder in alten Zeiten zu schwelgen. Als er die ersten alten Fotos betrachtete, gefiel es ihm dann doch. Erinnerungen kamen auf. Längst Vergangenes. Kindheitsbilder von ihm und seinem Bruder, als sie spielten, waren zu sehen. Seine Mutter Irene und sein Vater Paul, als sie noch jung waren. Den Hund Krümel, den die Familie noch hatte, als sein Bruder und er so um die zehn Jahre alt waren. Dann, etwas weiter hinten im Album, tauchten Fotos auf, auf welchen zu sehen war, das die Familie – fotografiert mit Selbstauslöser – am Esstisch saß und ein Brettspiel spielte, - außer Johann, der auf dem Foto etwa 16 Jahre alt war, er setzte weiter hinten auf der Couch, und las ein dickes Buch. Das Foto war ihm noch nie aufgefallen, - dass heißt, das Foto schon, - nur nicht, dass er abseits hockte. Richtig bewusst wurde ihm das erst, als ihm noch zwei weitere Fotos in die Hände fielen, die Ähnliches zeigten. Die Familie war im Urlaub am See, alle lachten und hielten jeder eine Angel ins Wasser, - außer ihm – er lag vorm erloschenen Lagerfeuer, und wälzte wieder ein dickes Buch. Ebenso auf dem folgenden Foto. Dieses Mal war er lesend im Vordergrund zu sehen und die anderen im Hintergrund spielten Fußball auf der Wiese. Und Johann fragte sich, ob es das war, was seine Mutter ihm sagen wollte, -nämlich, dass er sich von der Familie abgekanzelt hatte. Eigentlich von der ganzen Welt. Ihm selbst war Zwischendurch, wenigstens Zeitweise, schon bewusst geworden, dass die Anderen anders waren als er. Seine Freunde, als er noch welche hatte, hatten, wie dass bei Jungs in

diesem Alter üblich ist, eine Freundin... Fahrrad fahren oder Fußball im Kopf... er konnte jedoch, ab einem bestimmten Zeitpunkt, keine dieser Nebensächlichkeiten, wie er es nannte, mehr ausführen. Die Zeit reichte einfach nicht aus. Nach der Schule und der Lehre, die er erfolgreich abgeschlossen hatte, beanspruchte ihn sein Hobby voll und ganz. Man konnte eben nicht alles haben. Sicher, eine Frau wäre schon toll gewesen, - es war ja auch nie so, dass er keine Frauenbekanntschaften gehabt hätte. Die hatte er schon, ab und zu, aber es war eben nie die richtige dabei gewesen. Vor Allem hatte er seit seiner Jugend
ein Ziel vor Augen. Dieses Ziel verfolgte er seither unaufhörlich. Und, wie er seit heute wusste, hatte es sich, - oder -würde es sich noch rentieren, dass er nie vom Weg, den er damals eingeschlagen hatte, abgewichen war. Sie würden alles verstehen, wenn er erst einmal im Geld schwimmen würde. Er würde es ihnen erklären, wenn es so weit war – und, sie würden es schade finden, dass sie nur genörgelt hatten, statt ihn zu unterstützen. Es war sein Leben, seine Freizeit und Jugend, die aus seiner Sicht nicht durch Bücher lesen vergeudet war, wie seine Eltern es meinten. Es würde auch sein Geld werden, - morgen... oder in ein paar Tagen... in der Zukunft. Alles Geld, das er durch seine Zeitmaschine verdienen würde, würde er behalten. Seinen Eltern... doch, er würde seiner Familie etwas
davon abgeben, von dem Geld, aber nur so viel, wie sie verdient haben, - eigentlich nichts, denn keiner von ihnen hatte an ihn geglaubt. Aber, er konnte auch nicht nichts geben. Familie ist halt Familie, sagte er sich. Sie waren ja ansonsten in Ordnung, seine Eltern, und vor allem sein Bruder. Sie waren halt wie sie schon immer waren. Sie würden sich auch nicht ändern – warum auch, ihre Welt war ja in Ordnung. Sie kamen stets mit dem wenigen Geld, das Vater verdient hatte zu recht. Sie hatten sich das Haus, wie sie es nannten, von den Rippen abgespart, und sie lebten... wie eine durchschnittliche Familie. Aber Johann genügte das nicht. Er stellte sich etwas anderes für sein Leben vor. Schon damals, als er noch ein Jugendlicher war, hatte er sich vorgenommen, dass er etwas Besseres aus seinem Leben machen würde. Es war ihm klar, dass es ein langer Weg werden könnte, aber genauso gut war ihm von Anfang an klar, dass er es schaffen würde. Und, - er hatte es – oder besser, - würde es noch schaffen. Schon bald.

Bald würde er es der ganzen Welt zeigen. Dies nahm er sich in diesem Moment vor. Nie mehr würde irgendjemand
über ihn lachen. Nein, alle würden zu ihm Aufsehen. Alle. Die Frauen würden ihm die Bude einrennen. Er würde alles nachholen. Seine gesamte Jugend, die er – wenigstens der Meinung seiner Eltern nach, verpasst

hatte. Für ihn verlief sein Leben bisher genauso zufrieden stellend, wie das Leben seiner Familie, nur, dass es ihm – bald, sehr bald – bedeutend besser gehen würde... als allen auf der Welt. Er würde die Welt verändern. Diese Macht hatte er nun, dies wurde ihm in dem Augenblick bewusst, - und er würde es tun. Er würde es allen beweisen... dass er kein Spinner war, für den ihn wohl einige hielten, sondern ein König in Bauernkleidern... aber das würde sich alles ändern. Alles.

Am nächsten Tag.

Nun, da Johann am Ziel war, hatte er es nicht mehr so eilig. Er hatte sich nicht den Wecker gestellt, sondern erwachte als er ausgeschlafen hatte. Und da war es schon beinahe Mittag. Er war ruhig – nicht ruhig, wie die ganze Zeit über, weil er wenig redete, sondern innerlich ruhig. Man konnte sagen dass er ausgeglichen wirkte. Das war er auch. Er war cool wie ein Rockstar, und so fühlte er sich auch. Und so schlenderte, nachdem er sich angezogen hatte, lässig die Stufen hinab in die Küche. Er begrüßte seine Mutter, die am kochen war.

„Guten Morgen", antwortete sie. „Das Essen ist gleich fertig... heute hast du aber lange geschlafen... hast wohl wieder bis in die Nacht gelesen, hm", ergänzte sie und machte somit eher eine Feststellung, als eine Frage.

„Nein, ich war nur sehr müde, gestern. Ab und zu muss man halt mal ausschlafen", meinte Johann.

„Das ist wohl war... deckst du bitte den Tisch?"

„O.K.", sagte er und gleichzeitig fragte er sich selbst, wann er dies das letzte Mal getan hatte.

Er ging an den Schrank, um die Teller herauszunehmen. Johann entnahm drei Teller, blickte sich um, um zu sehen was es zu essen gab, und nahm dann noch drei Messer und drei Gabeln aus dem Besteckkasten. Er stellte alles auf den Esstisch.

„Rufe bitte deinen Vater", bat Irene ihn, und entnahm noch eine Schüssel aus dem Schrank. „...wir essen dann."

Und Johann folgte der Bitte ohne Murren, das seine Mutter den Gedanken hatte, wie ausgewechselt doch ein ausgeruhter „Johann" sein konnte. Sie konnte ja nicht ahnen, welcher Grund tatsächlich ausschlaggebend für

seine Ausgeglichenheit war. Kurz darauf kam sein Vater hinzu, und sie
aßen zu Mittag. Danach machte Johann sich – leise auf den Weg... die
Treppe hinab, in den Keller.

Einen stillen Augenblick blieb er vor seiner Maschine fast bedächtig stehen.
Dann setzte er sich auf den Hocker, schaltete den Strom an, und legte die
Hebel vor. Bevor er den kleinen schwarzen Drehknopf betätigte, schaute er
auf seine Armbanduhr, dann drehte er langsam das Rad, bis die
Anzeigenauf 0003,3 standen. Er stand auf, schlich die Stufen wieder nach
oben, und gesellte sich zu seinen Eltern vor den Fernseher. Es kamen die
Lotteriezahlen. Er merkte sie sich nicht nur, er lernte sie auswendig. Auf
dem Weg wieder hinab zu seiner Maschine sagte er die Zahlen immer
wieder leise vor sich hin. Er setzte sich wieder auf den Hocker, und
verstellte die Ziffern auf der Anzeige so, dass alles wieder auf 0 stand. Er
lief die Treppen wieder hinauf. Ganz hinauf, bis in sein Zimmer. Dort
schrieb er die Zahlen, die er sich gemerkt hatte auf. Er steckte den Zettel in
die Hosentasche. Dann zog er die dünne Jacke, die über dem Stuhl hing,
an, und ging schnellen Schrittes zum Lotteriegeschäft. Dort füllte er den
Schein aus, und gab ihn der freundlichen Verkäuferin. Sie nahm ihn
lächelnd entgegen, und kassierte. Sie wünschte ihm beim hinausgehen viel
Glück.

„Das werde ich haben", meinte Johann selbstbewusst, und setzte noch
leise, aber vernehmlich, hinterher – „... ganz bestimmt sogar."

Auf dem Nachhauseweg, überlegte er sich ob er die drei Tage vorspulen
sollte, oder ob er die Zeit bis zum Gewinn ganz normal, - wie jeder andere
Sterbliche abwarten sollte. Er beschloss, dass er ruhig zuhause sich
hinsetzten würde, faulenzend, und nur, wenn er es nicht mehr aushalten
würde, würde er an der Zeitschraube drehen. Auf das Ergebnis war er
selbst gespannt. Es war ein Geduldspiel, das war klar. Er nahm an, dass er
es nicht aushalten würde und nahm sich deshalb vor, es so lange wie
möglich auszuhalten. Ohne seine Maschine, - nein, ohne Maschine
würde es nicht gehen, nie mehr, dies wurde ihm in dem Moment klar.

Er hatte auch noch viel vor mit ihr, - das war ebenso klar.
Zuhause angekommen, begab er sich sofort in sein Zimmer. Es dauerte
nicht lange, und es klopfte an der Tür.
Gleichzeitig mit dem freundlichen „herein" von Johanns, öffnete sich die
Tür und sein Bruder Frank stand im Raum.

„Hallo", meldete er sich kurz.

„Hallo", kam die ebenso kurze Antwort.

„Was gibt's Neues?", fragte Frank.

„Och, nichts... doch" – lächelnd hielt Johann den Lotteriezettel in der Hand, und ergänzte seinen Satz mit den Worten – „... ich bin jetzt unter die Glücksritter gegangen.

„Aha...", sagte Frank, und hob die Augenbrauen – „... aber du weißt schon wie die Chancen stehen, da zu gewinnen?" – machte er ergänzend eher eine Feststellung, als eine Frage, aus seiner Anmerkung.

„Klar, ich bin mir dessen bewusst..." gab Johann an – „... aber ich habe ein gutes Gefühl, - mehr als das, ich glaube dieser Schein ist Gold wert", - versprach er, und legte den Zettel feierlich in die oberste Schublade des Schreibtisches.

„Wolltest du was", fragte Johann.

„Ja, ich habe die letzten Pakete mit meinen Sachen gepackt und wollte dich fragen ob du schleppen hilfst?!"

Nickend stimmte Johann zu. Beide begaben sich in Franks Zimmer, um die drei Kartons, die mitten im Raum standen, hinunter zu tragen. Sie verstauten sie in Franks Auto. Johann fragte, ob er mitfahren sollte. Und Frank bat ihn darum. Sie stiegen beide in den roten Kombi und fuhren los. Unterwegs fragte Johann, wie denn das Leben in der Freiheit so wäre. Frank antwortete knapp, aber Kopfnickend: „Gut."

„Und was macht die... Zeit?" – fragte Frank. Johann lächelte, und meinte, dass es der gut ging.
„Ich habe letztens gesehen, dass du wieder Pläne gemacht hast... hast du Fortschritte gemacht? Was ist es eigentlich, was du da machst?"

„Tja", sagte Johann, - „... wie soll ich dir das erklären?" – überlegte Johann und fragte sich gleichzeitig was er ihm erzählen sollte. Er wollte nicht, dass Frank zu viel wusste, aber er wollte ihm schon beibringen, - wenigstens vom Prinzip her – um was „es" – wie Frank es nannte – sich handelte. Dem Thema, das musste er zugeben, dem er sich wirklich lange genug gewidmet hatte. Und von dem, all die Jahre keiner in der Familie so recht wusste, warum er sich so beharrlich mit der Zeit befasste hatte.

„Die Zeit", begann er – „... ist eine Sache, die einzigartig ist, auf dieser Welt. Es gibt nichts Vergleichbares. Die Zeit ist die einzig konstante im Universum. Alles Andere verändert sich. Die Erde sah vor Jahrmillionen völlig anders aus. Die Zeit hat die Welt nicht nur verändert, altern lassen, also in einen unkonstanten Zustand versetzt, nein, die Umstände auf und in der Erde haben dazu geführt, dass die Oberfläche sich total geändert hat. An der Zeit selbst änderte sich während dieser Zeit nichts, - ihr Ablauf ist Linear, - also gleich bleibend."

Die Ampel vor ihnen wechselte auf Rot, Frank hielt an, schaute zu seinem Bruder und sagte:

„Bis dahin kann ich dir geistig Folgen, aber deswegen allein hast du dich doch nicht so lange und intensiv mit der Zeit befasst, soweit ich verstanden habe, beschäftigst du dich doch mit Paradoxen und Zeitverschiebungen."

Die Ampel wurde wieder Grün und Frank fuhr weiter.

„Das stimmt", gab Johann zu, und ergänzte den Satz mit den Worten – „... ein paar große Köpfe dieser Welt machten sich ebenfalls Gedanken um die Zeit, man reden von Zeitschleifen, großen Massen im Universum, die die Zeit verändern."

„Du sagtest doch eben, dass die Zeit nicht veränderlich ist!"

„Das ist auch richtig, aber der Weg, den ein fiktives Raumschiff auf einer bestimmten Bahn zurücklegen würde, hätte der Zeit dann ein Schnippchen geschlagen, wenn es an einer großen Masse vorbei kommt. Eine große, also schwere Masse, krümmt den Raum. Du musst dir folgendes vorstellen. Die Ebene, auf dem das Raumschiff sich befindet, ist fast gerade. Sie ist nur minimal, also kaum messbar gewölbt. Sagen wir, diese Ebene bestünde aus einer Folie aus Kunststoff. Würdest du nun eine schwere Eisenkugel auf dieser Folie legen, würde sich die Folie an dieser Stelle stark nach unten wölben."

Frank nickte.

„Die Wölbung wäre am oberen Ende im Umfang großflächig und am unteren Ende schmal."

„Es würde ein Trichter entstehen", verstand Frank.

„Ganz genau, und stell dir nun vor, das Raumschiff würde am oberen Ende seine Bahn ziehen."

„Das Schiff brauchte länger, unten am Trichter käme es schneller voran, es hätte eine Abkürzung genommen."

„Du hast es verstanden", lächelte Johann.

„Und du und die anderen, eh, Wissenschaftler, versuchen so die Zeit zu umgehen, oder wie verstehe ich das?!"

„So was in der Art."

„Ja, aber warum... was hat man davon... es gibt noch keine Raumschiffe, und selbst wenn, man müsste erst eine so
große Masse erreichen, um dann eine Abkürzung zu nehmen... also..."

Johann merkte, dass Frank noch nicht ganz verstand und sagte dann, - lauter als notwendig – „So verstehe doch, die Abkürzung ist doch nur das Mittel zum Zweck, der Grund warum man die schnelle Route benutzt ist doch, dass man die Zeit umgangen hat. Und, um die Sache noch deutlicher zu machen, ergänzte er die Ausführung – „Stell dir vor du wüsstest, was du morgen falsch machst, - indem oder weil du die Abkürzung genommen hast – du würdest den Fehler nicht machen, - oder?"

„Nein", kam die knappe Antwort.

„Na siehst du – es würde sich also immer rentieren, diesen Weg zu gehen."

Frank hob die Schultern, - er war sich dessen nicht so bewusst, wie sein Bruder es offenbar war. Er verstand nun um was es ging, aber er konnte sich nicht vorstellen, wie jemand eine solche Abkürzung machen könnte – wie denn, fragte er sich, und wusste nicht, dass sein Bruder schon längst eine Antwort dafür hatte.

Kapitel 4

Der erste Gig.

Es waren ein paar Tage vergangen. Genau fünf Minuten vor der Ziehung der Gewinnzahlen, die wie immer im TV übertragen wurden, kam Johann ins Wohnzimmer. Seine Eltern hatten ebenfalls bereits den Tippschein vor sich liegen. Er nahm seinen aus der Hosentasche und gesellte sich damit zu seinen Eltern an den Tisch.

„Du hast auch getippt?" – stellte sein Vater, mehr eine Feststellung als eine Frage, fest.

„Ja, ich hatte so eine Art Eingebung." – log Johann.

Es kam Werbung. Noch etwa drei Minuten bis zur Ziehung der Zahlen, stellte Johann nach einem Blick auf seine Armbanduhr fest. Und sein Puls fing an zu rasen, dass er das Rauschen des eigenen Blutes in seinen Ohren hörte.
Kalter Schweiß lief ihm unter den Armen hervor. Er zitterte sogar etwas, so aufgeregt war er. Die Spannung, obwohl – oder gerade weil - er wusste, was gleich geschehen würde, war schier unerträglich. Er lehnte sich zurück um zu entspannen, dabei atmete er tief durch, so laut, dass seine Mutter sich vergewisserte, das mit ihm alles in Ordnung war. Ihm fiel ein Gespräch ein das er vor Jahren einmal mit Frank hatte. Es ging um die die Frage, die sich fast jeder einmal im Leben stellt... den Sinn des Lebens. Johann erinnerte sich daran, dass Franks und seine Meinung in einem Punkt total auseinander gingen. Dem Punkt Geld und welche Rolle es in eines jeden Leben hat. Johann erinnerte sich nun genau. Es war der Tag – ihm kam das Foto, das sie kürzlich betrachteten wieder in den Sinn, - an dem sie am Lagerfeuer saßen. Frank hatte so etwas wie eine Vision. Er fand eine Welt die ganz ohne Zahlungsmittel auskommt am besten. Johann sah vor seinem inneren Auge noch genau vor sich, was Frank antwortete, als er ihn gefragt hatte, wie er sich das vorstellt.

„Ganz einfach", - sagte Frank damals, - „... die Welt steht vor großen Problemen, die die Politiker, so – meiner Ansicht nach, nicht lösen können. Jeder versucht für sein Land und sein Volk das Beste. Aber die Probleme sind Global. Da ist die Globale Erderwärmung, die Überbevölkerung, immer wieder Kriege wegen... nichts, die Klüfte zwischen Armen und Reichen – also, die Hungernden der dritten Welt, und letztendlich – die gnadenlose Ausbeutung der Erde, den Ressourcen. Ich kam zu dem Schluss, dass alle diese Probleme einen Nenner haben, Geld!"

„Und wie kamst du zu dem Ergebnis?"

„Das liegt doch auf der Hand. Kohle und Erdöl werden gefördert, bis nichts mehr da ist, gleichzeitig wird vom Sparen geredet. Wälder werden gerodet, obwohl gesagt wird, dass dies die Lunge der Erde ist... würdest du dir die Lunge herausnehmen lassen? Die Börse profitiert von alledem und am anderen Ende der Welt leben Menschen in Blechhütten und verhungern. Und der normale Mitteleuropäer stirbt an Herzinfarkt, hervorgerufen durch ungesunden Stress. Nein, das ist ganz klar, - es liegt nur am Geld."

„Und wie sieht deine Lösung für alle diese Probleme aus?"

„Mit einem im Prinzip ganz einfachen Kunststück. Ich bin mir gleichzeitig jedoch im Klaren darüber, dass dieses Kunststück nicht funktionieren kann, weil es die oberen Zehntausend nicht wollen."

„Und dieses Kunststück liegt ganz einfach darin das Geld abzuschaffen, oder wie verstehe ich das?"

„Genau, - es gehört aber noch mehr dazu. Überlege doch mal. Es müsste eine völlig neue Weltordnung geschaffen
werden."

„Da hapert dein, eh, Modell schon."

„Ich weiß, aber lass mich dir meine Vision weiter vorstellen... also... diese neue Weltordnung sieht vor, dass es weltweit kein Geld, also gar keine Zahlungsmittel mehr gibt. Die Frage stellte ich mir so – was würde passieren, ohne Geld... und beantwortet habe ich die Frage folgendermaßen... kein Geld würde bedeuten, dass ich – jeder - in ein Geschäft gehen kann und mich mit allem eindecke, was ich gerade brauche, also einem Brot, samt Belag und einem Pullover, weil ich gerade kalt habe... es kostet nichts. Was ich auch besorge, es ist umsonst. Aber, ich muss weiterhin dafür arbeiten. Der jeweilige Staat sorgt dafür, dass alles, was die Leute benötigen vorhanden ist, und achtet gleichzeitig darauf, dass die Menschen dafür arbeiten. Der Tauschhandel wäre also Ware gegen Arbeit! Grundsächlich würde sich also nichts ändern. Es gäbe Politiker, die Entscheidungen treffen. Menschen, die für ihren Lebensunterhalt arbeiten müssten, - nur mit dem Unterschied, dass nun kein Zahlungsmittel mehr verwandt wird. Die Folge wäre, das nur die Dinge... Öl, Kohle, Holz... also die Ausbeutung der Erde nur um den Wert erfolgt, der wirklich derzeit benötigt wird. Dies wäre der größte Erfolg des Systems – ohne Geld. Dass nur noch der tatsächliche Bedarf genutzt wird, und nicht mehr, dass es ein paar Reiche mehr auf der Welt gibt."

„Nun hättest du was für die Umwelt getan, aber wie wäre es mit den Leuten in den Blechhütten? Müssten die ebenfalls arbeiten?"

„Klar, das ist der zweite wichtige Punkt des Systems. Niemand auf der Welt wird bevorzugt, oder benachteiligt – alle werden gleich behandelt… was dazu führen würde, das es keine Kriege mehr gibt. Denn, wenn es um kein Geld mehr geht, um was willst du dann noch streiten? Jeder bekommt alle Güter, die er gerade braucht – weltweit – umsonst. Um Religion? Ich denke, wenn jeder auf der Welt sicher ist, und in Frieden leben kann, wird ihm die Religion des Anderen egal sein. Es gäbe keinen Grund mehr für Kriege, dessen bin ich mir sicher."

„Und dass alles würden die Politiker in einem Weltrat bestimmen und lenken?"

„Ganz Richtig. Demokratisch und Gerecht. In jedem Land gäbe es vom Volk gewählte Abgeordnete. Diese befragen bei bestimmten Dingen, - etwa ob eine Brücke gebaut werden muss, die Leute vor Ort. Die stimmen ab, die Brücke wird gebaut, oder eben nicht. Keiner fragt nach was es kostet. Nur noch, ob es sein muss oder nicht. So geschieht es überall auf der Welt. Ob eine Rakete gestartet wird, ein neuer Präsident gewählt werden soll, wohin Lebensmittel verteilt werden müssen… nun immer zum Wohle der gesamten Menschheit – und der Erde. Und eben nicht mehr für die Geldbeutel der Mächtigen."

„Und was soll jeder arbeiten… und warum, wenn es doch alles gratis gibt?"
„Jeder was er kann. Es genügt, wenn einer die Halle kehrt, und einer der Chef ist. Es gäbe natürlich immer noch Bewerbungen auf einen Job, - ich sagte ja, im Grunde würde sich nichts ändern. Du hast natürlich mehr oder weniger intelligente Leute, die dies oder jenes können oder eben nicht können. Aber tun, muss jeder etwas, ab einem bestimmten Alter. Sonst gibt's nichts. Das wird von den Ämtern, der Polizei überwacht. Das ist nötig, damit keiner benachteiligt wird."

„Du hättest also, nachdem sich alles eingespielt hätte, das Paradies auf Erden… hört sich doch sehr träumerisch an!"

„Ja, das ist wahr… dass alles ist so was wie ein Traum, ein unerfüllbares Märschen. Eine Vision halt. Der Anfang wäre schwer. Geschäfte würden geplündert werden, Autos geklaut. Die Menschen würden dem Frieden nicht trauen. Jeder würde denken, dass dies nur eine Art Mode wäre, die bald wieder zu Ende sein wird. Doch irgendwann hätte es auch der Dümmste verstanden. Dass er – einfach so – in den Supermarkt gehen kann. Irgendwann hätte die Weltordnung alles im Griff, und alles würde so laufen wie geplant. Die Welt wäre friedlicher, - für eine lange Zeit. Der Mensch könnte sich weiterentwickeln. Langsam und ohne Stress."

„Ja, genau, - würde nicht alles stagnieren? Warum sollte weiterentwickelt werden?"

„Zum einen, weil der Mensch neugierig ist, und vor allem, weil immer wieder Probleme auftreten würden, für die man eine Lösung braucht. Es würde also in allen Gebieten weitergeforscht werden. Krankheiten, Energieknappheit, -dass alles wäre ja nicht aus der Welt. Alles würde nur verzögert werden, - wenn auch um einen sehr hohen Faktor."

Die Gewinnzahlen rissen ihn aus seinen Gedanken. Als die TV-Moderatorin die Zahlen zu Ende vorgelesen hatte, war es so, als ob die Überraschung echt wäre. Johann sprang vom Sitz auf. Er machte einen Luftsprung und schrie. dabei: „Das sind meine Zahlen, - ich habe gewonnen!"

Mein Herz schlug nun tatsächlich bis zum Hals – wenigstens wusste ich nun, wie ein Lottogewinner sich fühlt… ich bekam sogar Tränen in die Augen – es war überwältigend, unbeschreiblich, ich zitterte etwas…

Er *(ich)* konnte sich selbst nicht erklären wieso er dermaßen überrascht war – oder war nur das Gefühl gleich, - er *(ich)* wusste es nicht. Er wusste jetzt nur, wie sich ein Gewinner fühlt. Das Gefühl war wirklich unbeschreiblich. Sein Herz schlug erneut bis zum Hals. Nun kamen auch seine Eltern hinzu. Sie sprangen um die Wette in die Luft. Es war ein lustiges Schauspiel, - Frank hätte sich krankgelacht, hätte er es beobachtet. Dieses Schauspiel beendete erst Johanns Vater, als er ihm den Gewinnzettel aus der Hand nahm, er konnte es nicht glauben, und verglich die Zahlen mit denen, die immer noch auf dem Bildschirm flimmerten. Es waren die Gleichen, - es war wahr, - sein Sohn hatte es geschafft! Mit dem ersten Anlauf. Anfängerglück! Aber egal – er hatte gewonnen, und er freute sich für ihn.

Im Studio.

„Und was machte ihr Bruder mit dem Gewinn?" – fragte die Moderatorin Frank.

„Oh, da hatte er eher Pech als Glück. Denn was Johann nicht wusste, war, dass die Gewinnsumme nicht sehr hoch ausfiel. Es hatten noch mehr Leute die Losnummer, so dass der Gesamtgewinn nur 235000 Euro betrug. Er hatte seine Schulden bezahlt, meinen Eltern und mir je 50000 Euro geschenkt…“

„Oh, großzügig!“

„Ja. Ja… und so machte er weiter. Ich weiß noch gut, dass er sich ein tolles Auto gekauft hatte… und den Job hatte er gekündigt.“

„Und darüber haben sie sich nicht gewundert?“

„Oh doch, sicher haben wir das. Nach dem Auto blieb ja nicht viel Geld übrig. Nur etwa 35000 Euro, das war für ihn etwa ein Jahresgehalt, nicht genug um den Job zu werfen. Und so fragten wir ihn, warum er das denn getan hätte. Er hatte nur geantwortet, dass er andere Pläne hätte. Und dass er andere Pläne hatte, zeigte sich etwa eine Woche später, als er viel Geld an der Börse gemacht hatte.“

„Das muss sie doch auch gewundert haben, das er plötzlich an der Börse tätig war und auch noch Gewinn machte?!“

„Sicher“ – nickte ich, und trank einen Schluck Wasser. „Und es war viel Geld, das er gemacht hatte. Etwa eine halbe Million. Aber das reichte ihm nicht. Und was nun kam, dass wunderte uns richtig. Fast jede Woche kam er mit noch mehr Geld in der Tasche an.“

„Und ihr hattet bis dahin nie eine Ahnung, wie er das angestellt hatte?“

Frank schüttelte nur den Kopf und sagte dann: „Nein, nie. Bis wir erkannt hatten, das er die Börse regelrecht manipuliert hatte, verging noch einige Zeit.“

„Und wann war das?“

„Nun, er kam wie erwähnt beinahe wöchentlich mit immer noch mehr Geld. Er machte auch keinen Hehl daraus, dass das ganze Geld von der Börse kam. Ich besuchte ihn nur irgendwann und fragte ihn ob er was damit zu tun hätte, das so viele Firmen pleite wurde.“

„Wieso… erklären sie das bitte genauer.“

„Nun, es schien mir offensichtlich. Je mehr Geld Johann verdiente, je öfter hörte oder las man in den Schlagzeilen, dass wieder eine Firma irgendwo auf der Welt Konkurs anmelden musste."

„Ich erinnere mich", nickte Karin. Sie beugte sich so vor, dass ihr Dekolleté fast zu eng wurde. Dann sprach sie weiter – „... auch ich hatte Damals einige Tausend Euro verloren."

Das war Frank peinlich und er nickte nur. Dann sagte er noch, dass ihm bewusst sei, dass noch mehr Leute ihr Geld dabei verloren.

„Manch einer hat sein gesamtes Hab und Gut verloren, deshalb sprach ich ja mit ihm an diesem Tag. Gerade weil ich ja das Gefühl hatte, das Johann etwas damit zu tun hatte. Zu dem Zeitpunkt erschien er auch als der große Unbekannte das erste Mal in den Schlagzeilen. Natürlich wurde bekannt, dass da jemand war, der da manipulierte. Aber Johann hatte es bis dahin geschafft unerkannt zu bleiben. Keiner weiß wie, aber er hat es geschafft. Aber er wurde gierig. Auf meine Frage antwortete er nur, dass jeder an der Börse wissen muss, was er tut."

„Ja, auch da war er ein Genie. Dies war der Zeitraum, in dem die Welt begonnen hatte sich zu ändern. So brauchte ich mir bis heute keine Vorwürfe zu machen, denn auch ich oder meine Eltern wussten bis dato nichts."

Karin nickte und fragte dann eine Frage, auf die ich nicht vorbereitet war. Sie schaute auf ihre filigrane goldene Armbanduhr, und sprach: „Unsere Sendung, - also wir haben noch etwas Zeit, dürfte ich sie etwas Persönliches fragen?" Und sie wartete gar nicht erst ab, ob ich denn damit einverstanden wäre, sondern schob ihre Frage gleich
hinterher: „Wie stehen sie, ihre Familie, eigentlich zur Religion? Gott."

„Gott... da gibt es so viele Fragen" – begann ich, „... kann ein Geistlicher wirklich mit Gott reden... wenn es denn Gott gibt, - gibt es dann auch das Böse? Oder wohnt das Gute und das Böse in jedem von uns? Wenn ja, können manche Menschen das fühlen? Ist das, was wir einen gesunden Menschenverstand nennen, ein Wunder, das den einen oder Anderen rettet? Wir täuschen uns ja oft genug in anderen Menschen. Kann es jemanden geben, der alles – wirklich alles weiß? Ein Medium, welches mit einem göttlichen Wesen in Verbindung steht... ein zeitloser

Dämon... oder Gott selbst. Himmel und Hölle... wo sind diese Welten? Das Universum... gibt es nur eines oder mehrere? Naturkatastrophen, die Macht des Geldes, Wut, Zerstörung... Liebe, Hoffnung... was ist Real und was Traum? Gibt es Freiheit – durch Krieg... lebt die Hoffnung, - die Menschheit immer weiter? Dies sind Fragen, die ich und mein Bruder in ruhigen Momenten beredet haben. Wir, - ich weiß dass alles nicht. Ich will aber optimistisch bleiben. Denn die Zeit heilt alle Wunden... selbst wenn hier, - auf Gottes Erde, alles durch Menschenhand ausgelöscht sein sollte. Alle Geister und Götter tot sein sollten, ebenso wie alle anderen Lebewesen, die je hier wandelten, so würde es... zu seiner Zeit... eine neue Sonne geben. Eine neue Erde. Zwar wird die – hoffentlich – bessere Gesellschaft, die es dann gibt, einen neuen Namen finden und selbst auch anders heißen. Doch die Geschichte oder eine ähnliche... wird sich wiederholen. Weil das All noch lange lebt und stets neue Chancen vergibt. Chancen zum Leben mit neuen Göttern oder nur einem Gott. Demjenigen Gott, mit dem alles begann? Demjenigen, der alles zuließ – oder sogar wollte, das alles so kam, wie es kam. Dem Lenker, der Leben gibt und es auch nimmt, wie es ihm gefällt, wie er unsere Eltern nahm. Erschaffen und Zerstören... ist es das, was er immer wieder tut? Tun wir es ihm gleich oder verstehe ich nur etwas falsch? Verstehe ich die Welt nicht – oder nur zu gut? Der, der auf all diese Fragen eine Antwort hat, der ist der Allwissende. Der wirkliche Gott, der voller Sanftmut und Liebe ist. Weil er Wissen besitzt, weil er lebt und liebt und alles sieht. Er ergänzt das Fehlende, er macht das Unklare für uns sichtbar. Er führt die Ängstlichen ans Licht zu den Mutigen. Er zeigt, dass Lust Liebe bedeuten kann aber Lust nichts mit Liebe zu tun hat. Genau, wie er zeigt, das Leben schön ist, - und nicht Tod und Krieg. Und das nur ein klarer Verstand dies erkennt. Er würde alles so tun und sagen, wie ein Gott es tun und sagen würde. Er würde nicht verlangen, dass alle an ihn glauben. Die Leute würden erkennen, wer er ist. Weil er auf alle Fragen eine Antwort hätte. Er würde, - in jeder Zeitperiode, jedem, alles – in seiner Sprache verständlich machen. Auf jeder Welt, die Leben beherbergt. Er würde fördern und leben lassen. Verstehen und verstanden werden. Bis alles sich wiederholt hat, - irgendwann – an dem oder einem anderen Ort. Denn er hätte Zeit. Bis alle... alle, die bis dahin verbleiben... und sei es auch nur der Gedanke, der verbleibt... bis alle so sind wie er es ist... Allwissend... bis zum Ende der Zeit. Bis nichts mehr einen Sinn ergibt, weil es nichts mehr gibt – außer einer Leere. Einen Kalten Raum in dem alles begann und endete und nur noch aus göttlichen Wesen besteht. Dann wird wieder alles mit einem neuen Big Bang erwachen, wenn selbst die Zeit tot ist und wieder bei null beginnt. Der ersten Sekunde, wenn ein greller Blitz wieder Sterne und Leben in einen leeren Raum bringt, und Er oder Sie wieder von vorne beginnen müssen. Den ewigen Weg des Seins gehen, wieder und wieder, wie ein Gott eben. Wenn das so ist, dann gibt es Gott.

„Oh, wie tiefsinnig... aber, wenn ich es mir überlege... auch richtig. Auch ich würde es so... in der Art darlegen... ja, doch", gab Karin glaubhaft von sich, lächelte mich an und schwenkte das Thema um 180°, indem sie fragte, wie es danach weiterging. Ich zuckte die Schultern, und erzähle einfach weiter.

„Nun", begann ich kopfschüttelnd – „... wie ging es weiter? Von nun an wurde es richtig spannend, aber auch Chaotisch und – nun ja, Verrückt. Alles ging schief, nicht für Johann, aber für den normalen Bürger, - überall auf der Welt. Von nun an stützte die Welt in den Abgrund. Und Johann, der hatte es immer, ich weiß nicht wie... er hatte es stets geschafft nicht in die Schlagzeilen zu gelangen. Ich nehme an, dass dadurch, indem er sich immer wieder in anderen eh, Zeitzonen, aufhielt, kam sein Name nie ans Tageslicht. Aber tatsächlich hantierte er mit immer größeren Mengen Geld. Ich bekam ihn nur noch wenig zu Gesicht. Aber ich erinnere mich, nun, da ich darüber nachdenke, noch recht gut. Er kam zu mir. Er besuchte mich und meine Familie in unserer neuen Wohnung... etwa ein halbes Jahr später."

Auf dem Briefkasten las Johann – Frank & Nora Sommer. Darunter war ein Aufkleber auf dem ein gezeichneter Babykopf zu sehen war, mit der Aufschrift Baby Noah. Johann musste lächeln und klingelte an der Haustür. Nora erschrak ein wenig, weil sie nicht mit ihm gerechnet hatte, - auch war die Wohnung nicht richtig aufgeräumt. Sie bat ihn jedoch freundlich lächelnd hinein und trat zur Seite. Johann kam, wortlos, wie es seine Art war, herein. Als Gruß war nur ein feines Kopfnicken wahrnehmbar. Nora ging voran und begleitete ihn so zu Frank, der sich im Wohnzimmer aufhielt.

„Sieh mal, wen ich da mitbringe" – lachte sie.

„Oh, welch seltener Glanz in unserer Hütte", begrüßte ihn Frank. „Na, wie geht's dir?"

„Hervorragend"; gab Johann mit einer, für ihn ungewöhnlich selbstsichere Stimme, an. „Und ich habe euch auch was mitgebracht."

Und unter dem wohl sündhaft teuren schwarzen Anzug holte er ein kleines Paket hervor. Einfaches Schreibmaschinenpapier ummantelte zwei

Bündel Geld. Auf jedem der Bündel war eine Banderhole mit der Aufschrift: 50000€ - zu lesen! Und er sagte nur: "Hier, für Euren Kleinen."

Nora und Frank stand tatsächlich der Mund offen.

Nora konnte nur ein... „Was..." – stottern, und Frank stand auf. Er machte eine abwehrende Handbewegung und
meinte, mit Blick auf das Geld: „Das können wir nicht annehmen... Johann."

Doch Johann reichte das Bündel seinem Bruder noch näher und sagte: „Nimm es... ich habe so viel davon."

Frank hatte sich gefasst, setzte sich und bat nun auch Johann sich zu setzen. Frank schaltete mit der Fernbedienung
den Fernseher aus und fragte, ob er denn eine Bank überfallen hätte.

Johann legte das Geld einfach auf den Tisch und lehnte sich dann zurück. Er lächelte, was Frank bis dahin eher selten an ihm beobachtet hatte. Nora ging in die Küche, um Kaffee zu kochen. Als sie aus dem Zimmer war, begann er zu erzählen.

„Ich kann es nicht für mich behalten", begann er.
„Du kannst dich doch noch an das Gespräch erinnern, als du am umziehen warst und wir drei Kartons hierher verfrachtet hatten."

„Da ging es um... Abkürzungen, - der Zeit ein Schnippchen schlagen, richtig?"

„Ja, genau... ich will, das es dir, deiner Familie genauso gut geht wie mir... also, ich eh, ich habe der Zeit ein Schnippchen geschlagen... ich habe die Zeit umgangen!"

Frank bekam einen trockenen Mund. Er musste erst einmal einen Schluck Bier trinken. Er nahm das halbvolle Glas, das auf dem Tisch stand, und trank es in einem Zug leer. „Was willst du mir sagen, - dass du eine Rakete gebaut hast?" Und er zweifelte an Johanns Verstand.

„Aber nein", lachte Johann, „... nein, das nicht... aber eine Zeitmaschine!"

Und Frank stand der Mund erneut offen. Es war Pause in seinem Kopf, - er wusste nicht was er sagen sollte, und so schauten sich die Beiden eine

Weile nur schweigend in die Augen. Nach einigen Sekunden kam Frank dann die Erleuchtung."

„Du willst mir also sagen, dass der Geldgewinn kein Zufall war, und alles Geld, was du anschließend verdient hast, ebenso... kein Zufall. Du hast dir immer angeschaut was in der Zukunft passiert und hast danach gehandelt!"

Johann nickte nur und grinste vor sich hin.

Frank schüttelte den Kopf und griff wieder zur Fernbedienung. Er schaltete den Nachrichtenkanal ein. Es kam gerade ein Bericht, in dem gezeigt wurde, dass wieder eine Bank und eine Firma Konkurs anmelden mussten. Und Frank fragte empört: „Und dass da... hast du da auch was damit zu tun?"

Johann wollte das nicht hören und drehte den Kopf zur Seite. „Ich habe dir schon einmal gesagt, dass jeder an der Börse wissen muss, was er da tut. Und die... die wussten es nicht!"

Er machte eine Handbewegung, mit der er wohl – Sinnbildlich - alle Schuld von sich schieben wollte. „Ja, ich mache mein Ding, und biete dir gerade an mitzumachen... aber ich bin nicht verantwortlich dafür, wenn andere sich übernehmen!"

„Aber denke doch mal an die ganzen Arbeitsplätze, die dahinter stecken."

Johann stand mit den Worten auf: „Und wer hat an mich gedacht, während all den Jahren? Für Verrückt habt ihr mich alle gehalten... ich bin und war nie Verrückt. Ihr habt nicht an mich geglaubt. Und nun soll ich aufhören, nur weil einige ihr Geschäft nicht verstehen? Nein Frank, ich kann dir sagen, dass ich nun gerade erst anfange! Ich habe große Pläne... ich will... ich will alles!" Dieses „alles" schrie er fast. Frank war unfähig irgendetwas zu tun oder zu sagen. Er war schlicht überwältigt von alledem. Einerseits bewunderte er Johann, für die großartige Erfindung, die er gemacht hatte... man könnte sie mit Sicherheit für ganz tolle Dinge verwenden, - er dachte an die Toten eines Sturms, man hätte die Leute evakuieren können. Vor allem aber war er erstaunt darüber, was aus seinem „stillen" Bruder geworden ist. Frank fragte sich, ob Johann verrückt geworden ist. Er beantwortete sich die Frage jedoch sofort selbst. „Nein, nicht Verrückt, aber Geldgierig. Was ihn treibt ist Geldgier", sagte er leise vor sich hin.

Wobei das Wort Geldgier so wirkte, als hätte er verdorbenes Essen angesehen.

Johann antwortete böse: „Nenne es wie du willst, ich mache jedenfalls weiter." Dann machte er kehrt, und verließ das Zimmer. Beim hinausgehen rannte er dabei beinahe Nora um, die gerade mit einem Tablett in den Händen die Tür hineinkam.

Er brüllte noch „Tschüss", und verließ das Haus. Eigentlich wollte er den kleinen sehen, aber daraus sollte halt nichts werden. Frank sah ihm durchs Fenster nach, als er in die schwarze Luxuslimousine einstieg und wohl – vorerst – aus ihrem Leben entschwand.

Karin riss Frank mit den Worten: „Sie hatten also kaum die Chance ihn aufzuhalten", aus seinen Gedanken. Kopfschüttelnd antwortete Frank nur ein gemurmeltes Nein. Karin, und wohl auch alle Zuschauer verstanden... und waren gespannt wie es weiterging. Und Frank erzählte weiter.

„Ich wusste nicht viel von Zeitreisen. Nur dass, was ich aus diversen Filmen kannte. Nämlich, dass alle Zeitreisen irgendetwas auf der Welt verändern wurde. Ich war also erstaunt, verblüfft... und auch traurig, - vor allem, als ich wieder in den Fernseher sah. Da sah es so aus, als ob die Veränderung bereits begonnen hatte."

„Erneut demonstrierten heute wieder tausende Menschen weltweit in den großen Metropolen dieser Welt." Man sah Leute mit Plakaten, mit Aufschriften wie: Diebe, Abzocker, Nieder mit den Reichen Bonzen oder Gleiches Recht für Alle! „In München gab es Plünderungen und Ausschreitungen. Die Polizei hat alle Hände voll zu tun, die Aufgebrachten Bürger in Schach zu halten. Sie rückte mit Wasserwerfern der Menge zu Leibe. Die Leute machten die großen Banken und viele Manager großer Firmen dafür verantwortlich, dass sie viel Geld an der Börse verloren. Viele dieser Menschen verloren ihren, noch bis vor kurzen, scheinbar sicheren Job. Insofern kann man die Leute sogar verstehen. Die Arbeitslosigkeit in Deutschland stieg auf 29,7%. Das ist mehr als vor dem zweiten Weltkrieg! Und überall auf der Welt sieht es ähnlich aus, oder noch schlimmer. Doch wer tatsächlich den drohenden Zusammenbruch der Börse verantwortet, dies entzieht sich unserer Kenntnis."

„Und ich wusste nun, wer verantwortlich war, aber was sollte ich tun? Ich kannte ja noch nicht einmal den Aufenthaltsort von Johann", murmelte Frank vor sich hin. „Aber dennoch entschloss ich mich, die Polizei zu informieren. Doch zuerst wollte ich eine Nacht darüber schlafen. Ich musste wissen, was ich sage, obwohl mir irgendwie klar war, dass man mir nichts konnte. So war es dann auch, niemand gab mir, meiner Familie oder meinen Eltern die Schuld. Aber wir wurden fortan beobachtet, nicht, weil man einen Verdacht gegen uns hegte, sondern, weil man darauf hoffte, dass mein Bruder Kontakt zu einem von uns aufnahm."

„Und, tat er es?"

„Nein, aber… kurz danach eskalierte dennoch die Situation."

„Der weltweite Börsenzusammenbruch!"

„Genau, aber Johann, der war bei weitem noch nicht am Ende. Wie er mir prophezeit hatte, fing er nun erst richtig an. Nun aber nicht mehr allein. Er, aber das konnte ich mir nur noch aus den Medien zusammenreimen… gruppierte andere um sich. Mächtige Männer. Männer mit Einfluss und Macht. Ich denke die Gier nach Geld und Macht wuchs bei Johann ins Unermessliche. Und diese Männer halfen ihm dabei. Ich schätze, dass diese Männer, allen voran Johann, zu der Zeit die Welt in Händen hielten. Die Weltwirtschaft stand auf dem Kopf. Die Inflationsrate stieg und stieg, - und dass bei allen Währungen."

„Ja, ich glaube da können wir uns alle noch daran erinnern. Selbst ein Brot kostete fünfzehn Euro."

„Ja, das Geld verlor an Wert. Das ging plötzlich rasend schnell. Doch Johann und Konsorten störte dass nicht sonderlich. Sie hatten nicht nur mehr als genug davon, - nein, sie kauften von nun an beinahe alle frei verfügbaren Gold- und Diamantenvorräte auf."

„Von nun an wussten wir alle, was los war. Es kam überall auf der Welt in den Nachrichten."

„Ja, die Unruhen überall… die Unzufriedenheit… hier und da gab es Bürgerkriegsähnliche Ausschreitungen… die Politiker auf der Welt hätten nun handeln müssen."

Karin nickte. Ihr Blick war ernst, so hatte sie bisher keiner gesehen. Und sie sagte bitter: „Aber die taten nichts…wollten die Situation abwarten. Als ob zu dem Zeitpunkt eine Änderung in Sicht gewesen wäre."

Kapitel 5

Der dritte Weltkrieg.

Ich erzählte weiter.
„Johann war in seiner Hotelsuite in Panama. Seine Mitwisser hielten sich
überall auf der Welt auf. In New York, Tokio, Mailand, Moskau und in Hong
Kong. Sie korrespondierten mit Handys und übers Internet. Sie besaßen
Öl, Gold, Geld in allen namhaften Währungen, Schiffe, Flugzeuge, Häuser
– überall auf der Welt. Um die täglichen Nachrichten kümmerten sie sich
nicht sonderlich. Das war ein Fehler, denn nun wäre der Zeitpunkt da
gewesen aufzuhören. Aber sie taten es nicht. Die Geldgier hatte sie
Wahnsinnig gemacht. Alle sechs – allen voran Johann. Er machte weiter
mit seinem Spiel. Schaute sich die Zukunft an, und teilte den anderen mit
was sie zu tun hatten. Sie taten es, und ihr Reichtum steigerte sich täglich.
Fast ins Unermessliche. Keiner der sechs wusste überhaupt noch
wie viel ihm überhaupt gehörte... oder was jeder einzelne besitzt. Alles war
ihnen egal, sie gingen ihrem „Geschäft" unbeirrt nach. Natürlich war
Johann nicht blind. Er sah sehr wohl, auch an diesem Tag, was außerdem
noch alles auf der Welt vor sich ging. Es war auch nicht mehr vermeidbar.
Jeder Radiosender und TV- Sender, den man einschaltete, brachte
unentwegt, was kurz bevorstand. Der totale Zusammenbruch aller
Ordnung. Es gab fasst kein Land auf dieser Erde, das nicht einem anderen
Land irgendetwas vorwarf. Korruption warf beinahe jeder Jedem vor,
und hatte wohl auch recht. Es war so, - so etwas wie Moral schien es nicht
mehr zu geben. Jeder hielt gedanklich seinem Gegenüber die Pistole vor
die Brust. Doch da schaltete Johann stets ein anderes Programm ein."
„Ja", – unterbrach mich Karin, - „... man hatte das Gefühl, das einfach
jeder, allen voran die Politiker, Verbrecher sind. Und nicht nur kleine
Gauner, nein, schlimme Gangster, die dir das letzte Hemd stehlen würden,
oder dich gleich abmurksen werden."

Nach diesen Worten ging ein leises Raunen durch den Saal. Einige Leute
nickten mit ihren Köpfen. Man schien sich allgemein an diese
beklemmende Situation zu erinnern. Von nun an erinnerte sich sowieso
jeder im Studio. Verschiedene Bilder sah nun jeder wieder vor Augen... das
Chaos war auf den Straßen ausgebrochen. Überall auf
der Welt. Es kam täglich zu Plünderungen. Die Mord- und Selbstmordrate
stieg auf über 400% an, meldete eine Zeitung. Keiner nahm mehr

Rücksicht auf den Anderen. Es schien egal zu sein, ob einer Kind oder Greis war.
Solange dieser Jemand einen Wertgegenstand oder Essbares besessen hatte, wurde es ihm von der Meute weggenommen. Niemand war mehr sicher, nirgends.

Und dann sagte ein Mann aus dem Publikum im schwarzen Anzug etwas, das alle schockierte, und verstummen lies:

„Und dann kamen die grellen Blitze, die meine Familie auslöschten, " – sagte er mit düsterer und dunkler Stimme, so laut, das es alle hörten. Alle schauten betroffen nach unten oder stierten Löcher in die Luft. Jeder wusste, was der Mann, der nun mit Tränen in den Augen ins Leere blickte, meinte, - „...es waren die kleinen Atombomben, die geworfen wurden." Nun hielt ihm jemand ein Mikro hin.

„Im Nachhinein ließ sich nicht einmal zurückverfolgen, welches Land damit anfing. Doch... die Zerstörung ging um die Welt. So genannte SuMA´s (Super Mini Atombomben) machten die Metropole der Welt dem Erdboden gleich. New York, Paris, Frankfurt, London... einfach alle Finanzzentren waren betroffen."

„Ja", – meldete sich Karin zu Wort, und holte somit alle wieder aus dieser beklemmenden Stimmung wieder zurück – „... aber so schlimm das auch für viele war... und ist... so wissen wir doch nun alle, das dieser...", sie suchte nach den passenden Worten- „... sagen wir, dritte Weltkrieg... auch was Gutes hatte."

Ein demonstratives Gemurmel ging durchs Studio. Der Regisseur der Sendung schüttelte den Kopf. Er war sich noch nicht im Klaren darüber, was er gleich tun würde. Die Sendung abbrechen? Er wartete noch ab, hatte den Finger jedoch schon auf der „Bildstörung – Taste".
Nervös schaute er auf seine Armbanduhr, die Sendung dauerte noch eine viertel Stunde. Noch eine Menge Minuten, die lange dauern können. ihm war bewusst, dass alle Zuschauer die Bilder der Zerstörung noch allzu deutlich vor Augen hatten, - und Karin faselte davon, dass das alles was Gutes hatte. Ihm war klar, dass sie im Dilemma war. Sie musste die Situation eben retten, und das war ihr auch gelungen. Aber nun... schien ihr die Sendung, durch ihr Geplapper durch die Finger zu gleiten.

„Bis hierher war es die beste Sendung aller Zeiten", dachte der Regisseur – „... mache sie nicht kaputt", murmelte er vor sich hin.

Und Karin rettete die Sendung.

„Wieso hat das ihr Bruder nicht vorausgesehen?"

Frank hob stumm die Schultern.

„Ich weiß es nicht. Ich nehme an, das er nur noch stur auf eines gerichtet war… das Geld… den Verlust begrenzen. Außerdem war am Schluss seine Zeitmaschine, eh, abhanden gekommen, genaues weiß ich auch nicht. Nur, eines weiß ich genau, dass Menschen starben und Städte dem Erdboden gleichgemacht wurden… das hatte er ganz sicher nicht gewollt. Das nützte ihm schließlich auch nicht. Er hätte aufhören müssen, als er genug gehabt hatte. Und… wie er, nachdem die ersten Bomben gefallen waren, - dies hätte wieder rückgängig hätte machen können, - das wusste er auch nicht. Ihm ist wohl nur klar geworden, dass seine Maschine die Wege der Welt verändert hatte. Aber, er… er stand still. Was hätte er tun sollen? An diesem Punkt half ihm seine Maschine auch nicht weiter. Er hätte bis zu einem gewissen Punkt zurück reisen können. Doch, was hätte das genutzt? Die Welt, das musste ihm klar geworden sein war sowieso auf diesem Weg. Der Kapitalismus kannte auch ohne ihn keine Grenzen… er hatte alles nur beschleunigt. Und, - falls er wirklich so dachte… er hatte wohl recht. Früher oder später wäre es tatsächlich so gekommen. Ob nun… das Ende der Welt… einige Jahre früher kam…", stotterte er.

Karin nickte. Sie registrierte aber auch das erneute Gemurmel des Publikums. Und außerdem winkte ihr der Regisseur zu. Er vollführte mit dem Zeigefinger einen Kreis, was so viel hieß wie – lass dir was einfallen – rette die Sendung. Sie nickte kaum merklich. Sie hatte das Gefühl, als glühe ihr der Kopf. Sie zwang sich zu einem Lächeln. Frank stellte fest, dass sie sich zusammenriss, - sie holte tief Luft, bevor sie sprach.

„Also… meine sehr verehrten Damen und Herren… wie sie sehen, eh, hatte es der Bruder unseres Gastes… Johann, der Mann, der aus Geldgier… eh… um alles mal wieder zusammenzufassen… also, - er hatte es auch nicht leicht. Ich meine, er konnte – trotz seiner Zeitmaschine auch nicht alles voraussehen. Sicher, das viele Geld hatte ihn – außerdem noch, verrückt gemacht, die Geldgier hatte ihn dermaßen verändert, dass er kaum noch erkennen konnte, was wirklich wichtig war – oder ist. Nämlich das Leben und die Liebe. Und Gesundheit. Ich stimme unserem Gast zu" – und dabei nickte sie zu Frank gewandt – „… dass Johann bestimmt nicht wollte, das

Menschen ums Leben kamen, Kinder..." – sie blickte nun traurig in die Kamera – „... Frauen... das nutzte niemanden, und macht uns alle zutiefst traurig. Aber, wie ich eben schon sagte – auch wenn mir nicht jeder zustimmt, aber ich stehe dazu... der Krieg hatte auch war Gutes." Und bevor wieder Gemurmel laut wurde, fügte sie sofort Schulterzuckend hinzu: „Ja, denn ist unsere Welt, nun, nach dem Wiederaufbau nicht viel schöner als vorher? Haben wir nun nicht das Paradies auf Erden? Ja... wir trauern um unsere Söhne und Töchter... und um die Städte, die es nun nicht mehr gibt. Ich muss aber Fragen", und dabei schaute sie beinahe unmerklich und ganz Profi – auf die Studiouhr, und stellte fest, dass die Sendung nur noch fünf Minuten dauern würde – „... ob Frank hier nicht doch Recht hat... nämlich dass Johann eigentlich gar nicht der wirklich Schuldige war. War er letztlich nicht auch nur ein Opfer des Systems. Dem System Geld, das, bevor die Regierungen dieser Welt sich zusammengetan haben... hat das System uns nicht alle gelenkt? Ist es nicht wirklich so, dass wir auf den dritten Weltkrieg Zugesteuert sind? So oder so, mit oder ohne Johann? Ich glaube ja, und sage es noch einmal, - nur der Zeitpunkt war ein anderer, ein früherer! Johanns Maschine, seine Gier nach dem Mittel, das uns alle regiert hat... das wieder einmal... die Menschen zu nichts anderem als einem weiteren, unnötigen Krieg geführt hat... das Geld war schuld. Das Geld hatte Macht, nicht Johann. Johann war ein Mensch, und als solcher war er schwach. Wie wir alle als einzelne schwach sind. Nein, ich glaube wirklich, das Johann nur der Auslöser... vielleicht sogar Erlöser, war. Denn die Befreiung des Geldes, die weltweite Loslösung dieses Machtmittels, hat doch", und es stand eine echte Träne in ihrem Auge – „... diese grau gewordene Erde wieder in die blaue Kugel verwandelt, die sie vor dem Tauschhandel... der Umweltverschmutzung, einmal war... die Luft, die wir atmen ist wieder sauber... weil wir nur noch herstellen, was wir wirklich brauchen. Alle auf der Welt haben genug zu essen, weil wir gelernt haben zu teilen. Religionen können endlich nebeneinander existieren... kurz, - die Menschen haben keinen Grund mehr für... irgendeinen... dummen Streit. Denn jedem gehört nichts, und doch alles. So etwas wie Stress gehört der Vergangenheit an. Wir alle erleben den Frieden auf Erden, seit Geld nicht mehr Zeit bedeutet, und Zeit Geld. Die Zeit vergeht langsamer, seit wir uns wieder mehr unseren Kindern widmen. Die Blumen sind farbenfroher, seit sie uns wieder auffallen. Die Liebe macht viel mehr Spaß, seit wir keine Uhren mehr tragen... die Chefs sind so freundlich... ich weiß nicht, wie sie darüber denken, meine Damen und Herren, aber ich finde, Johann Sommer hat unser aller Leben verändert. Verändern wollte er nur ein Leben, seines. Sein Plan war es Reich zu werden, vielleicht die Weltherrschaft innezuhaben, wieder einmal... aber geschaffen hat er das

Paradies, - für uns alle. Schade, dass er, und so viele die wir liebten, dies nicht erleben durften."

Karin wischte sich die Tränen mit dem Handrücken aus den Augen. Sie hatte die beste Sendung ihres Lebens in der letzten Sekunde beendet, - mit einem Blick der alle Liebe der Welt auszudrücken schien.

Ende

Als ich das Wort „Ende" schrieb, war ich selbst am Ende. Diese Vision war um so viel stärker, als die vorangegangenen. Ich war „real" dabei, und ich schrieb alles, zeitgleich, wie ich es vor meinem inneren Auge sah, mit. Es war überwältigend. Ich schüttelte den Kopf, und rieb mir die Augen. Ich starrte noch einem Moment auf die soeben geschriebenen Zeilen. Ich speicherte ab und machte den PC aus. Ein Blick auf die Uhr zeigte mir, dass es siebzehn Uhr war. Doris rief mich zum Abendessen. In dem Augenblick knurrte mein Magen wie verrückt – es war Zeit, das ich ihm was anbot, so nickte ich nur und machte mich auf den Weg zum Esstisch. Ich war müde wie lange nichtmehr.

Kapitel 6

Die Erkenntnis

Doris hatte unseren Esstisch gedeckt. Es gab nur Brot und Wurst. Sie schaute mich besorgt an.

„Was ist denn los mit dir?" – fragte sie stirnrunzelnd.

Ich hob die Schultern, und wusste nicht, was ich ihr antworten sollte.

„Nichts", ich schüttelte den Kopf „... ich hab nur so eine Idee, und hab alles aufgeschrieben", antwortete ich.

Die Wahrheit war, dass ich selbst nicht wusste, was ich heute getan hatte. Ich hatte zwar *Roman* über mein Geschreibsel geschrieben, ich wusste jedoch, dass es wohl keiner war. Die Geschichte war zu kurz – ich hatte auch nie wirklich vor, einen Roman zu schreiben... ich war über mich selbst erstaunt, aber nicht im positiven Sinne, weil ich etwas Besonderes geleistet hatte, sondern, weil ich so etwas Unrationelles, wo ich selbst nicht wusste, was es soll... weil ich so etwas bis heute noch nicht getan hatte. Ich zweifelte an meinem Verstand. Und doch wusste ich, das dass, was ich da auf meinem PC gespeichert hatte, das dies etwas zu bedeuten hatte – ich wusste nur im Moment nicht, was. Die Zeit würde es zeigen. Vielleicht heute, vielleicht morgen. Ich versuchte also mich, und auch Doris, abzulenken, indem ich fragte, was heute im Fernseher laufen würde. Aber Doris lies nicht los. Sie kannte mich zu gut, und wusste, das mich was wurmte.

„Da ist doch was, ich kann es doch in deinen Augen lesen!"

Sie hatte recht, wie immer... ich konnte ihr nichts vormachen. Klar wurmten mich die Geschehnisse der letzten vierundzwanzig Stunden. Es störte mich alles. Dass ich keine zufriedenstellende Antwort auf die Anfangs gestellte Frage über das Schicksal fand, und dann die Erinnerungen an Früher, welche mich zu einer Antwort führen sollten, hatten mich eher verwirrt. Beunruhigend war die Vision mit dem Zugunglück und meiner plötzlichen Hellseherei. Nun diese verrückte Story, die ich... quasi unter Zwang, aufschreiben musste – und, und dieser Umstand störte mich am meisten... nichts hatte scheinbar miteinander zu tun. Alles war verworren, ohne Zusammenhang. Und genau das war mein Problem. Doris hatte Recht, wie immer – aber wie sollte ich ihr das erklären... was sollte ich ihr erklären? Ich musste selbst erst meine Gedanken ordnen. Musste herausfinden, wie alles zusammenpasste.

Ich aß wortlos mein Brot und trank einen Schluck Bier. Dann sagte ich: „Ich habe nur mit Peter zusammengesessen... wir haben uns über Gott und die Welt unterhalten... philosophiert... und da hab ich meine Gedanken aufgeschrieben, weil... weil ich denke, das ich mal noch weiterkomme, bei dem, was Peter und mir so zu schaffen macht.“

„Und was ist das so Weltbewegendes?“

„Weltbewegend? Weltbewegend ist da nichts... wir stellten uns nur die Frage, ob uns Menschen ein Schicksal leitet, Gott, oder wir uns selbst. Die vorläufige, aber nicht zufriedenstellende Antwort im Moment lautet, dass wir wohl von allen drei, eh, Elementen, oder wie du es nennen willst... allen drei Elementen geführt werden. Aber an der endgültigen Wahrheit arbeite ich noch.“

„Aha“, meinte Doris, und schüttelte den Kopf – „... nur gut, dass wir sonst keine Sorgen haben.“

Mit diesen Worten stand sie auf und räumte den Tisch ab. Ich hatte ihr wohl mit meiner Dummheit den Tag versaut. Und ich musste ihr schon wieder recht geben. Der Tag war versaut. Nun hoffte ich wirklich, dass noch etwas Gutes in der Glotze lief. Aber es kam nur ein alter Krimi. Ohne weitere Worte schauten wir uns den Film an, und gingen dann, so gegen 22 Uhr 30, zu Bett. Morgen war Sonntag, ein neuer Tag, ein Tag, der Veränderungen und der vielleicht Klarheit bringen würde, dessen war ich mir ziemlich sicher. Dann schlief ich ein.

Am nächsten Tag

Es war acht Uhr als ich erwachte. Ich fühlte mich gut und ausgeruht. Die letzten verwirrenden Stunden – der gestrige Tag war vergessen und meine Gedanken wieder klar. Alles, die gesamten Erinnerungen und Visionen, und auch den ROMAN, den ich schrieb, kamen mir nun dumm und töricht vor, und sollte der Vergangenheit angehören. Ich würde den Mist später löschen. Aber nun stand ich auf, und begab mich ins Bad.

Ich deckte den Frühstückstisch – keinen Moment zu spät, denn Doris kam gerade. Sie gab mir einen Kuss – auch sie schien den letzten Tag aus ihrem Gedächtnis gestrichen zu haben – sie war gut gelaunt, und sagte nur – kaum hörbar: „Guten Morgen, du kleiner Philosoph."

Ich gab keine Antwort darauf, weil ich nicht schon wieder damit anfangen wollte. Stattdessen stellte ich das Radio ein, das neben der Abzugshaube hängend unter dem Schrank eingebaut war.

„Acht Uhr dreißig, Nachrichten", plärrte gerade der Sprecher.

„... In New York brach gestern die Börse zusammen... ein unbekannter Investor, so scheint es, habe im großen Stil – und dies gleich bei mehreren global handelnden, großen Firmen, Aktien und Wertpapiere gekauft und verkauft. Nach anfänglichem Kurssprung seien, kurz vor Börsenschluss die Kurse der betreffenden Firmen eingebrochen, was Auswirkungen auf den gesamten amerikanischen Markt hatte... es kam zum Kollaps."

Ich schluckte mein Brötchen hinunter – das Stück kam mir unheimlich trocken vor, und ich musste erst einmal einen Schluck Kaffee trinken. War dies Zufall – mein „Roman" – Wirklichkeit?

„Unsinn", murmelte ich vor mich hin.

„Was?" – fragte mich Doris.

„Ich fragte, ob es dir schmeckt."

Doris nickte. Und ich dachte, dass nun bald der dritte Weltkrieg kommen würde. Wie es Nostradamus prophezeit hatte. Wenn drei Weltpolitiker, so seine Prophezeiung, in einem Jahr ums Leben kamen, sollte man, der Warnung Nostradamus nach, - so um 2012, die südliche Erdhabkugel aufsuchen, um den Burnout zu entkommen. Ich schüttelte den Gedanken wörtlich ab – Doris bemerkte es, und fragte mich, ob es mich fröstelte... ich bejahte, um die wahre Antwort zu umgehen. Stattdessen zweifelte ich erneut an meinem Verstand. Ich musste endlich aufhören mit dem Quatsch. Zur Vernunft kommen und wieder in der Realität ankommen. Doch die Realität war nun mal, dass der Nachrichtensprecher eine neue Botschaft losließ, die für den normalen Zuhörer harmlos war – mich lies die Nachricht zusammenzucken – sie lautete: „Heute Abend, erstmals im deutschen Fernsehen, eine Sendung – moderiert von einem neuen Stern am Fernsehhimmel – Karin Fabius... eine Augenweide, meine Herren... mit der Sendung, in welcher besondere Persönlichkeiten vorgestellt werden. Menschen werden in der Sendung vorgestellt, die etwas Besonderes Erlebt haben, oder die eine besondere Gabe haben. Sehen sie es sich an... also ich werde es tun... zum Wetter."

Ich musste erneut trocken schlucken. Das konnte doch nicht sein – was war nur mit mir los... ich verstand die Welt nicht mehr. Es konnte doch nicht sein, dass das, was ich heute aufschrieb, nun wirklich passiert! Wie konnte das... war ich nun der neue Nostradamus? Das war etwas, das ich nicht wollte... wer hat mir den schwarzen Peter zugespielt? Ich war nun, scheinbar, mitten in einer Rolle, die nicht zu mir passte, und mit der ich nichts anfangen konnte... ich hatte doch nur mit Peter, wie so oft in der Kneipe gesessen und philosophiert – was, um Himmels Willen, hatte dazu geführt, das ich nun da stand, wo ich nun angelangt war? Ich war der Verzweiflung nahe... ich wusste nicht weiter. Was würde als nächstes kommen? Was?

Ich versuchte, auf dem Weg ins Wohnzimmer, meine Gedanken zu ordnen. Ich setzte mich auf die Couch und Doris fragte mich, was ich denn schon wieder am simulieren wäre. Mit einem verneinenden Kopfnicken wiegelte ich ab. Tatsächlich fragte ich mich jedoch nach den Zusammenhängen –

die unterschiedlichen, verwirrenden Gedanken – gehörten sie zusammen? Was hatte ein Briefkasten, den ich als Kind zerlegt hatte, mit einem Banküberfall zu tun? Wie passte das Zugunglück ins Bild... kam alles durch die – von mir gestellte Frage über das Schicksal? Was trieb mich dazu diesen Roman zu schreiben, der wohl eigentlich keiner war – spiegelte meine Schrift die Zukunft wieder? Und wenn ja, wieso kam diese Hellseherei? Ich glaubte nie an Übersinnliches – hielt es immer für Unsinn. Hielt ich es immer noch für Quatsch – ich war mir in dem Moment nicht mehr Sicher. Überhaupt fühlte ich mich total unsicher – unwissend, hilflos – und ratlos. Ich grübelte weiter.

Meine Erinnerungen begannen, als wir Kinder waren. Fakt war, das zwei meiner Kumpels schon Tot waren. Einer starb an Krebs, der andere bei einem Autounfall. Ich nahm, wie immer, die Zeitung in die Hand, las aber nicht. Dann war da noch Peter, der hatte, mit Sicherheit, mit keinem der anderen Fälle etwas zu tun – genauso wenig wie ich. Und ich war ja auch nur Beobachter bei allen Szenarien, wie Beispielsweise dem Banküberfall. Halt, Stopp – nun fiel mir ein, dass – ja, genau – Horst, unser letzer Kamerad von damals – er wurde Polizist. War er bei der Verhaftung der Bankräuber anwesend? Ich wusste es nicht, aber ich würde es herausbekommen. Dann jedenfalls würde die Erinnerung an ihn einen Sinn ergeben. Dann wäre ein Zusammenhang vorhanden. Dann wäre ich nicht verrückt. Sein Schicksal lag dann darin, Bankräuber zu fangen, und meines, Dinge vorauszusehen, um andere zu warnen. Wenn dies so war, dann würde es auch Sinn machen, dass ich das Zugunglück – in allen Details, gesehen habe... dieser Umstand sollte mir, wenn es so ist, klarmachen, dass ich eine Gabe habe, nämlich die, Hellzusehen. Dann würde, wenn ich denn nun wirklich der neue Nostradamus wäre, auch meine Geschichte keine Erfundene... sondern eine Reale! Und wenn das so war, dann hatte ich ein großes Problem, dessen wurde ich mir nun bewusst. Das Problem lag darin –handelte es sich nicht nur um ein Hirngespinst... eine Paraneuer... das Problem lag dann darin, die Welt vor dem nächsten, globalen Krieg zu warnen. Ich sah mich schon in einer Zwangsjacke in einem gepolsterten Raum in einer Ecke sitzen, und vor mich hinstarrend. Es gab nur eine Möglichkeit, meine These zu überprüfen. Ich stand auf, und lief zum Telefon im Hausflur. Ich hatte Horst, den Polizisten, seit Jahren aus den Augen verloren, aber ich hatte seine Telefonnummer noch. Ich wählte seine Nummer, und betete, dass er zu Hause sei. Er hob, nach nur dreimaligem Klingeln ab, und meldete sich mit seinem Familienname.

„Eh, ja, hallo", stotterte ich – „... ich bin´s Markus... du hast lange nichts von mir gehört..."

An der langen Pause, am anderen Ende der Leitung, konnte ich erkennen, dass ihm im ersten Augenblick nicht klar war, wer ihn da anrief, doch dann fiel der Groschen – erkennbar an dem, was er sagte: „Eh, ja, hallo Markus, eh ja, wie lange ist das her... eine Ewigkeit... was gibt's, was kann ich für dich tun?" – fragte er.

„Ich eh" – ich wusste nicht wie ich anfangen sollte, und log daher – „... na, ich recherchiere für eine Zeitung, und würde gerne von dir erfahren, ob du bei einer Verhaftung von Bankräubern dabei warst... Moment, das war am..." – ich musste ihm weitere Details erklären, damit er auch genau wusste, welchen Banküberfall ich meinte. Was er antworte versetzte mir einen Stromstoß – obwohl ich die Antwort ahnte: „Ja, ich weiß nun, welchen Überfall du meinst. Ja, da war ich dabei, was soll ich dir dazu erzählen... ich darf nicht zu allem etwas..."

Ich unterbrach ihn, in dem ich sagte: „Danke, es hat sich erledigt."

Ohne seine Antwort abzuwarten, legte ich auf – das war´s... für mich war das ein Beweis – ich wusste innerlich, das ich Recht hatte. Ich wusste nun, dass ich nicht spann – alles ergab nun einen Sinn. Plötzlich war alles klar. Es konnte nur so sein – ich war kein Spinner. Alles würde so kommen, wie ich es aufschrieb. Die Frage war nur – wann würde es soweit sein – und wie, konnte ich - wem, was sagen – und wann. Wann würde ich mich lächerlich und unglaubwürdig machen? Wem konnte ich mich anvertrauen? Zunächst nur Peter, das war klar. Ich brauchte Beweise. Und die waren derzeit nicht in Sicht. Mir wurde deutlich, dass ich nur besonnen und zurückhaltend agieren konnte. Bei dem was ich sagte und tat – von nun an. Ich wusste viel – mehr als mir recht war, eigentlich Zuviel - wollte ich doch nur wissen, was Zufall ist, und was Schicksal. Nun, ich konnte es nicht ändern. Ich war nun da, wo ich war, und musste das Beste daraus machen. Und letztlich war ich so schlau, wie vorher – ich wusste nämlich nicht, wie es weiterging – was Morgen kommen würde. Ich musste abwarten, was passierte, und musste dann danach handeln. Wenn nun nichts mehr geschehen würde, war doch alles nur Zufall und ich hatte mir alles nur zusammengereimt, um eine Erklärung zu haben, dass ich nicht Verrückt bin – aber eine Ahnung sagte mir, dass schon bald was passieren würde. Noch heute, Morgen, oder danach... es würde passieren, was auch immer – ich wusste es.

Kapitel 7

Die Zukunft

Am selben Abend – Doris und ich hatten, was ungewöhnlich war, heute nicht viel miteinander gesprochen – setzten wir uns erneut vor den Fernseher. Ich überlies es Doris, welchen Sender sie einschaltete. Ich war sowieso nicht wirklich an einem Programm interessiert, weil ich, vor lauter Gedanken, mich eh auf keinen Film hätte konzentrieren können. Ich wartete nur auf ein Zeichen.

Die Nachrichten. Das Wetter, nichts. Nichts Außergewöhnliches wurde erwähnt – nichts. Ich hatte damit gerechnet, aber es geschah nichts. Warum? Was war in solchen Momenten mit meiner neuen Gabe, der Hellseherei? Erneute Zweifel quälten mich. Warum sagte der Nachrichtensprecher nichts? Hatte ich nicht aufgepasst? Erwartete ich zu viel? War es einfach zu früh... sollte erst Morgen was passieren – nächste Woche? Oder war der Spuck nun zu Ende, und ich hatte mir doch nur den ganzen Unsinn zusammengereimt? Die Zeit würde es zeigen. Es würde noch was kommen, oder eben nicht. Ich hoffte nicht. Wenn ein paar Tage vergangen waren, ohne Zeichen, dann könnte ich alles vergessen. Aber, da war immer noch dieses Gefühl, das die Story noch nicht fertig war. Etwas würde noch kommen, in der Zukunft. Na, wenigstens war die Frage, mit der alles begann, die Frage über das Schicksal, für mich geklärt. Wenigstens diesen Effekt hatten diese Gedanken und Visionen, denen ich die letzten Tage meine gesamte Aufmerksamkeit geschenkt hatte.

Es gab ein Schicksal. Für jeden gab es einen Plan, jedenfalls ein Grundgerüst. Und dies sah so aus, das es darauf ankam, wo man herkam. Also das typische Gliche, wer sind deine Eltern – sind die berühmt, haben sie Geld, ein Geschäft, ist einer von ihnen Politiker, Richter? War es so, dann hatte derjenige schon gute Karten für sein Leben. Einflussreiche Bekannte, einen Manager... dann ging schon mal was. Hat man schon Geld in der Wiege, ist's auch leichter. Für mich sah das Schicksal, zu der Erkenntnis war ich nun gekommen, keineswegs so aus, das beispielsweise der Tod eines Menschen, bereits bei der Geburt am Kalender vom Teufel markiert wurde – nein, das Schicksal konnte sehr wohl beeinflusst werden, durch so positive Dinge wie Mut oder Intelligenz, aber auch durch Drogen oder Alkohol. So startete jeder gleich, nackt, als Baby – aber Enden würde jeder durch sein Tun und sein Können. Es gibt stets für jeden hunderte Wege, jedenfalls prinzipiell. Jemand mit wenig Geld muss halt mehr kämpfen, aber jedem stand alles offen. Wichtig war, und wird immer sein, wen man im Laufe seines Lebens trifft. So konnte die Erfüllung meines Lebens meine tolle Frau sein –oder eben die steile Kariere. Man konnte das Schicksal also auch so sehen, wie die Einstellung zum Leben war. Dies machte das Schicksal für jeden anders. Es gab das Empfinden von Pech oder echtes Pech. Wenn jemand sich immer nur vom Pech verfolgt meint, wird er resignieren, seinem Leben eine niedrige Erwartung geben, dann hat man wenigstens zwischendurch ein Erfolgserlebnis – ist das Pech aber echt, wird man zum Kämpfer werden. Wirkliches Glück gibt es ebenso, siehe meine Frau... wer einem eben über den Weg läuft. Es gehört aber auch dazu, dass man Sympathisch ist, denn es kann einem über den Weg laufen, wer will – hat der das Gefühl, er hat einen Idioten vor sich, wird das auch nicht hilfreich sein. Das Glück kann also in derart beflügelt werden, indem man zeigt, dass man ein anständiger Mensch ist – ehrlich und hilfsbereit... solche Dinge werden einem stets zurückgegeben. Im Gesamten gesehen, ist das Schicksal also eine Sache, die nicht alleine dafür zuständig ist, was aus einem wird. Das Schicksal wird vielmehr beeinflusst – von einem selbst, von anderen, und vom Zufall. Fakt ist, das keines Leben voraussagbar ist, und nie sein wird, gerade weil man selbst Einfluss auf sein Leben nimmt. Dies sind dann die Momente, wo man sagt – dass hätte ich vom dem nicht gedacht, das der so aufsteigt... das hätte ich ihm nicht zugetraut. „Er" – ist in dem Fall erwacht, aus einem Dornröschenschlaf, und hat gekämpft oder sonst was getan, um eine Sache zu ändern, die ihm nicht gefiel – so wie Johann Sommer. Menschlich gesehen, war sein Tun verständlich. Er wollte sein Leben ändern. Wollte nicht so leben, wie seine Eltern oder sein Bruder - so langweilig. Er hatte das Recht dazu – und das Können. Das, was man ihm vorwerfen konnte, war, das er rein egoistisch handelte – und darüber hinaus auch noch gierig wurde, und am Schluss wohl verrückt. Verrückt durch Macht und Gier, und weil er letztlich doch alles verlor, und vor allem – er hatte die Kontrolle verloren. Er musste verrückt werden. Wenn er vernünftig gewesen wäre, hätte er aufhören müssen, als er genug hatte, lange vor dem Krieg, den er letztlich anzettelte – in der Zukunft. Der Gedanke war verwirrend. Ich wusste, oder glaubte zu wissen, was in der Zukunft passiert, dachte aber in der Vergangenheit, als ob es Erinnerungen von Gestern waren – als ich Johann traf, was ja auch, gewissermaßen, so war.

Johann Sommer. Würde er wirklich so heißen, würde er wirklich eine Zeitmaschine bauen – gebaut haben? Kaum vorstellbar, direkt phantastisch. Wahnsinn.

Doris machte den Fernseher aus. Ohne Worte folgte ich ihr ins Schlafzimmer. Wir zogen uns aus und ich wollte meinen Pyjama anziehen, aber Doris lächelte mich plötzlich an, und küsste mich. Sie küsste mich beinahe so leidenschaftlich wie damals bei unserem ersten Kuss. Sie drückte mich aufs Bett, und wir schliefen so wild und leidenschaftlich an diesem Abend miteinander, wie seit Jahren nichtmehr. Auch dies verstand ich nicht... fragte aber auch nicht nach, sondern genoss jede Sekunde. So schlief ich auch kurz danach ein. Ohne weiter an Johann Sommer zu denken. Der würde sich noch bemerkbar machen – früher oder später.

Einige Tage später.

Nichts war geschehen, in den vergangenen Tagen. Alles verlief wie immer. Ich hatte die verrückte Gedankenwelt vollkommen verlassen und ging, wie es sich gehört, meiner Arbeit nach. Nichts Aufregendes, kein großer Knaller. Unser Nachrichtenblatt wurde nur gefüllt von den Sportereignissen, dem Geburten- und Todesteil, ein paar lokalen Politereignissen, wie der Eröffnung der Autobahn – besser, wer sich anschließend danebenbenommen hat, und – stopp, da kam eine Meldung aus dem Ticker, welche mich unruhig werden ließ. Ich schaute auf meine Armbanduhr. Die Meldung kam gerade noch rechtzeitig vor Redaktionsschluss herein – die Überschrift laute: Börsenzusammenbruch in der New Yorker Wallstreet!

Und weiter war zu lesen, dass ein unbekannter Großaktionär sich wohl in mehreren großen Firmen einkaufte – und absahnte. Die Börse reagierte mit Rückzug. Weil jedoch große Summen im Spiel waren, und scheinbar noch andere Spekulanten auf den Zug sprangen, kam es zum Kollaps.

Ich glaube, sagen zu dürfen, dass mir der Mund, vor Erstaunen, nur sehr selten offen steht. Nun tat er das – und erst, als ich mir dessen bewusst wurde, schloss ich meinen Mund wieder – war aber immer noch nicht über das gelesene hinweg, dies war erkennbar, das ich ungläubig den Kopf schüttete – und auch wohl so dreinblickte. Das alles konnte doch nun

wirklich nicht sein… ich zweifelte nun wirklich an meinem Verstand –
jedenfalls in dem Moment. Denn im Augenblick, nachdem ich die Sätze
gelesen hatte, wusste ich nichtmehr, ob nun alles geschah, weil ich es mir
so ausdachte, quasi wünschte – oder jedenfalls mir, in meiner Fantasie
ausmalte, vorstellte – oder eben, dass ich alles nur voraussah, zeitversetzt
manchmal, und es passierte dann – auch darüber konnte ich im Augenblick
nur den Kopf schütteln, ich wusste es nicht. Nur eines wurde mir klar. Die
Frechheit, die ich mir als Junge erlaubte – lies… den großen Macher –
entscheiden… er hatte sich für mich entschieden. Denn welcher Bub in
dem Alter bleibt einfach so stehen, wenn er gerade eben Briefkasten eines
Mannes in die Luft gejagt hat. Wer macht, mitten im Sommer ein Feuer
und dies, wo der Förster gerade kommt, und pinkelt es dann in dessen
Beisein aus? Wer sieht dem Tot so ins Auge, und hat dennoch nichts
anderes zu tun, als darüber nachzudenken, ob nun das Schicksal daran
schuld ist… oder was auch immer. Das kann doch nur ein Mensch sein,
der… nein, ich bin nicht steinhart, und auch nicht gefühllos.

Ich grübelte.

Ich kam zum Schluss, dass ich in jedem Fall, in jeder Situation, einen klaren
Kopf behielt – wenn es so war, hat man – wer auch immer, mich deswegen
ausgesucht… ich hatte, den unausgesprochenen Auftrag, die Welt vor dem
kommenden zu warnen. Die letzten Ereignisse und Gedanken, und alles,
was ich aufschrieb – dies alles hatte nur den Sinn, mir dies klarzumachen.
Und nun war Zeit zu handeln. Aber wie? Ich musste mit jemandem reden.
Einen Plan erstellen. Ich rief Peter an. Meinen Freund, meinen
Verbündeten, der einzige, der mir helfen konnte.

Wir trafen uns, Peter und ich, wie immer – 17 Uhr, nach Feierabend in
derselben Kneipe – wie schon seit Jahren. Wie trafen uns zufällig an der
Eingangstür und begrüßten uns, wie stets, mit dem üblichen Geplänkel –
einem freundlichen lächelnden Hallo und Schulterklopfen. Wir setzten uns
an unseren Tisch – dieser war, nebenbei erwähnt, in den ganzen Jahren –
auch ohne Reservierung – erst ein einziges Mal besetzt gewesen.

„Na", fragte mich Peter, als wir unser Bier erhielten hatten – „… bist du nun
zu einer Erkenntnis gekommen?"

Nach kurzem Überlegen wusste ich, was er meinte, und antwortete dann: „Das Schicksal, ja…" – und ich erzählte ihm meine Schlussfolgerungen, die er ohne Widerworte, kopfnickend akzeptierte.

„Aber was Anderes", begann ich, ohne zu wissen, wie ich denn wirklich beginnen sollte.

„Hmm", summte ich daher.

„Was immer es auch ist, spuck's aus, ich vertrage mehr als du denkst!

„Nein", sagte ich kopfschüttelnd – „… das hier nicht, das ist starker Tobak, glaub's mir. Ich weiß gar nicht, wie ich dir die Story beibringen soll, ohne dass du mich für Verrückt erklärst."

„Fang am Anfang an", meinte Peter schulterzuckend.

„O.k.", nickte ich, nahm aber erst einen großen Schluck Bier, und holte tief Luft, bevor ich schluckend zu erzählen begann.

„Durch die Überlegungen über das Schicksal, führten meine Gedanken, wie das bei so Themen gerne geschieht, mich vom Einen zum Anderen. Ich machte Gedankensprünge, erinnerte mich beispielsweise an meine Kindheit… und ich dachte und dachte. Diese einzelnen Gedanken, die scheinbar nichts miteinander zu tun haben, führten mich zu den Erkenntnissen, die ich dir eben geschildert habe."

Peter verstand, er nickte.

„Aber, was nun kommt, verstehe ich selbst noch nicht."

„Sag's einfach."

„Das ist nicht so einfach… ich muss, lass mich kurz meine Gedanken ordnen, bevor ich dir weiter erzähle."

Ich leerte mein Glas und winkte mit dem leeren Glas den Nachschub herbei, woraufhin Peter ebenfalls sein Glas leerte, und es mir gleichtat – der Wirt verstand, und füllte zwei neue Gläser.

„Also", erklärte ich weiter, und rieb mir mit dem Handrücken den Bierschaum ab – „... erst eine Frage: glaubst du an Nostradamus oder an Hellseherei?"

„Die Frage hättest du dir sparen können. Du weißt doch, das ich nicht daran glaube", war Peters Antwort.

Ich hob die Schultern – „Ich kann's dir aber sonst nicht erklären. Also – wiederholte ich – außer meinen vielen Gedanken, die ich hatte, hatte ich auch Visionen – die erste Vision war eine Art Probe. Ich sah das Zugunglück, bevor – es geschah. Dann sah ich in der nächsten Vision jemanden, der die Börse manipulierte – und auch das kam abends in den Nachrichten."

Peter nickte, er hatte sich sichtlich an beide Fälle erinnert.

„Warum ich denke, das die erste Vision eine Probe war? – nun, scheinbar wollte jemand – der Lenker des Schicksals, wie soll ich es sonst sagen? – dieser Jemand wollte, dass ich erkenne, dass ich eine besondere Gabe habe. Eine hellseherische Gabe. Denn die zweite Vision hätte ich sonst nicht ernst genommen. Wenn ich nicht im Fernseher – Zeitversetzt, etwas später – gesehen hätte, was ich vor meinem inneren Auge, kurz vorher sah, hätte ich nicht geglaubt, was ich dann sah. Ich sah, diese Fernsehsendung – in welcher ein Typ von seinem Bruder erzählt, der die Börse verändert, indem er in die Zukunft reist und dort schaut, was passiert, damit er dann – im Heute - kauft, was sich dann, Tage später, für ihn bezahlt macht."

„Schlauer Kerl – und wie macht er das... mit einer Zeitmaschine?"

„Ja, und weil alles so unglaublich – und auch so umfassend ist, hab ich alles aufgeschrieben."

„Du hast alles Aufgeschrieben?" – fragte mich Peter zweifelnd. Wir bekamen unser zweites Bier.

„Ja", war meine knappe Antwort.

„Was hast du aufgeschrieben?"

„Was… Peter, du bist ein Genie!"

„Ich weiß – warum?"

„Weil ich nun beweisen kann, was ich sah und aufschrieb. Ich schrieb auf, was passieren wird und hab's auf dem PC gespeichert – vor Tagen schon, und heute Abend kommt's im Fernsehen!"

„Also nun wird die Sache interessant. Also, wenn dem wirklich so ist…"

„Stopp, vergiss es", unterbrach ich ihn.

„Wieso?"

„Man wird mir erst glauben, wenn es zu spät ist, vorher wird man mich in eine Gummizelle einsperren, und den Schlüssel ins Meer schmeißen!"

„Warum meinst du?"

„Weil die Geschichte ja noch weiter geht! Bevor die besagte Sendung kommt – da ist es ja längst zu spät… der dritte Weltkrieg vorbei…"

Ich resignierte, hatte nicht einmal das Gefühl, das Peter mir glauben würde. Sein ungläubiger Blick bestätigte meinen gerade gedachten Gedanken.

„Welcher Weltkrieg – wovon sprichst du?"

Aber Peter kannte mich zu gut, so war seine jetzige Reaktion keine Verwunderung. Er trank aus, und sagte, dass er sich das ganze einmal durchlesen muss.

„Wenn ich eines weiß – in den Jahren, in denen ich dich kennengelernt habe, dann, das du kein Spinner bist. Sei die Story auch noch so fantastisch – ja sogar unglaublich… es muss was dran sein, an deiner Geschichte… verdammt nochmal, ich kenne dich nicht anders. Lass uns zu dir gehen, ich will mir das mal ansehen."

Ich nickte zustimmend, und wir tranken aus. Bevor wir gingen warnte ich Doris per Handy vor, dass ich Peter mitbringen würde – dieser bezahlte derweil. Wir gingen.

Doris saß vorm Fernseher, als wir kamen, und das war auch gut so – so störte sie uns nicht, und ja – stellte auch keine dummen Fragen. So gingen wir, nachdem wir uns unserer Garderobe entledigt hatten, direkt zum PC. Ich ließ ihn hochbooten und ging uns derweil noch zwei Dosen Bier aus dem Kühlschrank holen. Doris wollte keines. Ich drückte Peter die geöffnete Dose in die Hand. Etwas Schaum sprudelte heraus und Peter trank schnell ab. Dann widmete er sich meinem Werk – dem ROMAN, den ich mit zwei Mausklicks geöffnet hatte. Peter begann zu lesen. Ich setzte mich, denn es würde eine Zeitlang dauern, bis er fertig war. Ich beobachtete ihn, während er las, und stellte fest, dass er ab und zu leicht den Kopf schüttelte und die Augenbrauen hob. Beides machte er eigentlich nur, wenn er etwas nicht glauben wollte. Und so war es auch. Als er fertig gelesen hatte, schüttelte er erneut den Kopf.

„Also", begann er – „… ich kann dies alles fast nicht glauben. Da strömt zu viel auf mich zu. Zum einen kenne ich dich schon so lange, das ich sagen muss – ja, du hast recht, das da ist starker Tobak… das kommt nicht von dir. Das heißt aber auch – und das ist der zweite Punkt, welcher mich so verwundert – das du, so wie es scheint, wirklich eine Art zweiter Nostradamus geworden bist. Der Hellsehen kann und die Menschheit warnen will. Wie kam es also plötzlich zu diesen Visionen? Wer hat dich dazu gemacht… Gott selbst? Und nur, weil du dich als Kind schon mutig angestellt hast und dich auch sonst stets ins rechte Bild setzten konntest? – Ja, das passt. Die Hauptfrage, die sich mir jedoch stellt, ist – wenn das, was ich gerade las, wenn das wirklich so kommt – wie willst du dann die Menschen warnen. Einer allein kann das wohl kaum. Vor allem wird dir keiner glauben. Selbst ich, dein Freund – ich kann das ja kaum tun – das alles glauben… allein die Zeitmaschine – das hört sich eher nach Science Fiktion an, als nach dir – der Realität. Unvorstellbar.

Ich konnte nicht anders, als bei diesen harten, und doch klaren Worten betroffen unter mich zu schauen. Es sah so aus, als hätte Peter mir den Kopf gewaschen, aber, er wäre nicht mein Freund gewesen, hätte er die

Situation nicht doch noch gerettet, indem er sagte: „Weißt du, es bleibt nur eines zu tun… ich helfe dir natürlich… was wir nun tun müssen, ist, zu verfolgen, was in Zukunft passiert. Je nachdem, was los ist, setzten wir uns zusammen, und beraten, was wir tun können. Nur eines ist klar, es wird schwierig. Weder du noch ich haben die Privatnummer des amerikanischen Präsidenten."

Ich musste lächeln. Wir tranken aus und stellten unsere Dosen ab. Für heute war Schluss, der Tag gelaufen. Wir verabschiedeten uns mit den Worten: „Bis dann" – und wir versprachen uns gegenseitig heute die erste Sendung von dieser neuen Moderatorin zu schauen.

„Wie heißt die Sendung noch? – fragte mich Peter, bevor er das Haus verließ.

„Menschen, die die Welt bewegen", antwortete ich.

„Ein passender Name."

Ich nickte – aber wir wussten beide, das heute nichts mehr geschehen würde – ganz ohne Hellseherei, allein vom Gefühl her… wir wussten es beide, und es machte uns traurig. Lies doch dieses „Nichtsgeschehen" – mich als Spinner aussehen – erst, wenn was passieren würde, würde dieser Makel wieder von mir abfallen, aber auch das machte uns traurig – würde das doch den Zusammenbruch der Welt, so wie wir sie kannten, bedeuten… und letztlich… Tod und Verderben… den dritten Weltkrieg. Also keine schönen Aussichten. Entweder für mich nicht, weil ich den Rest meiner Tage in einer Gummizelle verbringen würde, oder eben, für die ganze Welt. So oder so – beides war Mist. Und ich wusste im Moment nicht, wie ich da wieder raus kommen sollte. Ich fühlte mich nicht als neuer Nostradamus, der wollte ich auch nicht sein. Ich stellte mir also die Frage – warum ich. Auch andere Kinder sind mutig – und bestimmt klüger als ich – oder stärker, oder sie würden sich darum reißen, Hellseher zu sein, oder Dinge aufzuschreiben, wovon sie nicht wissen, was sie da tun… das alles passte nicht zu mir, da hatte Peter absolut recht. Aber ich war es wohl, auch wenn ich nichts von alledem gewollt oder geplant hatte. Mir wurde ein Teil des Schicksals nur allzu bewusst – der Einfluss von außen, von wem auch immer. Dieser Einfluss zwang mich dazu, etwas zu tun, was ich eigentlich nicht wollte, und ich konnte mich nicht wehren. Das Schicksal hatte mich im Griff. Und ich musste es – oder ihn, bewältigen. Ich musste stark sein. Und in der Zukunft Dinge tun, von denen ich heute noch keine Ahnung hatte. Die Frage war: Was kam auf mich zu, und wie würde ich damit fertig werden. War ich dem gewachsen... hatte – wer auch immer – den Richtigen ausgesucht?

Ein halbes Jahr später

Kapitel 8

Der Untergang

Viel war nicht geschehen, in dieser Zeit, und Peter – und vor allem ich, dachten schon, das war's. Ein böser Traum, aber nun ist er vorbei. Gut, hier und da hörte man von einem Börsencrash, aber letztlich erholte sich die Börse dann jeweils auch recht schnell. Es betraf auch nie die ganze Welt. Einmal hörte man in den Medien etwas aus Japan, dann aus den USA, dann wieder aus Deutschland oder einem anderen europäischen Land. Und stets waren einzelne Firmen oder Firmengruppen genannt worden, nie Länder oder Währungen. Peter und ich hatten wohl die eine oder andere „Krisensitzung" – verschoben ein mögliches „Handeln" jedoch immer auf den nächsten Tag, um sicher zu gehen, nicht voreilig zu reagieren, was auch jeweils gut war, da wir - ich, mich sonst zum Affen gemacht hätte. Es war zwar fast immer die Rede davon, dass ein Investor, oder eine Investorengruppe in großem Umfang Aktien oder Firmenanteile kaufte und wieder veräußerte – scheinbar ohne Rücksicht auf Verluste oder Arbeitsplätze, aber dies war und ist ja in diesen Kreisen nichts Ungewöhnliches. Es dauerte jedenfalls jeweils nur Tage, längstens etwa eine Woche. Danach schien wieder alles beim Alten zu sein. Zumindest wurde kaum eine Firma mehrmals genannt. Sicher, die eine oder andere Firma meldete Insolvenz an, aber auch dies war ja nichts Außergewöhnliches – nichts Neues – nichts, was es nicht des Öfteren immer schon gab. Also nichts, bei dem Peter und ich einen Grund sahen eingreifen zu müssen, ohne uns, mich, zu blamieren.

Nun aber, seit circa einer Woche, mehrten sich die negativen Ereignisse. Nicht nur, dass die Crashs immer öfter vorkamen, nein, nun betraf es Japan und Europa und die USA gleichzeitig – und dies in immer größerem Umfang und immer mehr Firmen, und neuerdings auch Währungen und – und dies war ein Zeichen für mich... nun betraf es auch Edelmetall und Diamanten. Auch Peter war der Meinung, dass nun langsam Zeit war zu handeln. Aber wie? Wir beschlossen, zunächst einmal meinen ROMAN auszudrucken. Wir würden ihn wem zeigen – nur wem...?

„Der Polizei oder dem Bürgermeister", meinte Peter.

Ich nickte, weil mir auch nichts anderes einfiel, und beschloss: „Dem Bürgermeister, der würde mich höchstens auslachen."

Peter, wir waren bei ihm Zuhause, nahm das Telefonbuch hervor. Er schaute, da es um die Mittagszeit war, auf die Uhr, dann wählte er die Nummer, um einen Termin für mich, uns, zu machen.

„Morgen gegen fünfzehn Uhr?" – Peter schaute mich fragend an, und ich nickte – „... O.k.", sagte er dann in die Muschel – „... bis Morgen dann." Mit einem Tastendruck legte er auf, dann steckte er das Telefon wieder in die Ladestadion.

Ich verabschiedete mich von Peter. Es war Zeit Heim zu gehen. Wir machten aus, morgen zusammen zum Bürgermeister zu gehen. Ich war, wie immer wenn ich bei Peter war, zu Fuß unterwegs. Den ganzen Weg über überlegte ich mir, welche Worte ich denn dann Morgen wählen sollte. Aber dann schüttelte ich über mich selber den Kopf. Ich wusste, dass wenn ich nun nicht das Thema aus dem Kopf bekam, ich nicht einschlafen könnte. Wider aller Erwartung funktionierte das Kopfschütteln. Mein Kopf war frei, und der Tag war so anstrengend, dass ich recht schnell – Doris schlief bereits – einschlief. Und das war gut so, der Tag morgen würde anstrengend werden.

Einen Tag später, fünfzehn Uhr, beim Bürgermeister

Peter und ich trafen uns vom Rathaus. Peter sagte Hallo, sein Blick sagte jedoch - weißt du, was du da tust – und ich verstand den Blick. Aber doch, dachte ich gleichzeitig, du tust das, was du tun musst. Du bist... vielleicht nicht der neue Nostradamus, aber dennoch irgendwie ein Auserwählter. Auf jeden Fall derjenige, der das tun muss, was du gerade vorhast. Es musste sein.

Mit den Worten: „Alles klar?" – holte mich Peter aus meinen Gedanken. Ich griff in die Innentasche meines Jacketts, um zu ertasten, ob alle Unterlagen – mein Geschreibsel – vorhanden waren, dem war so. Mein nicken signalisierte Peter, das alles klar war. Mit einem Blick auf seine Armbanduhr ging er vor, und ich folgte ihm. Selten war ich so froh wie heute, dass ich einen Freund wie Peter hatte. Er, und noch mehr Doris, sie beide waren die großen Glücksgriffe in meinem Leben. Peter, weil er mich wie kein anderer verstand und man Pferde mit ihm stehlen konnte – wie gerade, und Doris – sie hatte ähnliche Eigenschaften, war aber darüber hinaus noch eine Liebhaberin, wie sie ein Mann nur wünschen konnte. Peter klopfte an die Tür, der Vorzimmerdame. Wir wurden hereingebeten.

Mit den knappen Worten: „ Guten Tag die Herren, sie werden erwartet", winkte uns die Sekretärin des Bürgermeisters durch. Peter, der immer noch vorging, klopfte an die breite, hölzerne Tür. Ein freundlich lächelnder, etwas korpulenter Herr in beigem Anzug streckte uns die Hand entgegen, um sie uns dann kräftig zu drücken und zu schütteln. Ich war froh, als er wieder losließ. Peter sicher auch. Er rieb sich, kaum merklich die Hand. Dies konnte man Bürgermeister Meier lassen. Er hatte das, was man einen festen Händedruck nennt. Er führte uns an einen kleinen ovalen Glastisch, um den herum eine kleine beige zweisitzige Ledercouch und zwei baugleiche Sessel standen. Wir nahmen Platz. Peter und Bürgermeister Meier auf der Couch, ich auf einem der Sessel.

„Sie wollen mir ein größeres Bauvorhaben vorschlagen? Meine Sekretärin teilte mir nur mit, dass es sich um… na, was ist es denn nun?"

Ich lächelte ebenso freundlich zurück wie Meier.

„Nein, Herr Meier, kein Bauvorhaben. Um ganz ehrlich zu sein, ich weiß gar nicht, wie ich anfangen soll. Ich…" – stotterte ich, und begann meine Unterlagen hervorzukramen – „… ich lese ihnen am besten vor, um was es geht."

Doch als ich die vielen Seiten, es waren über dreißig, in meinen Händen hielt, war mir klar, dass ich dies nicht tun konnte – ich würde lange brauchen, und der Bürgermeister war ein vielbeschäftigter Mann, er würde mich in fünf Minuten unterbrechen und heimschicken, freundlich aber bestimmt. Das wäre es dann, eine weitere Chance würde ich nicht bekommen, und zu wem sollte ich dann gehen? Ich musste umdenken. Meine Strategie ändern. Ich musste die Sache interessant machen. Er musste mir glauben. Heute noch müsste er die ersten Schritte unternehmen, und die durften nicht so aussehen, dass er mich für verrückt erklärt und wegschickt, wie einen kleinen Jungen. Wir konnten froh sein, dass er uns überhaupt empfing – immerhin hatten wir noch nicht einmal einen richtigen Grund unseres Besuches angegeben. Meine Hände wurden feucht. So musste (würde sich bald) Frank Sommer fühlen, als er das erste Mal in der Fernsehsendung war (sein wird).

So holte ich tief Luft, und sagte dann mit entschlossener und fester Stimme: „Herr Bürgermeister, was ich ihnen nun sage, wird für sie nur schwer vorstellbar sein. Mein Freund hier..." – ich wies mit der rechten Hand auf Peter- „... konnte mir auch erst nicht glauben." Peter nickte, und ja – und dies war unglaublich – er redete für mich weiter: „Aber dann hab ich die Wichtigkeit entdeckt. Erst mit der Zeit konnte ich erfassen, um welch große Sache es hier geht. Und klingt es auch noch so fantastisch."

„Meine Herren", unterbrach uns der Bürgermeister – „... warum so theatralisch? Sagen sie einfach frei heraus, was sie scheinbar so bewegt. Sie werden sehen, dass ich für vieles offen bin." Und er behielt sein freundliches Lächeln bei, und es wirkte noch nicht einmal aufgesetzt, Meiers Lächeln – so, wie man es oft bei Politikern kennt. Nein, der Bürgermeister war echt nett, dies wurde mir in dem Moment bewusst. Das machte der Besuch bei ihm klar, und, das er uns zu dem Zeitpunkt noch nicht hinaus gebeten hatte. Er fragte sogar noch nach, ob wir was zu trinken wollten. Ich schaute zu Peter – wir beide verneinten die Frage, und so fuhr ich fort.

„Nun, ich möchte sie nicht verwirren, zum verzweifeln bringen, oder sie dazu bringen, dass sie denken, sie hätten den größten Idioten aller Zeiten vor sich... in Gegenteil, ich möchte, das sie mir glauben, denn wie mein Freund schon sagte... die Sache, die ich ihnen nun vorstellen will, ist so wichtig, dass wir einen brauchen, der uns weiterhilft." Der Bürgermeister nickte, und unterbrach nicht weiter. „Um was dreht es sich", sprach ich eher selbst vor mich hin. Und vor meinem inneren Auge sah ich das hübsche Gesicht von Daniela vor mir, bevor sie an Krebs starb. In der Sekunde wurde mir auch bewusst, warum ich mich so mit ihr beschäftigt hatte – sie war das Sinnbild für alle die Menschenleben, die noch in dem kommenden Krieg sterben würden – sie war meine erste Vision, die erste unnötige Tote. Ich schluckte. Dann sprach ich weiter: „Um was es sich dreht, ist die Zukunft", ich hob die Schultern – „... schlichtweg um unser aller Zukunft." Das der Bürgermeister mich immer noch nicht unterbrach, hielt ich für ein gutes Zeichen. „Nun, ich will sie nicht länger quälen... sie haben mitbekommen, dass jemand die Börsen dieser Welt manipuliert. Ich weiß, wer das ist!"

„Entschuldigung", - unterbrach mich Meier – „... ich brauche jetzt einen Kaffee." Er stand auf um zu seinem Schreibtisch zu gehen. Er benutzte seine Gegensprechanlage, um bei seiner Sekretärin Kaffee zu bestellen. Ohne noch einmal nachzufragen bestellte er für uns beide mit. Aber darüber waren wir beide froh. Ein Kaffee würde jetzt gut tun. Es schien so, als ob die gute Frau schon damit gerechnet hatte, und den Kaffee bereits nach unserem Erscheinen hatte. Jedenfalls klopfte sie, noch bevor sich Meier wieder zu uns an den Tisch gesetzt hatte, an der Tür. Meier lief schnellen Schrittes zur Tür, und öffnete selbige. Die blonde Frau, die ebenso nett wie ihr Chef erschien, kam mit einem silbernen Tablett in der Hand, freundlich lächelnd ins Zimmer hinein. Sie stellte das Tablett auf dem Tisch ab.

„Danke, Frau Kenos", sagte Meier, und hielt ihr die Tür auf. Als sie draußen war, schloss er die Tür wieder hinter ihr, und setzte sich wieder auf seinen Platz. Peter und ich hatten uns bereits bedient. Es waren große Tassen. Ein Zuckerspender dosierte in Würfelzucker. Frau Kenos hatte auch Milch und – für den Fall der Fälle – Zuckerersatz auf dem Tablett. Der war wohl für Meier bestimmt. Er machte zwei Tabletten in seinen Cup. „Bitte, fahren sie fort", bat der Bürgermeister mich – „... ausnahmsweise habe ich mal etwas Zeit heute... ich bin gespannt, wo sie noch hinwollen", meinte er, und hob kurz die Augenbrauen. Nachdem er umgerührt hatte, nahm er seine Tasse und lehnte sich zurück. Scheinbar, oder - Gott sei Dank, hatten wir sein Interesse geweckt. Ich machte es ihm nach, nahm ebenfalls den Cup, und lehnte mich zurück.

„Kennen sie den Mann persönlich?" – fragte Meier mich.

„Nun kommt der fantastische Teil", schmunzelte ich. „Nein, persönlich kenne ich den Mann nicht. Ich weiß auch nicht, wo er sich aufhält. Aber ich kenne einen Weg, wie er zu stoppen ist."

„Ja", meinte Meier – „... was der Kerl täglich einen Schaden anrichtet... das ist schier unglaublich. Wenn sie wirklich einen Weg gefunden haben, das alles zu stoppen, dann raus damit!"

Doch wenn ich jetzt gesagt hätte, schaffen sie das Geld weltweit ab, hätte er wahrscheinlich gelacht, und dann gesagt: „Auf Wiedersehen."
Sattdessen gab ich ihm meinen ROMAN, den ich nun zusammengerollt in der Hand hatte, zum lesen. Ich ordnete und glättete die losen Blätter, und legte sie vor mich auf den Tisch. Ich bat Meier darum, sich alles in Ruhe durchzulesen. Darin enthalten waren ja Frank Sommers Gedanken, das Geld abzuschaffen. Meier würde, wenn er es las, sicher wissen, auf was ich hinaus wollte. Das weltweite abschaffen der momentan gültigen Zahlungsmittel, war – auf Dauer gesehen, der einzige Weg, Johann Sommer, oder wie er auch hieß, zu stoppen – und somit auch jeden Krieg. Daher sagte ich erneut: „Lesen sie sich dies hier bitte durch, und handeln sie… wenn sie dies tun, sofern es in ihrer Macht liegt, wird es keine Kriege mehr geben, die Welt wird weniger ausgebeutet werden, es wird keine Arbeitslosen mehr geben, also mehr Zufriedenheit… weil es weniger Stress gibt, und keinen Neid mehr… die Welt würde also friedlicher und besser werden… und sie wären daran beteiligt. Ich kramte meine Visitenkarte heraus, und legte sie oben auf die Blätter. Um die Wichtigkeit noch deutlicher hervorzuheben, sagte ich abschließend: „Was ich sah, und aufschrieb…" – ich wollte das Wort Vision nicht in den Mund nehmen – „… wird sein… was war, wird sein", wiederholte ich. Danach hatte ich das Gefühl nicht mehr tun zu können. Entweder, er würde alles durchlesen, verstehen und handeln, soweit er es konnte, oder aber, er würde, nachdem Peter und ich gegangen waren, alles in den Papierkorb feuern. Aber ich wusste, dass ich nicht mehr tun könnte. Und ich hatte das Gefühl, das Peter genauso dachte. Wir hatten aber auch beide das Gefühl, das wir jemanden gefunden hatten, der uns glauben würde – die Frage war eigentlich eher: was würde ein relativ kleiner Bürgermeister tun können? Meier schien jedenfalls auch zum Plan gehören, dieses Gefühl hatte ich, als ich sein Amtszimmer verlies. Auf den Stufen, die hinunter zum Ausgang führten, murmelte Peter vor sich hin, was ich dachte: „Alles Schicksal, oder was?" Denn, obwohl wir wussten, dass wir nicht viel mehr tun konnten, hatten wir beide in diesem Moment eher das Gefühl vom Schicksal geführt zu werden, und nicht etwa, das wir selbst, oder der kleine Bürgermeister, die Zügel in der Hand hatten. Die Nummer war viel größer. Das wurde mir und auch Peter bewusst, als wir draußen auf der Straße standen, und uns in die Augen schauten. Immerhin schien die Sonne, nachdem es seit Tagen bewölkt war.

Drei Tage Später

Es waren drei vollkommen normale Tage vergangen – das hieß, zu dem Zeitpunkt, das, egal was man anschaltete, das Radio im Auto, den Fernseher zuhause, der Ticker in der Redaktion oder das Internet… man hörte, sah oder las nur noch das Eine – dass die Börse am Ende war, und dies Weltweit. Überall waren Unruhen, vor Banken wurde von Leuten demonstriert, die ihr Geld verloren hatten. Sie trugen Schilder vor sich her mit der Aufschrift: „Verbrecher" oder „Ich will mein Geld zurück". Ich schaute auf die Uhr im Büro, es war 15:25 Uhr – also fünf Minuten vor Feierabend. Ich erschrak, als das Telefon klingelte. Es war, woran ich nicht wirklich geglaubt hatte, Bürgermeister Meier.

„Hallo Herr Ferra. Ich bin's Meier, der Bürgermeister."

„Eh, ja, und, wie geht es ihnen… was kann ich für sie tun?"

„Nun, Herr Ferra, ich eh, ich will ihnen erzählen was los ist. Nun, zuerst ließ ich, um ehrlich zu sein, ihr Schreiben erst einmal auf dem Tisch liegen. Dann machte ich den Fernseher daheim an, und schaute im Internet nach meinem Aktienfond, welcher bereits sehr geschmälert ist. Also, um es kurz zu machen… ich las mir einen Tag später, nachdem ich mir erst überlegt hatte, alles in den Papierkorb zu schmeißen… alles in Ruhe durch. Es steht ja ROMAN darüber. Und erst kam es mir auch so vor, wie ein billiger Dreigroschenroman, dann aber… fand ich es mehr und mehr interessant. Unglaublich, aber interessant… wie ist das eigentlich – sind sie Hellseher?"

Er wartete eine Antwort meinerseits gar nicht erst ab, aus meiner Visitenkarte war ja zu ersehen, dass ich Reporter beim „Wochenblatt Intern" war – also sprach er weiter.

„Nun, wie immer sie auch dazu gekommen sind dies aufzuschreiben… es spiegelt, meiner Meinung nach die Wirklichkeit wider. Ich las mir verschiedene Abschnitte wieder und wieder durch. Und, was soll ich sagen – ich konnte mir bildlich vorstellen, dass da ein Hochbegabter Mann war… ist, der – jahrelang tüftelt, keine Ruhe gibt, und letztlich das unvorstellbare schafft. Er baut diese Zeitmaschine – auch wenn wir uns nicht vorstellen können, wie das geht – und manipuliert, wie sie es beschrieben haben, die

Geschehnisse dieser Welt. Und dies ohne Rücksicht auf Verluste. Dies ist das, was wir sehen, wenn wir uns die Nachrichten ansehen. Und, egal wie sie nun zu den Informationen gekommen sind, die sie aufschrieben, sie haben Recht! Um die Sache abzubrechen, gibt es nur die Möglichkeit das Geld abzuschaffen. Aber das wird schwierig werden. Auf jeden Fall sollte man versuchen, diesen Herrn Sommer zu finden. Die dritte Version wäre, und dies will, glaube ich keiner, abzuwarten – und dies würde, nach ihrer, eh, Vision nach, den dritten Weltkrieg... viele, weltweite Tote bedeuten. Darum kam ich zum Schluss, das, wenn alles so kommt, wie sie es beschrieben, wenn also am Ende - nach dem Krieg – das Geld abgeschafft wird, und die Leute dann in einem Paradies ohne Stress leben, warum sollte man das Geld dann nicht sofort abschaffen?"

„Das ist sehr weise, und sehr richtig erkannt, Bürgermeister – aber wie sie schon richtig sagten, es wird mehr als schwer, die Verantwortlichen diese Welt dazu zu überreden."

„Wir müssen uns zusammensetzen, bringen sie ihren Freund mit", war seine Antwort.

„O.K., morgen", fragte ich – „... gleiche Zeit?"

„Ja, gut, bei mir dann, im Büro."

„Gut", sagte ich, und wusste, dass ich einen neuen Freund gefunden hatte. Und ich war mir nun sicher, dass der Bürgermeister zum Plan gehörte, genauso wie ich und Peter. Ich hatte, nachdem ich aufgelegt hatte, das Gefühl, nun doch die Zügel in der Hand zu haben – und dies, Gott sei Dank, nicht allein. Die Verantwortung wäre für einen allein zu groß, und überhaupt wäre die Sache alleine nicht zu Händeln – auch Johann Sommer, wenn er denn so hieße, war zu dem Zeitpunkt nichtmehr alleine, auch er hatte längst Partner. Das machte stark – nicht nur ihn. Ich hatte plötzlich ein gutes Gefühl, morgen würde sich was ändern. Ein erneuter Blick auf die Uhr sagte mir, dass für heute Feierabend war. Guten Mutes ging ich heim zu Doris.

Kapitel 9

Teil 3

Hoffnung

Peter konnte nicht kommen. Er hatte mich morgens schon verschnupft angerufen und mir mitgeteilt, dass er erkältet sei. Nun, was sollte ich tun, außer ihm gute Besserung zu wünschen, und alleine zum Bürgermeister zu gehen. Pünktlich stand ich vor seiner Tür. Noch bevor ich klopfen konnte, ging die Tür auf, und der Bürgermeister stand vor mir. Er gab mir nicht die Hand, sondern sagte nur „Hallo", und winkte mich durch. Vorm Schreibtisch saß ein Mann, der gerade aufstand und sich zu mir wandte. Er hatte einen schwarzen, sehr teuren Anzug an. Meier führte mich zu dem wichtig wirkenden Mann, der eine Rote Krawatte anhatte. Als ich näher kam, hatte ich den Verdacht, ihn schon einmal in den Nachrichten gesehen zu haben.

Mit einer eleganten, scheinbar eingeübten, Handbewegung, wies Meier auf den Herrn, und sagte: „Dies ist der Abgeordnete Graf. Ich habe ihn über den Sachverhalt informiert. Nach anfänglicher Skepsis, hat Herr Graf doch zugestimmt, eh, sich erst ihren ROMAN durchzulesen, und dann, trotz Zeitnot, hierher zu kommen."

Graf schüttelte, weniger kräftig als Meier, meine Hand, lächelte mich an, und sagte: „Guten Tag, Herr Ferra, es freut mich, sie kennen zu lernen. Sie sind also Hellseher", und bei diesen Worten ließ er die Zähne blinken.

„Nein", beschwerte ich mich – „… ich bin kein Hellseher."

Meier, der wieder Kaffee bestellt hatte und auf dem Weg zu uns war, führte uns zu der Sitzecke. Wir setzten uns. Und, wie beim letzten Mal, hatte sich Meier noch nicht gesetzt, als seine Sekretärin an der Tür klopfte. Meier, kam aus der halben Sitzhaltung wieder heraus, um die Tür zu öffnen. Mit dem Tablett in der Hand war dies schlecht möglich. Ich fragte mich, wie sie überhaupt klopfen konnte. Wahrscheinlich mit dem Fuß. Dieses Tablett war noch etwas größer als das andere, und bedeckte beinahe den gesamten Tisch. Dieses Mal hatte sie noch ein Schälchen mit Keksen hinzugefügt. Wir bedienten uns, und die gute Frau verlies wieder den Raum. Ich musste schmunzeln, sie würde sich sicher draußen dasselbe gönnen.

„Nun, was waren sie noch von Beruf", knüpfte Graf das Gespräch weiter.

„Ich bin Reporter", rechtfertigte ich mich – „… und hatte mit Hellseherei bisher wenig am Hut. Ich hielt dies bis Dato auch stets für etwas, das man sich vielleicht im Zirkus ankuckt. Und, um ehrlich zu sein, ich weiß auch nicht, wie ich dazu kam, oder, ob dieser Zustand anhält. Ich kann nur sagen, dass das, was ich da aufschrieb… das war so etwas wie eine Vision. Ich weiß nicht, ob sie es wissen. Da wurde diese Fernsehsendung gestartet, und ich sah diese Sendung… lange bevor sie ausgestrahlt wurde. Und diese

Sendung liegt auch jetzt noch in der Zukunft. In einer möglichen Zukunft. Denn die Zukunft kann auch anders als beschrieben aussehen."

„Ich verstehe", nickte Graf – „... ich habe mir alles durchgelesen, und ich glaube ihnen. Man braucht ja nur die Zeitung zu lesen, dann sieht ja ein wacher Verstand, dass da einer, oder eine Gruppe, am ganz langen Hebel sitzt. Die Frage ist nur, wie wir vorgehen sollen. Ich habe im Vorfeld bereits mit ihrem Bürgermeister gesprochen, und konnte sogar schon den Polizeichef überzeugen. Es läuft bereits eine Fahndung gegen Johann Sommer. Wir konnten bereits feststellen – vorläufig feststellen, dass drei Johann Sommer in Deutschland als vermisst gelten. Wie sie sich vorstellen können, gibt es einige hundert Johann Sommer in unserem Land. Aber dank landesweiter Fahndung können wir schon nach so kurzer Zeit sagen, dass bis auf einige, die beispielsweise Nachtschicht haben, eh, alle da sind, wo sie sein sollen... bis auf die drei, die als Vermisst gelten. Nach ihnen fahnden wir mit Nachdruck. Bis morgen werden wir sehen, was mit denen ist. Ich denke einer wird übrig bleiben, dies ist der, den wir suchen... der Name ist doch Johann Sommer?"

Ich zuckte die Schultern, und sagte: „Ja, einen anderen Namen hab ich nicht."

Mir erschien für eine halbe Sekunde wieder das Bild von Johann vor dem inneren Auge – das, als Johann sich im Bad zurechtmachte und im Spiegel betrachtete, daher sagte ich, dass ich ein Phantombild erstellen könnte.

Herr Graf nickte, und fragte mich, ob ich noch etwas Zeit für so ein Bild hätte, was ich bejahte. Daraufhin zog er sein Handy und wählte per Kurzwahl eine Nummer. Er bestellte den Polizeizeichner zu uns ins Büro. Was es hieß einen Abgeordneten zu kennen, zeigte sich kaum drei Minuten später, als es an der Tür klopfte, und der Herr Schmidt, der Zeichner ins Zimmer trat. Nach kurzen Begrüßungsfloskeln, setzte sich Schmidt neben mich. Er stellte gezielt Fragen, das Aussehen betreffend, und zeichnete zeitgleich mit meinen Erklärungen. Zwischendurch zeigte er mir das Bild, und er fragte jeweils nach, ob die Wangenknochen richtig, die Augen zu schmal, oder der Mund zu breit oder sonst was zu dick oder zu dünn war. Er hatte einen Kohlestift, und bunte Kreiden als Malmittel. Umso verblüffender war, dass dieser Herr Schmidt, kaum eine viertel Stunde später, eine Zeichnung angefertigt hatte, mit der ich Johann auf der Straße wiedererkannt hätte. Schmidt bedankte sich, stand auf, und zeigte, bevor er ging, die Zeichnung den beiden Anderen, die sich beide freundlich nickend bedankten. Bevor Schmidt die Tür hinausging, teilte er uns mit, dass die Zeichnung heute noch alle Polizeireviere des Landes erreichen würde. Was mir das beklemmende Gefühl einbrachte, dass ich gerade eben einem unschuldigen Mann zur Jagt freigab. Aber, es würde sich ja schnell ergeben, ob und wer unschuldig war, und wer nicht. Dem Unschuldigen würde ja nichts geschehen. Überhaupt würde heute sonst nichts mehr passieren, das wusste ich in dem Moment.

Einen Tag später

Bürgermeister Meier rief mich im Büro an. Es war Freitag, wieder kurz vor Feierabend, und eigentlich war ich gerade auf dem Sprung, die Redaktion mal ein paar Minuten früher zu verlassen, weil an dem Tag, ausnahmsweise, Ruhe angesagt war – bis zu Meiers anruf… die Ruhe vor dem Sturm – fragte ich mich, als ich am Display des Telefons sah, das es Meier Nummer war. Ich hob ab und meldete mich.

„Guten Tag, Herr Bürgermeister, was gibt's neues?"

„Ja, guten Tag, Herr Ferra. Was soll ich sagen? Sie sehen mich, auch ein wenig verblüfft. Weil, ja, weil ihr Roman, eh, weil da immer mehr zutrifft, was sie schrieben. Haben sie, in der Zeitung, eh, sie haben noch nichts mitbekommen?"

Ich wusste nicht, was er meinte, und fragte daher zögerlich: „Die Börsenzusammenbrüche?"

„Wenn es das nur wäre, überall brechen, genau ihrer Beschreibung nach, Unruhen aus. Ja, sogar Bürgerkriegsähnliche Zustände werden aus Argentinien gemeldet. Der Abgeordnete Graf teilte mir mit, dass tatsächlich ein Johann Sommer noch nicht gefunden ist. Wir fanden in seiner Wohnung Pläne, mit denen ein Normalmensch nichts anfangen kann. Ingenieure schauen sie sich an. Ich nehme mal an das es sich um die Zeitmaschinen-Pläne handelt… es gibt auch einen Bruder Frank… wie ich sagte, ich bin verblüfft. Man kann, weil alles so schön stimmt, wie sie es aufschrieben, schon beinahe von einem Beweisschreiben reden. Herr Graf nahm ihren, eh, Roman an sich – ich hoffe sie haben nichts dagegen" – merkte er dazwischen an, und ich nickte verneinend. Herr Graf will damit weitere Politiker, welche mit viel Einfluss, dazu bringen, in irgendwelcher Art, tätig zu werden – so, wie es in ihrer Macht steht, was sie für vernünftig halten… was sie halt gedenken zu tun, um die Situation zu entschärfen, zu verbessern, oder gar abzustellen. Wir werden sehen, was dabei herauskommt."

„Gut", sagte ich, und nickte bejahend… und wiederholte im Kopf – „… mal sehen, was passiert." Ich fand, dass Herr Graf ein unübertreffbares Engagement an den Tag legte, aber, es musste eine Entscheidung her. Die, dass das Geld abgeschafft werden musste. Aber, es war wohl klar, dass ein kleiner Abgeordneter nicht mehr tun konnte. Was mich eben störte, war, das es auf diese Art, sehr lange, vielleicht zu lange… dauern könnte. So bedankte ich mich, mit der Bitte, mich auf dem Laufenden zu halten. Meier versprach es. Wir legten auf. Ich verließ das Büro, Feierabend.

Am nächsten Tag meldete sich ein Kommissar Kelter bei mir. Er wollte, dass ich zu ihm ins Kommissariat kommen sollte. Es war Freitag, und ich hatte mir gewünscht, mal locker ins Wochenende zu kommen, daraus sollte wohl nichts werden. Ich schaute auf meine Armbanduhr. Ich sagte ihm, dass ich gleich eine Stunde Mittagspause hätte. Etwas mürrisch sagte ich also zu, dass ich gleich kommen würde. Die Polizeidienststelle befand sich nur wenige Straßen weiter. Wenn alles schnell ging, wäre ich in einer halben Stunde wieder zurück sein. Zum Glück hatte ich keinen Hunger. Aber ich hatte die Befürchtung, als ich das Büro verließ, das heute noch ein langer Tag werden würde, und ich noch Hunger bekommen würde.

Im Büro des Kommissars

Kommissar Kelter war, wie sich herausstellte, ein wahrer Hüne. Typ schwedischer Holzhacker mit Waschbrettbauch. Blond, mit Vollbart, blaue Augen, die Haare kess zurückgekämmt. Knapp zwei Meter groß, und geschätzt, Schultern, die etwa einen Meter breit waren. Der sportlich geschnittene, helle Anzug verstärkte noch die kräftige, imposante Erscheinung. Er streckte mir freundlich lächelnd die Rechte zur Begrüßung hin. Und ich hatte bereits Angst um meine Handknochen. Doch sein Händedruck war nicht halb so stark, wie der, Meiers. Er stellte sich erneut vor, und bat mich, mich zu setzen. Ich setzte mich auf einen der Beiden dünn gepolsterten, dunkelblauen Stühle, die vor seinem Schreibtisch standen. Er nahm dahinter Platz.

„Nun", begann er – „... ich will es kurz machen. Ich muss nur, der Ordnung halber, ein paar Fragen stellen... einiges klären, und zu Protokoll geben." Schulterzuckend gab er an, dass so nun mal die Regeln wären.

Ich nickte.

„Ihr Name ist Markus Ferra, sie sind Wohnhaft in..." – und er leierte weiter meine persönlichen Daten herunter, und ich nickte jeweils schweigend. „... 39 Jahre alt, verheiratet", schloss er, und stellte dann seine Fragen: „Eh, wie sie angeben, hatten sie diese Vision, und sie haben alles aufgeschrieben." Er hob meine Blätter kurz hoch, die inzwischen in eine beige Büromappe eingeordnet waren. „Sie haben Johann Sommer, oder einen seiner Verwandten nie kennengelernt, ist das Richtig?" – fragte er.

„Das stimmt", gab ich an. „Ich hatte mehrere Visionen, bin aber nicht als Hellseher tätig, ich meine, was ich damit sagen will, ist, dass – warum ich gerade dazu, eh, auserkoren bin, wurde..." – stotterte ich, - „... also, diese Frage kann ich ihnen nicht beantworten. Ich wüsste selbst gerne, warum gerade ich es sein muss, dem das alles passiert."

„Machen sie sich deshalb keine Sorgen", bat mich Kelter verständnisvoll zur Ruhe – „... sehen sie, ich selbst wollte eigentlich Künstler werden, und nun, was ich heute tue, hat so Garnichts damit zu tun. Wo uns das Schicksal hinführt", sinnierte er – „... suchen wir uns nicht immer aus."

„Das ist wohl wahr... diesen Spruch hört man öfter", gab ich zu.

Kelter nickte freundlich, und meinte: „Ja, machen sie sich nur keine Sorgen, eh, wir haben schon alles überprüft... das müssen wir, sie verstehen… es führen keine Spuren zu ihnen. Was ich sagen will, ist, wir wissen, dass sie, mit alledem nichts zu tun haben, sondern, eh, so eine Art Marionette, in einem großen Spiel sind. Aber, warum ich sie herbat, ist – können sie mir sonst irgendwie weiterhelfen? Hatten sie erneut eine Vision… gibt es was Neues? Andere Anhaltspunkte, die uns weiterhelfen würden, Johann Sommer zu finden?"

„Tut mir leid" gab ich Schulterzuckend an – „… ich hatte, und glauben sie mir, deshalb bin ich froh – keine Visionen mehr. Scheinbar hat mich, dass großartige Schicksal, nur dazu ausgesucht, die Menschheit zu warnen… haben sie alles durchgelesen?"

„Ja", nickte Kelter – „… es geht um den dritten Weltkrieg, um Tod und Vernichtung, wenn wir das Geld nicht abschaffen? Glauben sie wirklich daran?"

Ich nickte eifrig – „Unbedingt", sagte ich mit Überzeugung – „… die Frage ist nur wann! Schauen sie sich die täglichen Nachrichten an. Lange kann es nichtmehr dauern. Alles bricht weltweit zusammen."

Kelter nickte. Er wusste, dass ich Recht hatte. Er wusste, dass Zeit zum handeln war. Daher sagte er: „Wir jagen ihn… aber um ehrlich zu sein… zurzeit mit wenig Erfolg. Wir wissen nie, wo er gerade ist. Ist eine Aktion in den USA, sind die Kollegen dort vor Ort, und er ist weg, und es passiert wieder woanders auf der Welt was. Er ist uns stets einen Schritt voraus."

„So war wohl von Anfang an sein Plan", bemerkte ich, und hob die Schultern – und Kelter nickte.

„Ja", bestätigte er – „… so wird es wohl sein."

„Ist noch etwas?" – fragte ich. „Kann ich gehen?", wollte ich wissen.

„Eh, ja, sicher", nickte Kelter, und hielt mir einen Schreiber hin, und drehte das Protokoll zu mir, dass ich es unterschreiben solle. „Das wär es für den Moment. Wenn ihnen noch etwas einfällt, rufen sie bitte an."

Ich nickte, während ich unterzeichnete. Dann stand ich, mit einem Blick auf meine Armbanduhr, auf. Ich hatte tatsächlich noch Zeit, ich konnte den Rest meiner Mittagspause genießen. Wortlos, weil etwas enttäuscht, verließ ich Kelters Büro. Und, entgegen meiner Meinung, dass heute ein unendlicher Tag werden würde, passierte sonst weiter nichts. Gut, später, in den Nachrichten war zu hören, dass alles – langsam, aber sicher, eskalierte. In den Ländern, in denen es bereits zu Unruhen gekommen war, kam es nun zu Bürgerkriegsähnlichen Zuständen. Wo in Europa und den USA die Leute noch mit Plakaten noch relativ friedlich vor Banken demonstrierten, wurden in Argentinien die ersten Bänker – quasi öffentlich, auf der Straße hingerichtet, was natürlich dazu führte, dass die Polizei mit Tränengas und Wasserwerfern gegen die Menge vorging. Und dies machte die Meute nur noch aufgebrachter. Die Menschen warfen Molotow-Flaschen. Es gab, und dies in vielen Städten, weltweit, solche Ausschreitungen. Seit Tagen wurden solche Berichte gezeigt. Nun immer häufiger. Immer blutiger, brutaler. Aber, was noch schlimmer war, die ersten Politiker warfen bereits anderen Politikern in anderen Ländern, in denen es deren Meinung nach noch nicht so schlimm war, vor, alles zu Manipulieren. Von einer neuen Art der Kriegsführung war die Rede. In manchen Ländern wurden gar verschiedene Medikamente knapp. Impfstoffe und Antibiotika – AIDS-Mittel und teure Krebstabletten. Viele Menschen starben, einige brachten sich um. Alles war wie in der Vision. Wie ich es aufschrieb. Und ich hatte die Befürchtung, dass es nicht mehr lange dauern würde, bis die Lage sich in Europa oder Japan – kurz, der sogenannten westlichen Welt – dramatisieren würde. Es würde geschehen – alles – die Frage war nur, wann. Wie lange es noch gut gehen würde. Oder, besser ausgedrückt, wann es – auch bei uns, zu Unruhen kam. Zum Krieg auf den Straßen. Und ich musste an Daniela denken. Meine hübsche Nachbarin, die vor kurzem an Krebs gestorben war. Ich sah ihre grün/ blauen Augen vor mir. Sie ging vorher von dieser Welt. Sie würde den Irrsinn des Krieges nicht mitbekommen. Ich schon. Das wurde mir in dem Moment bewusst. Ich schaute Doris an, die neben mir auf der Couch saß. Ich wollte immer Kinder. Bisher hatte es, auch zum Leidwesen von Doris, nicht geklappt. Unsere Ehe war bis Dato kinderlos geblieben. Nun aber war ich froh darum, dass wir keine Kinder hatten. So mussten auch diese nicht erleben, was noch kommen würde. Straßen voller Leichen. So war meine

Vision. Doris bemerkte meinen Blick, der an ihr haften geblieben war. Sie drehte sich zu mir um, und wollte wissen, was los ist.

„Nichts", log ich – „... ich finde dich nur... immer noch... wunderschön."

Sie lächelte mich an und küsste mich. Dann schaltete sie den Fernseher aus und zog mich an der Hand von der Couch auf. Ohne meine Hand loszulassen, führte sie mich ins Schlafzimmer. Und, was ich mir bis dahin nicht ausmalen konnte, passierte. Wir schliefen so leidenschaftlich wie noch nie zusammen. Gerade dies konnte ich mir, nach heute dem Tag, nicht vorstellen. Vielleicht passierte es gerade deswegen, und war gerade deshalb so schön gewesen. Dennoch wurde ich anschließend traurig. Ich hatte das Gefühl, das dies das letzte Mal war, wo ich mit Doris im Bett war. Dieser Gedanke quälte mich sehr lange, bis ich endlich, weit nach Mitternacht, einschlief. Aber ich schlief sehr unruhig, in dieser Nacht. Die anfängliche, kurze Hoffnung, hatte nicht lange gelebt. Es würde ernst werden. Schon bald.

Kapitel 10

Teil vier

Der bevorstehende Krieg

Es war Samstag und ich konnte ausschlafen. Als ich wach wurde, verriet mir mein Wecker, dass es 9: 59 Uhr war. Außerdem zeigte er mir, dass es im Zimmer 21° C warm war, und dass heute der 23. August 2043 war. Ich gähnte und streckte mich. Ich döste noch einige Minuten vor mich hin, bevor die Natur mich zwang, aufzustehen. Ich ging zur Toilette. Ein Blick zurück, kurz bevor ich den Raum verlies, sagte mir, das Doris bereits auf war. Dann roch ich den Kaffeeduft. Mir fiel die letzte, fantastische Nacht ein, die ich mit Doris – dieser wunderbaren Frau, verbringen durfte. So viel Leidenschaft, so viel Kraft und Liebe, und Geborgenheit. Nein, ich hatte diese Frau nicht verdient. Sie war einzigartig, was ganz Besonderes. Wie für mich gemacht. Großartig – dieses Wort beschrieb sie noch am besten. Ich liebte sie, wie ein Mann nur eine Frau lieben konnte. Tiefer konnte eine Liebe nicht sein. Das konnte ich mir jedenfalls nicht vorstellen. Ich nahm mir vor, mir heute einen schönen Tag mit Doris zu gönnen. Einen Zoo-Besuch. Ein Kinoabend. Ein schönes Essen, mit einem guten Glas Rotwein – vielleicht in dieser Reihenfolge. Mal sehen, was Doris dazu meinte. Jedenfalls würde ich, dessen war ich mir jetzt schon bewusst – gerne die Nacht von Gestern wiederholen... denn die war... unbeschreiblich schön. Wahnsinn, das war das richtige Wort. Es war jedenfalls an der Zeit, mal die Unruhe und den Stress der vergangenen Wochen zu vergessen. Zu entspannen. Ich traute mich daher nicht, den Fernseher, der im Badezimmerspiegel integriert war, einzuschalten – vor lauter Angst, es würden wieder einige dieser schlimmen Nachrichten zu sehen sein. Dies würde mir wohl den Tag versauen. Daher schaute ich mir nur selbst im Spiegel zu, wie ich mir die Zähne putzte, und mich rasierte. Der Krieg. Der Krieg, der bald beginnen würde. Ich wollte nichts sehen. Nichts sehen und nichts hören. Nicht heute. Nicht an einem Tag, der so schön begonnen hatte. Dieser Tag sollte auch so friedlich enden. Dies nahm ich mir in dem Moment vor. Und ich würde es durchstehen! Heute würde kein Radio und kein TV eingeschaltet werden. Jedenfalls nicht zu Zeiten, an denen Nachrichten gesendet werden würden. Ich musste, wenigstens für ein paar Stunden, das alles vergessen. Der Tag war einfach zu schön. Und das musste um jeden Preis so bleiben. Doris war es wert. Sie brauchte diesen Tag. Sie brauchte ihn beinahe genauso wie ich diese Stunden der Ruhe brauchte. Auch Doris ahnte, sie war ja alles andere als dumm, dass es nicht mehr lange ruhig bleiben würde. In vielen anderen Ländern brannte quasi die Luft. Warum sollte es also bei uns ruhig bleiben. Das wurde zu dem Zeitpunkt vielen Menschen klar. So, wie in der Vergangenheit würde es nichtmehr lange gutgehen. In vielen Fernsehsendungen wurde schon von Mini-Atombomben berichtet, die die Regierungen einiger Weltmächte entwickelt hatten, und drohten, sie gegen die Gegenseite einzusetzen, wenn die Situation sich nicht bald verbessern würde. Diese Bomben waren neu. Raffiniert. Diese Bomben, wie sie im TV vorgestellt wurden, waren nicht so zerstörerisch, wie diese, aus dem letzten Krieg. Aber, es waren auch Atombomben. Das raffinierte, das Schlaue an ihnen – worauf ihre Erfinder sicherlich stolz waren, war, dass sie nur wenige Häuser zerstörten. Auch Menschenleben wurden weitestgehend geschont. Der Umkreis der atomaren Vernichtung lag bei circa 40- 50 Kilometern. Das war gegenüber den alten Bomben, vergleichsweise wenig. Deren zerstörerische Kraft, bewirkte, dass die betroffene Landschaft, im Umkreis von mehreren hundert Kilometern, für Jahrzehnte unbewohnbar war. Die neuen Bomben erlaubten es, dass auf dem Boden, nach nur etwa drei Jahren, wieder etwas Genießbares angebaut werden konnte. So gesehen war diese neue Art von Waffen schon revolutionär, wenn man dieses Wort überhaupt bei einer Waffe benutzen darf. Die Revolution lag darin, dass eben nur wenig zerstört wurde, Menschenleben geschont wurden, und das Land nach relativ kurzer Zeit wieder nutzbar war. Sicher, auch nach Jahren, würde noch eine atomare Verseuchung messbar sein. Diese würde sich aber auf einem Level bewegen, die für Menschen nichtmehr tödlich sein würde. Die Krebserkrankungen wären in den ersten Jahren hoch – in den Augen ihrer Erfinder, wäre dieser Umstand jedoch vertretbar! Ich aber – ich wollte nicht dazu gehören. Bei diesem Gedanken schlug mein Herz höher. Mir wurde schlagartig klar, dass ich handeln musste. Der Krieg würde kommen. Wer weiß, wann. Wer weiß, wie lange es noch gutgehen würde. Ich musste wirklich handeln. Aber wie?

Die Höhle!

Die Höhle, in der wir als Jungs gespielt hatten! Die Höhle, die uns damals beinahe das Leben gekostet hatte – sie würde nun unser Lebensretter werden. Sie war tief genug. Wenn sie nicht gerade durch einen direkten Treffer zerstört werden würde, was auszuschließen war, denn sie lag mitten in einem wertlosen Stück Wald – wäre sie nun die Rettung für Doris und mich... und natürlich Peter und Renate, seine Frau. Sie würde einen Großteil der atomaren Strahlung abhalten. Natürlich müssten noch ein paar Umbauten getätigt werden. Aber das würde ich mir noch überlegen.

Jetzt jedenfalls, ergaben alle meine Visionen einen Sinn! Nun war alles so klar, wie es nur sein konnte. Da war als erstes Daniela – dieses wunderschöne Mädchen, die uns alle mit ihrem unvorhergesehenen Tod in die Realität führte. Sie stand für das Schöne in dieser Welt, aber eben auch für die Überraschung... den Tod – das Unvorhersehbare. Die Diskussion mit Peter, über das Schicksal, führten meine Gedanken, zum einen in meine Jugend – und dies führte dazu, dass ich mich nun an die Höhle erinnerte. Und zum zweiten trieben mich die erste Vision, die mit dem Zugunglück, dazu, mich selbst – die Visionen – ernst zu nehmen. Die dritte Aufgabe, die ich zu bewältigen hatte, war, dass der Schöpfer des Schicksals wollte, das ich die Menschheit warnte. Vorm dritten Weltkrieg – und, um ebensolchen zu verhindern, dass das Geld abgeschafft werden würde. Den letzten Punkt hatte ich nicht durchführen können. Wie hätte ich dies bewältigen können. Wenn ich, einfach so, zu den Leuten gesagt hätte: Mensch, werft euer Geld weg, hätten sie mich nur blöd angekuckt, und dann wären sie weitergegangen. Nein, das war klar. Zu der Erkenntnis, das Geld abzuschaffen, würde die Menschheit erst nach dem Krieg kommen. Genauso, wie ich es in der Vision sah. Ich musste also handeln. Für mich und Doris, und die, die mir lieb waren. Alle anderen konnte ich nicht erreichen. Dazu war ich zu klein. Ohne Einfluss. Jemand, auf den man nicht hören, nicht ernst nehmen würde. Sicher, Einzelne nahmen mich ernst. Der Bürgermeister. Der Abgeordnete. Die Polizei. Sie taten ja auch einiges. So gesehen hatte ich mehr erreicht, als ich mir je hätte erträumen können. Aber – es würde nicht reichen. Die Welt konnte man nicht erreichen. Alle hatten zu viel anderes zu tun. Jeder Mann, und jede Regierung – und genau dies war zu erwarten, versuchte nur zu retten, was zu retten war. Jeder sah zunächst in den Spiegel, und wollte dem helfen, den er dort erblickte. Keiner würde des anderen Hand nehmen, und sagen: ja, der Ferra hat Recht, schaffen wir das Geld ab. Erschaffen wir damit den Weltfrieden. Nein, so waren die Menschen nun einmal nicht gestrickt. Weil niemand sich was wegnehmen wollte. Keiner glaubte, dass ein System ohne Geld funktionieren könnte. Keiner verstand, dass dies alles verhindern würde. Johann Sommer wäre entmachtet. Man könnte seine fantastische Erfindung für friedliche Zwecke nutzen. Vor allem: der Krieg würde verhindert werden. Viele Städte würden nicht vernichtet werden. Viele Menschen könnten am Leben bleiben. Vielleicht würden sie Johann Sommer ja noch schnappen. Aber diese Hoffnung hegte ich nicht. Darum kannte ich die Menschheit, durch die Erfahrungen der letzten Zeit, nun zu gut. Der Mensch neigte dazu das zu verteidigen, was ihm gehörte, und das bedeutete Krieg. Jeder gegen Jeden. Land gegen Land. Mann gegen Mann.

Es lag noch nie in der Natur der Menschen, sich in die Augen zu sehen und sich die Hände zu reichen. Zu verstehen und zu helfen. Was sollte da dieses Mal anders sein? Was?

Kapitel 11

Die Höhle

Doris klopfte an die Badezimmertür. Ich erschrak.

„Geht's dir gut?", hatte sie besorgt gefragt.

Ich hatte die ganze Zeit in den Spiegel gestarrt. Na, wenigstens war ich fertig rasiert. Gut, das ich mich trocken rasierte, denn so, wie ich in Gedanken verloren war, und kaum darauf geachtet hatte, was ich da tat, hätte ich mich bei einem Nassrasierer wahrscheinlich umgebracht. So schaltete ich nur den Rasierer aus, und sagte, dass ich gleich kommen würde. Es hatte mich wieder eingeholt. Diese Gedanken. Na, wenigstens waren es keine Visionen mehr. Das schien zu Ende zu sein. Aber, auch, dass ich diese Gedanken nicht abschalten konnte, störte mich etwas. Dabei wollte ich noch nicht einmal das Spiegelradio einschalten... Musik wäre vielleicht besser gewesen. Und nun war ich bereits wieder bei den nächsten Gedanken. Wie konnte ich Doris beibringen, dass ich vorhatte, mit ihr zusammen im Wald in einer Höhle zu wohnen – und das auch noch, mit Peter und Renate. Und, deshalb würden auch noch alle unsere Ersparnisse draufgehen, weil ich die Höhle umbauen musste, um sie Strahlensicher zu machen. Sie würde mich für verrückt erklären und dann umbringen – oder umgekehrt. Der feine Geruch des Kaffees holte mich in die Realität zurück. Ich hatte für heute einen Entschluss gefasst, und der hieß: nicht heute. Ich schaute immer noch in den Spiegel. Ich schaltete mein schönstes Lächeln an, dann ging ich hinaus zu Doris. Es würde sein wie es sein sollte, heute – ein schöner, nein, wunderbarer Tag, ohne Stress und trübe Gedanken. Ich ging zu ihr. Mit meinem aufgesetzten Lächeln im Gesicht. Wir küssten uns. Dann tranken wir Kaffee. Ohne viele Worte zu verlieren. Das Einzige, was ich sie fragte, war, ob sie lieber ins Kino wollte, oder doch besser eine gute Pizza mit mir essen gehen wollte.

„In der Reihenfolge", sagte sie – und ihr Lächeln war, entgegen meinem, nicht aufgesetzt, sondern echt. Dann fügte sie flüsternd hinzu: „Und anschließend gibt's eine Wiederholung der letzten Nacht." Sagte es, und küsste mich. Wobei sie kurz ihre Zunge einsetzte. Dies machte mich, was sie scheinbar bereits war, scharf wie eine Rasierklinge. Ich bekam eine Erektion. Aber, sie ließ ab, und sagte: „Du musst warten können... aber glaube mir... nur wer warten kann, gewinnt." Und sie küsste mich auf die gleiche Weise, wie eben. Und mein Herz schlug bis zum Hals. Ich wusste nicht, welchen Schalter ich bei ihr getroffen hatte, aber ich konnte nicht leugnen, dass es mir gefiel. Sehr sogar. Dann frühstückten wir weiter. Und sie hatte die ganze Zeit über ein Lächeln im Gesicht, wie man es nur von Mona Lisa her kannte. Aber auch das gefiel mir. Ja, der Tag würde so werden, wie ich ihn mir vorgenommen hatte. Und die Nacht ebenso. Aber was dann? Die Zeit verrann. Wie lange noch? Was genau wird kommen? Quälende Fragen. So war auch mein Lächeln – gequält. Aber scheinbar merkte Doris nichts. Und auch hier die Frage, wie lange noch? Ich musste mit ihr reden. Das war unumgänglich. Aber nicht heute. Nicht heute.

Sonntag. Peter würde, mal wieder, mein Retter sein. Ich hatte mich, am Freitag bereits, mit ihm für heute mit ihm verabredet. Wir trafen uns ja, mittlerer Weile regelmäßig, zu Kriesensitzungen. Immer dann, wenn wir dachten, das es was zu handeln gab. Wir berateten dann, wie wir wann was sagen sollten, und wem. Meistens trafen wir uns in unserer Stammkneipe.

So auch dieses Mal. Aber ich rief ihn morgens, mit der Lüge, dass es mir nicht so gut ginge, an – mit dem Hintergedanken, er könne mich dann unterstützen, wenn es darum ginge, Doris davon zu überzeugen, in Zukunft im Wald, in einer Höhle zu wohnen. Mit Peter und Renate als Mitbewohner – und unzähliger Spinnen und anderem Ungeziefer. Ich konnte mich im Moment selbst kaum mit der Idee anfreunden. Ich sah nur keine andere Möglichkeit. Wo sonst könnten wir uns selbst vor dem Fallout schützen. Es gab keine Atombunker für das gemeine Volk. Warum auch? Der sogenannte kalte Krieg, wie er in den sechziger Jahren gewütet hatte, war seit etwa achtzig Jahren vorbei. Zu der Zeit war es beinahe modern, Bunker zu bauen. Wer es sich, zwischen 1956 und 1963 leisten konnte, baute sich den Keller aus, oder ging soweit, sich einen richtigen Bunker zu bauen. Im Garten. Mit meterdicken Betondecken. Vollgestopft mit dem, was die jeweilige Regierung der Bevölkerung riet: Konserven und Trinkwasser für mehrere Jahre. Richtig luxuriöse Modelle hatten sogar Luftfilter und Stromgeneratoren. Vor allem in Amerika war es weit verbreitet, Atombunker zu bauen. Aber in der heutigen Zeit? Die Welt war friedlich – eigentlich. Wir lebten in einer Welt mit weltweitem Wohlstand. Selbst Länder, die bis vor wenigen Jahrzehnten noch kommunistisch regiert waren, hatten nunmehr alle demokratisch gewählte Regierungen. Der Standard war hoch. Alles und jeder hatte Computer. Diese waren aber, anders als im neunzehnten Jahrhundert, keine klobige Kästen mehr, mit großen Monitoren und Lautsprechern davor. Sondern, sie sahen aus wie eine Zeitung, die man zusammenrollen konnte. Lautsprecher waren unsichtbar in Wänden verborgen. Bilder waren, ohne Brille dreidimensional. Fernseher im herkömmlichen Sinne gab es nicht mehr – sie waren ebenfalls in Wände integriert. CDs gab es auch keine mehr. Man wählte ein Lied, das man im Radio hörte, aus, und speicherte es per Wortbefehl ab. Autos fuhren elektrisch und konnten, mit wenigen Teilen, die man anbringen, oder abbauen konnte, umgebaut werden. Sie wurden Pick-ups oder Kabrios, oder Beides. Innenstädte waren zum Teil unterirdisch. Oben waren Parkähnliche Landschaften, unten waren ganze Straßenzüge Passagen mit Geschäften und Shows und Ärzten und Anwälten. Boote, Häuser – nichts hatte mehr mit dem Design von 2000 zu tun. Das Internet war – heute, im Jahre 2043, nicht nur alltäglich, sondern überall und stets präsent... auf vieles müssten wir, wenn wir in der Höhle lebten, verzichten. Dies würde nicht nur Doris schwerfallen. Zumal es ja nicht eine Sache von wenigen Wochen werden würde. Nein, es würden mindestens zwei Jahre vergehen, ehe wir die Höhle wieder verlassen werden können.

14: 30 Uhr. Es klingelte und ich machte mich auf, die Haustür für Peter zu öffnen. Er war immer Pünktlich. Ich hatte noch nie erlebt, dass er auch nur eine Minute zu spät gekommen wäre, und wenn doch, dann kam er gar nicht, weil er krank war oder aus einem anderen Grund nicht kommen konnte. Wir begrüßten uns, wie wir es seit unserer Kindheit taten. Wir schlugen uns leicht auf die Schultern, und lachten. „Altes Haus oder – und, Kumpel", war die übliche Begrüßungsfloskel. So auch heute. Wir gingen am Wohnzimmer, in dem sich Doris aufhielt, vorbei. Peter winkte ihr nur im vorbeigehen kurz zu. Sie verfolgte eine TV-Sendung, und begrüßte ihn auf die gleiche Weise. Wir begaben uns in den Nebenraum, das Esszimmer. Ich holte aus dem Kühlschrank zwei Bier. Eine Flasche stellte ich Peter hin, der bereits Platz genommen hatte. Ich setzte mich neben ihn. Wir stießen an und tranken erst einen Schluck, bevor ich anfing zu erzählen. Ich erzählte ihm, was er teilweise wusste, nämlich dass, was sowieso tagtäglich in den Nachrichten zu verfolgen war – das die Situation sich zuspitzte... immer schlimmer werden würde. Aber, dass wusste zu dem Zeitpunkt wirklich jeder, der seine Gedanken einigermaßen beisammen hatte. Er nickte nur. Er wusste selbst nur zu gut, bis es bei uns im Land auch so weit war, wie es in anderen Ländern bereits längst der Fall war: Bürgerkrieg – und sogar mehr als das. Was Doris sich gerade ansah, die Meldung kam nicht das erste Mal für heute, war der Bericht, in dem gezeigt wurde, das die Regierungen sich bereits gegenseitig beschuldigten. Ich war selbst verblüfft, wie genau doch meine Vision sich wiederholte... bis ins Detail zutraf.“ Was war wird sein", dachte ich, wie schon einmal.

„Erinnerst du dich an die Höhle, in der wir als Kinder spielten?" – fragte ich.

Peter schaute mich verdutzt an. Er war nicht dumm. Natürlich hatte er sich in der ersten Sekunde gefragt, was diese Frage sollte. Doch dann, und dies konnte man an seinem Gesichtsausdruck ablesen, dämmerte es ihm. Zuerst ahnte er nur, auf was ich hinaus wollte. Dann wurde es ihm klar. Wie in Zeitlupe schüttelte er, quasi verneinend den Kopf. Dieses Nein-Schütteln bedeutete aber, dass er nicht wahr haben wollte, was sich abzeichnete. Den Krieg. Aber ich verstand ihn. Mir erging es ja nicht anders – genauso, wie Millionen anderen Menschen auch. Man wusste innerlich, dass es bald losgehen würde, wollte es aber weit von sich schieben. Was unternehmen? Was denn? Was sollte der Normalbürger auch tun? Weiter demonstrieren? Auswandern – wenn ja, wohin... überall auf der Welt, außer im tiefsten Busch Afrikas oder am Nordpol... überall war die gleiche Situation. Bei uns war, im Gegenteil, noch alles gemäßigt. Noch. Mit dieser Einsicht, zu der er ohne weitere Worte meinerseits kam, verwandelte sich sein Nein- zu einem Ja-Nicken.

„Was meinst du... wie lange dauert es noch?" – fragte er daher zaghaft.

Ich hob die Schultern, und gab an, dass ich es nicht wusste: „Ich weiß nur, dass uns höchstens noch ein paar Wochen bleiben. Sagen wir mal, als Anhaltspunkt... vier bis sechs Wochen", schätzte ich und gab dies als Antwort.

Erneut ein Ja-Nicken. Mehr schien Peter heute nicht zu tun. Aber, auch das war liebenswert an ihm. Er war ein guter Zuhörer. Und er verstand. Mal wieder. Mir wurde einmal mehr bewusst, welches Glück ich hatte, solche tolle Menschen zu kennen. Meine Frau und meine Freunde. Sie waren wirklich einzigartig. Das galt auch für Renate, Peters Frau. Auch sie war lieb und verständnisvoll und gutherzig.

„Du meinst also, dass es Zeit ist zu handeln?"

Dieses Mal war ich es, der nur nickte. Dann sagte ich doch noch etwas, um dem Ganzen Wichtigkeit zu verleihen: „Ja, unbedingt."

„Hast du einen Plan?"

Was die Höhle anging, so hatte ich eine vage Vorstellung. Deshalb hatte ich unter Anderem Peter eingeladen. Um mit ihm genau diesen Punkt zu besprechen. Aber zunächst bewegte mich etwas anderes. Und diesen Punkt konnte ich weit weniger alleine lösen. Ich fragte daher: „Wie bringen wir es unseren Frauen bei..." – und Peter beendete für mich den Satz – „... das wir in ein paar Wochen, für einige Zeit in einer Höhle leben würden."

Wieder dieses Kopfnicken, dieses Mal von uns Beiden. Für den Moment waren wir beide ratlos. Es war ja nicht so, als ob wir unsere Frauen fragen würden, ob wir uns ein neues Auto kaufen dürften. Nein, es ging ja darum, unser aller Leben total umzukrempeln. Und wieder war es so, dass Peter die rettende Idee hatte. Er sagte: „Wir müssen unseren Frauen klar machen…"

Doris stand plötzlich im Türrahmen. Sie unterbrach Peter: „Was müsst ihr uns mitteilen?" – fragte sie, und ihr Gesicht verriet Besorgnis.

Peter musste sich erst räuspern, bevor er antwortete. Er nickte kaum merklich den Kopf, und sagte dann leise: „Das sich unser Leben in jedem Fall verändern wird. Ob wir nun hier, in unseren Wohnungen warten würden… auf… das sich wieder alles, wider erwarten normalisiert… oder wir in einer zehntel Sekunde zu Staub verfallen… im Fallout. Doris kam näher.

„Und was genau, habt ihr beide vor?" – fragte sie zögernd, und hob erwartungsvoll die Augenbrauen.

Peter schaute zu mir. Doch ich musste erst einen Schluck Bier trinken, weil auch mir der Mund trocken geworden war. Es war wirklich nicht leicht, so eine Antwort zu geben. Ich kam mir wirklich so vor, wie damals, als Junge, als wir den Briefkasten hochjagten – so aufgeregt. Wie ein Junge, der seine Mama nach was Verbotenem fragte. Dann aber setzte ich die Flasche hörbar auf dem Tisch ab, und sagte: „Wir haben vor, uns im Wald in einer Höhle vor der atomaren Strahlung zu verstecken."

Doris setzte sich. Sie musste sich setzen.

„Das ist doch nicht euer Ernst…" – fragte sie, und fügte kaum hörbar hinzu – „… oder?"

„Doch", antwortete ich, und Peter nickte wieder, was meine Antwort jedoch unterstützte.

Doris schaute erneut ungläubig auf uns. Erst auf mich, dann auf Peter.

Und dann schaute sie starr genau zwischen uns Beide, und fragte mit aller Deutlichkeit nach. Sie wollte es genau wissen, das spürte ich, daher sagte ich, und schaute ihr dabei tief in die Augen: „Ja. Wenn wir das nicht tun, sterben wir entweder, in ein paar Wochen durch tödliche Strahlung, oder an den Folgen danach… Krebs… und kaum mehr ein Medikament, welches auch nur die Schmerzen lindert. Doris war sichtlich erschüttert. Aber ich musste es ihr beibringen. Je deutlicher, je besser. Denn Peter hatte Recht. Unsere Frauen mussten die Situation verstehen. Sie mussten wissen, um was es geht. Sonst würden sie nicht mitziehen. Sie mussten wissen, dass dies unsere einzige Chance war. Tod oder Leben, ein davonlaufen gab es nicht. Mein persönliches Problem war eher schon wieder ein anderes. Für mich und meine Lieben hatte ich eine Lösung gefunden. Ich hätte aber gerne die gesamte Menschheit gerettet. Aber ich musste wohl damit leben können, dass ich genau dies nicht tun konnte. Ich konnte nur mich, meine Familie und meine Freunde retten. Bei diesem Gedanken wurde mir klar, dass selbst das, bei weitem nicht jeder konnte. Ich fühlte mich daher nicht allzu schlecht. Wirklich gut ginge es mir, wenn jemand der Polizei anrufen würde, um mir mitzuteilen, dass Johann verhaftet worden wäre, und das anschließend in den Nachrichten zu vernehmen wäre, dass nun alles vorbei wäre. Aber das war Wunschdenken. Es gab nichts, was in diese Richtung gezeigt hätte. Im Gegenteil. Die folgenden Berichte, die im TV liefen, und in den Lautsprechern des Esszimmers zu hören waren, verhießen eher, dass es ernster wurde. Der russische Pressident setze Amerika ein Ultimatum – vier Wochen. „Uns blieben vier Wochen!" – sagte ich zu den Beiden. Sie schauten mich beide bedrückt an. Aber, auch Doris hatte verstanden. Sie glaubte mir. Peter sowieso.

„Aber", fragte Doris zaghaft, mit leiser Stimme, und so sprach sie nur, wenn sie sehr verunsichert war – „… wie geht es denn jetzt weiter?"

Sie tat mir unendlich leid. Aber, alles andere konnte nur schlimmer sein. Denn, was konnte schlimmer sein als der Tod? Nein, es gab keine Alternative. Das machte die Sache jedoch nicht einfacher oder besser. Oder schöner, verträglicher…bequemer. Nein, es würde unbequem werden. Und teuer. Das machte ich den Beiden klar. Ich musste alles unverblümt erklären was ich vorhatte.

„Es wird teuer", wiederholte ich daher, was ich gerade gedacht hatte. „… Aber, wenn ich Recht habe, und das habe ich… dann spielt das ja sowieso keine Rolle. Dann gibt es ja – nach dem Krieg, eh kein Geld mehr… also, was soll´s. Was wir brauchen, sind alles Sachen, die wir zum Überleben brauchen. Also Lebensmittel, Trinkwasser, Nutzwasser, Medikamente – inklusive der dazugehörigen Bücher, Trinkwasser-Aufbereiter, und, und, und."

„Alles, was ich wissen will", fragte Doris, nun mit etwas festerer Stimme – aber immer noch etwas zaghaft – „… ist, bist du dir absolut sicher?"

„Ja." Ich nickte deutlich, um dem Wort noch mehr Ausdruck zu verleihen. „Sicherer kann kaum einer sein, und das sage ich nicht nur aufgrund dessen, was ich da aufschrieb. Nein, ich bin mir auch deshalb so sicher, weil – siehe dir doch nur einmal die Nachrichten an. Wenn man die verfolgt hat, hat man doch gesehen, wie sich alles zuspitzt. Erst waren da nur die eine oder andere Botschaft. So war es in meiner Vision, so schrieb ich es auf. Dann mehrten sich die negativen Meldungen. Die Berichte wurden immer lauter und aggressiver. Und auch das beschrieb ich. Auch dieser Umstand, dass alles so haarklein stimmt, wie ich es sah und notierte, bestärkt mich darin zu sagen: ja, ich bin mir sicher, dass alles genauso kommen wird. Für mich ist es, wie eine Wettervorhersage. Da wundert es ja heute auch keinen mehr, dass das vorausgesagte einen Tag später denn auch eintrifft. Früher einmal, da glaubten die Menschen an keine Wettervorhersage, sie war auch zu ungenau. Dann wurden die Voraussagen besser, weil mit Satelliten die Wolkenwanderung berechnet werden konnte. Und heute können wir die Stunde voraussagen, wann es Regnen wird. Und so sind auch meine Schriften und Visionen. Sie sind einfach zu detailreich, als das sie nicht stimmen könnten. Ja, ich glaube nunmehr zu hundert Prozent an das, was ich da aufschrieb." Ich hob kurz die Schultern und fügte dann noch hinzu: „Ich gehe sogar soweit zu sagen, das ich sowas wie ein Auserwählter bin. Erst hab ich versucht mir einzureden, dass ich keine Visionen habe. Ich dachte, dass es nur Erinnerungen von früher seien. Dann sendete mir jemand die Vision des Zugunglücks. Das machte mich unsicher, brachte mich aber dazu, zu glauben, dass ich Visionen habe. Also, was ich sah passierte auch. Aber ich glaubte nicht daran ein Retter der Menschheit zu sein. Ich meine, wer bin ich denn? Ein ganz normaler, durchschnittlicher

Mann, der nie außergewöhnlich sein wollte, oder im Mittelpunkt stehen wollte. Aber, von heute auf morgen, war ich beides. Ich wollte es nicht, wehrte mich innerlich dagegen, aber, es war halt so. Ich musste es akzeptieren. Dann musste ich damit umgehen lernen. Ich konnte mich ja, außer Peter, keinem anvertrauen, wenn ich nicht als verrückt oder als Spinner gelten wollte. Aber, dann kamen die Berichte in TV-Sendungen, die zeigten, dass an meinen Visionen mehr Wahrheit war, als mir lieb sein konnte. Nun war ich gezwungen, zu handeln. Ich ging mit Peter zu diesem Bürgermeister, der schaltete diesen Abgeordneten ein, dieser die Polizei – und die agierte sogar weltweit. Johann Sommer, der Mann, mit dem alles anfing – um den sich alles dreht – der ist immer noch auf freiem Fuß. Und dieser Umstand, dass Sommer nicht gefasst wird, dass weltweit die Bürger und die jeweiligen Politiker immer unruhiger, immer verrückter werden – dieser Umstand verstärkt noch den Eindruck, dass alles so kommen wird. Denn wenn er gefasst werden würde... das wäre die einzige Chance, das alles verhindert wird... der Krieg nicht kommt, weil sich alles wieder normalisieren würde. Aber, daran glaube ich nicht."

„Ich verstehe jetzt alles, und kann auch alles nachvollziehen", meinte Doris. „Ich vertraue dir auch, und weiß auch, dass du Recht hast, mit der Höhle."

„Aber?"

„Aber", führte sie ihren Satz fort – „... es wiederstrebt mir letztlich doch, nun für die nächsten Jahre, in einer Höhle zu leben. Und, vor allem, das ganze Geld. Ich kann mir kein Leben ohne Geld vorstellen. Die Zukunft... sie ist so ungewiss."

„Die Zukunft ist immer ungewiss." Dies sagte ich beinahe einen Tick zu laut.

„Es muss aber eine Entscheidung her", sagte ich entschlossen. Für mich war alles Glasklar. Für mich war es aber auch einfacher. Ich konnte mich, mit der Zeit, an diesen Gedanken gewöhnen. Ich konnte hineinwachsen. So gesehen war ich einen Schritt weiter. Doris stand bei null. Renate war sogar im Minus. Sie war, bis zu diesem Zeitpunkt ebenso besorgt, um die ganze, weltweite, negative Situation. Aber sie wusste nichts von unseren

Plänen. Hier musste der arme Peter noch mehr Überzeugungsarbeit leisten, wie ich es gerade bei Doris musste.

„Ja, aber wie soll diese Entscheidung aussehen?" – fragte Doris.

„Nun, ich denke, ich mache nun einen vernünftigen Vorschlag, an den wir uns halten sollten. Ich bin natürlich auch bereit für andere, bessere Ideen. O.k., wir haben also noch vier Wochen", fasste ich zusammen, und gab dabei die eben in den Nachrichten genannten Drohungen wieder.

Beide nickten.

„Dann warten wir doch mal die nächste Woche ab, dann entscheiden wir zusammen, was wir tun. Zur Not haben wir dann immer noch drei Wochen, in denen wir alles aufbauen können, was notwendig ist. Konserven kaufen, und so weiter."

Beide nickten erneut – Doris auch aus dem Grund, das fühlte ich – weil sie nun, mit im Boot, Entscheidungsträgerin, war. Ihr leichtes Lächeln, das sie trotz der unliebsamen Themen aufsetze, verriet mir das. Nun, es war mir mehr als Recht. Ich hatte mir dieses Gespräch schlimmer vorgestellt. Aber, das war halt die fantastische Doris. Jede andere Frau hätte mich beschimpft, mich für verrückt erklärt – in einer Höhle leben, im Wald, ich? Schmink dir das ab. Absurd! Doris verstand. Klar hatte sie Probleme damit. Das hatte ich auch. Auch ich konnte es mir nicht wirklich vorstellen. Auch ich ahnte nur dunkel, was auf uns zukommen würde. Im Moment wünschte ich mir sogar eine Vision. Sie sollte mir bestätigen, ob ich Recht hatte, oder ob wir lieber alles abbrechen sollten. Noch nie im Leben hatte ich selbst so mit mir gehadert. Die ganze Situation war schon Zwiespältig. Auf der einen Seite, war ich mir wirklich sicher. Andererseits erging es mir wohl auch so ein wenig wie Doris. Auch ich wollte nicht mit dem brechen, was ich hatte. Wir hatten uns so viel, teilweise vom Mund abgespart. Vor allem in schlechten Zeiten, als wir kaum genug zu essen auf dem Tisch hatten, weil ich noch studierte, und Doris zwei Jobs hatte, um die Rechnungen zu bezahlen. Zu der Zeit waren wir eng zusammengewachsen. Das war wohl mit ein Grund, warum sie mir heute so vertraute. Ich durfte sie nicht endtäuschen. Ich durfte mich nicht zum Depp machen. Weshalb ich froh war, das ich die Entscheidung traf, die nächste Woche abzuwarten. Ich saß ein wenig zwischen den Stühlen, und wusste doch, was kam. Ich war ein wenig deprimiert. Wegen der ganzen Situation, die mich dazu gebracht hat, über mich selbst zu wachsen. Dinge zu tun, die ich nicht wollte und für die ich nichts konnte – von denen ich dennoch wusste, dass sie unabdingbar waren. Denn die Zeit floss, wie immer. Der Zeit, der Erde – denen war alles egal. Wie viele Menschen, wie lange noch auf ihr und mit ihr leben würden... auch ich oder der Abgeordnete, der ebenfalls sein Bestes gab, konnten nicht mehr tun – alles andere lag nicht mehr in einem unserer Hände. Es war an der Zeit, an sich selbst – das Überleben zu denken.

Die Entscheidung

Montagmorgen. Kurz nach Redaktionsbeginn, die ersten lokalen Meldungen waren bereits über den Ticker gegangen, erreichte mich ein Anruf der Polizei. Kommissar Kelter teilte mir die neuesten Nachrichten im Fall Sommer mit. Er erklärte mir, dass sie seine Eltern und den Bruder, Frank, verhört hatten. Der Besuch bei den Eltern war ohne Ergebnis geblieben. Das dies war auch zu erwarten wäre, meinte er weiter, und erzählte dann weiter, das die Untersuchung bei Frank weitaus interessanter gewesen wäre. Kelter teilte mir mit, dass sie Johann gerade verpasst hatten. Gestern, am Sonntag, seien sie bei Frank gewesen. Auf deren Wohnzimmertisch hätten 50000€ gelegen, und Johann, hieß es weiter, wäre gerade die Tür hinaus – mit unbekanntem Ziel.

„Ärgerlich", bemerkte ich, und konnte mit Kelter mitfühlen.

„Das wäre der Knaller gewesen, wenn sie ihn geschnappt hätten. Sie wären als weltweiter Held in die Geschichtsbücher gegangen", prophezeite ich.

„Soweit hab ich noch gar nicht gedacht", lachte er.

„Aber ja, so wäre es", betonte ich.

„Gut möglich", meinte er darauf hin, gut gelaunt. Und ich dachte, dass ich nun wenigstens einem wieder die Laune verbessern konnte. Das freute mich, denn dies war lange nicht der Fall. Die ganze Zeit über, seit ich mit Peter in der Kneipe saß, und darüber gegrübelt hatte, was Schicksal bedeutet, war ich viel zu ernst gewesen. Bis auf die wunderbaren Momente, die ich kürzlich mit Doris erlebt hatte, war meine Stimmung so ziemlich auf dem Tiefpunkt. Ich entkam nur einer leichten Depression, weil ich a – viel zu angespannt war, stets auf 180 – und b, weil die Erfolgsmomente, die ich hatte, mich immer wieder hochzogen.

„Aber, das Beste", führte Kelter weiter – „... Frank wies uns darauf hin, dass in der Elternwohnung, in Johanns Zimmer, Johanns Pläne für die Zeitmaschine seien. Wir fanden sie, hatte Kelter weiter erzählt.

„Das ist interessant", warf ich ein – „... können sie etwas damit anfangen?" – wollte ich wissen.

„Nun, ja. Eigentlich darf ich es nicht verraten, aber ihnen kann ich es ja sagen. Wir planen, die Zeitmaschine nachzubauen. Wir versprechen uns zweierlei davon. Zum einen könnte es sein, das während der Zeitreise irgendwelche Strahlen oder sonstige Spuren entstehen, die wir dann verfolgen könnten. Oder aber, und das ist Plan B. Wir könnten ihn eher verfolgen... wären ihm mit der eigenen Zeitmaschine näher an den Fersen. So unsere Hoffnung."

„Ja, das hört sich gut an", gab ich zu. „Sie kriegen ihn, darin setze ich mein ganzes Vertrauen, ich meine, es ist die einzige Chance, dem Ganzen ein Ende zu setzen. Bevor es zum Krieg kommt." Ich merkte, dass ich ihn mit dem letzten Satz unter Druck setzte, und sagte ihm daher noch, dass er sich nicht unter Druck setzen lassen soll. Wenn ich mir auch der Ironie bewusst war, das ich ja genau das getan hatte. Er würde es verkraften, dessen war ich mir sicher. Er hatte, während seiner Laufzeit als Polizist, sicherlich schon einiges mehr auszuhalten gehabt. „Ich wünsche ihnen viel Glück... fassen sie ihn, beenden sie es."

„Ich versuch's", sagte er, und legte auf, ohne Auf Wiedersehen zu sagen.

Ich schaute auf die Löscher im Telefonhörer, als ob ich ihn dadurch sehen könnte. Dann legte auch ich den Hörer ab. Ein Piep ertönte. Dann tat ich, wozu ich eigentlich da war, ich las die eingegangenen Meldungen, um sie dann zu Zeitungsberichten umzuschreiben. Das war mein Job. Die Vorgabe vom Chefredakteur lautete lediglich, dies 200 Worte, das 500 Worte, dies auf die erste Seite, das auf die Letze, und das wird geändert. Meistens ein mehr oder weniger langweiliger Job. Als Kind stellt man sich den rasenden Reporter vor. Immer nahe am spannenden Geschehen. Für einige Reporter trifft das auch zu, die meisten saßen jedoch zu 70% am Schreibtisch, vorm PC. Nur ab und an waren die Berichte wirklich interessant. So auch jetzt. Meine Erwartung war eigentlich, zu lesen, dass irgendwo auf der Welt, die ersten Bomben gezündet wurden. Dem war aber nicht so. Was ich las, war eher – man konnte beinahe schon sagen, dass Übliche. Börsenberichte – nur – wieder einmal, eine Nummer schärfer. Inflation, also Geldentwertung – weltweit. Benzin, eh schon teuer, wurde quasi unbezahlbar. In verschiedenen Ländern kostete ein Brot 20-mal so viel, wie noch vor einer Woche. Auch bei uns kostete eine Immobilie doppelt so viel als vor einem Monat. Das wirklich verwunderliche war, dass nun alles so schnell ging. Gut, bereits letzte Woche, gab es die ersten Meldungen, dass die Inflation mehr anstieg. Nun aber eben auch bei uns in Europa. Das war neu. Und ein Anzeichen, das sich alles zuspitzte. Wenngleich die erwartete Meldung noch nicht dabei war. Keine Bombe. Aber, es war ja auch erst Montag.

Dienstag

Auch dieser Tag brachte keine Überraschungen. Er verlief ähnlich ruhig wie der Montag. Daher nahm ich mir gedanklich vor, dass, wenn auch der Rest der Woche so verlaufen würde, wir alles abblasen könnten. Ich tat in gewohnter Manier meinen Job. Ich wartete schon, fünf Minuten vor Feierabend, darauf, dass das Telefon läuten würde – wie es die ganze Zeit über der Fall war. Ich schaute auf das Telefon. Es läutete nicht. Ich hob sogar den Hörer, um zu hören, ob ein Freizeichen zu hören war. Es tutete. Mein Chef kam durchs Zimmer. Er blickte auf die Uhr, und fragte mich, ob ich heute Überstunden machen würde. Ich schaute auf meine Armbanduhr. Fünf Minuten nach Feierabend. Ich stand auf. Eigentlich sprang ich eher auf.

„Nein, ich habe nur gerade ein Telefonat beendet", log ich, und verabschiedete mich. Dann verließ ich das Büro. „Es ist schon etwas verrückt", dachte ich, nachdem ich ins Auto gestiegen war. „Du wartest darauf, dass Krieg ausbricht, du bist doch verrückt", sagte ich in Gedanken zu mir selbst. Dieser Gedanke führte mich dazu, zu denken, dass, wenn morgen nichts geschehen würde, ich mit Doris reden würde, um dann zusammen zu überlegen, ob wir den Schritt, in den Wald zu ziehen, in Erwägung zu ziehen, oder nicht. Ich nahm mir vor, mich dann von ihrer weiblichen Intuition leiten zu lassen.

Mittwoch, zwei Minuten vor Feierabend

Der Entschluss, mit Doris zu reden, war bereits gefasst. Ich stand auf, um meine Anzugjacke, die ich wie immer um die Stuhllehne gelegt hatte, anzuziehen, um zu gehen. Das Telefon klingelte, und ich erschrak. Die Erwartungshaltung, die Spannung, die mich gestern bewegt hatte, hatte ich heute abgelegt. Mehr noch, die Erwartung hatte sich gewandelt. Nach zwei Tagen, die, verglichen mit den letzten Wochen, viel zu ruhig verlaufen waren, brachten mich dazu, zu denken, das nichts mehr passieren würde. Das war ein Fehler. Dies zeigte sich, als ich abhob, und mich meldete. Es war Kelter, der Kommissar.

„Ich habe eine gute und eine schlechte Nachricht", teilte er mir mit, nachdem er mich begrüßt hatte. „Welche wollen sie zuerst hören?"

„Die Gute", antwortete ich knapp.

„O.k., eh, wir haben Johann Sommers Zeitmaschine… er selbst konnte untertauchen", fügte er nach einer kurzen Pause hinzu – und dann: „… und die schlimme, noch inoffizielle Nachricht lautet: Amerika hat China den Krieg erklärt!"

„Ich bin geschockt", gab ich wahrheitsgemäß an. Ich hatte mit USA gegen Russland gerechnet. Die klassischen Gegner – obwohl, China war ab 2010 zur wirtschaftlichen Weltmacht emporgestiegen, was bis dahin kaum abzusehen war. Somit waren auch die Chinesen Gegner der USA gewesen. Politisch ja sowieso.

„Ja, aber bitte gehen sie nicht mit dieser Meldung hausieren. Ich habe sie vom Abgeordneten Graf, und ich musste ihm versprechen, es nur ihnen zu sagen, damit sie geeignete Vorkehrungen treffen können. Ich selbst will nach Afrika", erklärte er etwas kleinlaut. Bescheiden, so war seine Art. Ihm war sicher peinlich, dass er Informationen hatte, die vielen Menschen das

Leben retten könnte. Er konnte sie aber nicht preisgeben, da zum einen nicht genug Bunker für die Bevölkerung vorhanden waren – und es daher ganz bestimmt eine Panik gegeben hätte, was ebenfalls zu vielen Toten geführt hätte. Daher sicherlich sein Auftrag, ruhig zu sein, und nur enge Familienmitglieder und Freunde zu warnen. Kelter selbst war diese Situation sicherlich mehr als unangenehm – auch der Umstand, dass er selbst die Chance hatte, dem Fallout zu entkommen, und die anderen umkommen zu lassen. Aber, was sollte man tun. So war es einmal. Auch unsere Höhle war nicht groß genug, um die Welt zu retten. Auch ich musste an mich, an uns, denken. Auch mir war dies äußerst unangenehm. Jedenfalls hatte diese Mitteilung meine Meinung grundlegend geändert. Nun musste ich Doris was anderes mitteilen, als ich es mir vorgenommen hatte. Es würde also weitergehen mit Plan A. Einen Plan B hatte es auch nie gegeben.

Was sonst noch an dem Tag durch den Ticker kam, wies ebenfalls darauf hin, dass die Situation sich nicht verbesserte. Inflation war das Hauptthema. Daraus resultierend verstärkten sich, neuerdings eben auch hierzulande, die Unruhen. Weil alles extrem teuer wurde, kam es zu Plünderungen, denen teils massive Polizeieinsätze folgten. Die Luft brannte quasi, und dies an vielen Orten. Nun also sogar bei uns im Ort. Doris wird es mitbekommen haben. Wir hatten keine Wahl. Es musste sein. Plötzlich hatte ich die Idee, dass vielleicht ein anderer auf die Idee gekommen sein könnte, die Höhle als Rettungsort zu nutzen. Nun konnte ich es sogar kaum abwarten, die Höhle zu besetzen. Denn außer ihr viel mir kein geeigneter Ort zum überleben ein. Ich nahm mir daher vor – nun, eine halbe Stunde vor Feierabend zu gehen, um nach der Höhle zu sehen. Die Arbeit war für heute erledigt, und mein Chef war in solchen Momenten sehr kulant. Wenn die Arbeit erledigt war, war es ihm ziemlich egal. Ich musste nicht einmal Bescheid sagen. Ich ging und fuhr zum Wald. Wenn ich mich beeilte, käme ich pünktlich heim, sodass Doris nicht mit dem Essen auf mich warten müsste. Ich stellte mein Auto am Waldrand ab. Ich schaute mich, nachdem ich ausgestiegen war, nach allen Richtungen um. Es war nirgends jemand zu sehen. Ich wollte vorsichtig sein. Es sollte mich niemand sehen. In dem Waldstück gingen oft Hundebesitzer mit ihren Wau-Wau's spazieren. Die Höhle war, Gott sei Dank, etwas vom Weg entfernt, und kaum zu erkennen, da es eher ein unscheinbares Erdloch war. Erst, wenn man, circa eineinhalb Meter tief in das Erdloch hinabkletterte, kam man in die Vorkammer. Dort um die Ecke, kam man dann erst in die eigentliche Höhle. In Gedanken sah ich dieses Bild wieder vor mir, wie ich es als Junge in Erinnerung hatte.

Ich hatte Glück. An diesem niesseligen Tag war kein Spaziergänger unterwegs. Dennoch blickte ich mich erneut in alle Richtungen um, als ich in Höhe der Höhle war. Nun hatte ich ein gutes Gefühl. Das Erdloch war nicht zu sehen. Da war hohes Gras, das nicht niedergetrampelt war. Auch das Gestrüpp war unversehrt. Kein Ästchen geknickt. Sollte ich es lassen, damit es auch so blieb – nein, ich konnte nicht anders. Ich schaute wieder nach rechts und nach links. Dann ging ich, vorsichtig, auf Zehenspitzen, die fünf Meter, zum Loch. Äste bog ich zaghaft zur Seite. Ich schaute zum Weg, ich hatte keine Spuren hinterlassen. Ein Blick auf meine Armbanduhr verriet mir, dass ich noch etwa fünf Minuten Zeit hatte. Ich hatte eine kleine Taschenlampe, die ich aus dem Auto mitgenommen hatte, aus der Jackentasche genommen, und schaltete sie an. Dann stieg ich hinab. Es schien, als hätte sich seit damals nichts verändert. Ich stand in einer Pfütze, ich lief weiter, ums Eck. Der eigentliche Höhleneingang im Halbdunkel. Dies war die Vorkammer. Nun ging es in die andere Richtung – die Hauptkammer. Sie lag im Dunkeln. Ich leuchtete hinein. Dieser erste Raum war etwa fünf Meter hoch, und vier Meter lang und war etwa drei Meter breit. Ein schmaler, kurzer Gang führte in eine weitere Kammer. Diese war circa doppelt so groß, wie die erste, und war auch etwas höher. Dann sah ich, dass die Kammer einen Winkel bildete. Dahinter befand sich ein weiterer Raum, der in etwa die Größe des ersten Raums hatte. Außer der Vorkammer, die sich halb im Freien befand, gab es, soweit ich es sehen konnte, also drei Räume, die groß genug waren, um uns genügend Lebensraum zu bieten. Ich hatte für den Moment genug gesehen. Ich beeilte mich, um die Höhle wieder zu verlassen. Es war Zeit, nach Hause zu gehen. Zuhause angekommen fertigte ich eine Zeichnung an.

Hauptkammer

Kammer 1

Seitenkammer

Eingang

Die Höhle mit drei Kammern, - schrieb ich darunter.

Ich ging zu Doris in die Küche, die noch gar nicht mitbekommen hatte, das ich bereits zuhause war. Ich gab ihr einen Kuss. Dann sagte ich Hallo, und teilte ihr mit, das es schlechte Nachrichten gab.

„In wie fern?", wollte sie wissen, und fügte nach einer Gedenksekunde noch hinzu, das ja eigentlich nur noch schlechte Nachrichten kämen – womit sie natürlich Recht hatte.

„Nun, insofern, dass wir nun wohl keine andere Wahl mehr haben würden. Ich erhielt heute im Büro die vertrauliche Mitteilung, dass es in jedem Fall zum Krieg kommen wird. Das heißt, dass wir von nun an zu keinem mehr Kontakt aufnehmen dürfen. Also, ich meine, dass wir uns von jetzt ab unauffällig bewegen müssen. Sonst wird nichts aus unserem Plan."

Doris hatte, auch ohne, dass ich es großartig erklären musste, verstanden, auf was ich hinaus wollte. Es war klar. Wenn die Höhle unsere Rettung sein sollte, durfte keiner außer uns davon erfahren. Sonst würde sie jeder für sich beanspruchen wollen. Das war ihr schon klar, und ich wusste, dass ich mich auf sie verlassen konnte.

„Was genau müssen wir nun tun?" – fragte sie – dieses Mal mit fester Stimme. Sie wusste ja nun, was auf sie zukommen würde. Sie war ja nun „Mitendscheiderin", und wollte nur den genauen Plan wissen, vermutete ich.

Ich hielt immer noch die Skizze der Höhle in der Hand. Die hielt ich nun hoch. Doris hielt mir die offene Hand hin, um den Zettel zu sehen. Ich drückte ihn ihr in die Hand und sie studierte ihn.

„Ich war eben noch dort", gab ich zu. „Sie ist toll – groß, ja, fast könnte man sagen luxuriös."

Doris hob zweifelnd die Augenbrauen, sagte aber nichts.

„Ich meine", warf ich ein – „... die Ausmaße könnte man so nennen. Die Räume sind weitläufig und hoch... mit ein wenig, eh, Einrichtung könnte man sie durchaus wohnlich einrichten. Alle Wände bestehen aus Sandstein. Was wir natürlich noch brauchen, sind lebenserhaltene Mittel. Wir brauchen, für Jahre, sauberes Trinkwasser und Sauerstoff. Und Lebensmittel. Konserven, Kleidung, Öfen – zum Heizen und zum Braten. Mit was wir heizen wollen... darüber bin ich mir noch nicht im Klaren. Elektrisch wird kaum gehen, Öl oder Gas wird auch schwierig werden. Bleibt Kohle oder Holz. Aber beides braucht viel Platz. Wir werden nicht, mal gerade eben, hinausgehen können, um Holz zu hacken. Die atomare Strahlung wird, zumindest im ersten Jahr, tödlich sein. Und auch im zweiten Jahr sollten wir in der Höhle bleiben."

„Du meinst also", unterbrach mich Doris – „... dass wir, für mindestens zwei Jahre dort ausharren müssen?"

Ich streichelte mit der Rechten ihre Wange.

Sie verstand abermals, und blickte nach unten zum Boden. „Ich verstehe, du brauchst nicht zu antworten."

Sie war wirklich großartig. Trotz aller schlimmen Nachrichten, blieb sie ruhig und gefasst, und akzeptierte alle Unannehmlichkeiten, die da kommen würden. Sie wusste selbst, dass die Höhle die einzige Möglichkeit war, zu überleben. Die Vernunft siegte eben. Und doch fragte sie, um sicher zu sein: „Das wird aber alles ein Haufen Geld kosten, nicht?"

„Geld wird bald keine Rolle mehr spielen, glaube mir. Und selbst, wenn doch, was nützt uns Geld, wenn wir Tod sind?

Wieder hatte Doris verstanden. Sie zeigte dies, indem sie nickte.

Ich ließ ihr Kinn los und küsste sie zart auf dem Mund. Sie umarmte mich und murmelte mir ins Ohr, dass sie mich liebte.

„Ich liebe dich auch, du glaubst nicht, wie sehr." Und ich drückte sie fest an mich. Für den Moment kam ich mir vor wie damals, als ich 16 war. Die Zeit schien, für diese wenigen Sekunden stehengeblieben zu sein. Dann riss sie sich los: „Das Essen, mein Essen verbrennt."

Sie legte die Zeichnung auf dem Küchentisch ab. Ich nahm sie auf und ging zum Telefon. Ich rief Peter an. Ich hielt mich am Telefon jedoch kurz, lud ihn nur zum Abendessen ein.

„Bring Renate mit."

„O.k."

„So gegen 19 Uhr dann." Ohne eine Antwort abzuwarten, legte ich auf.

Ich informierte Doris, dass die Beiden heute Abend kommen würden. Sie nickte nur, und bat zu Tisch. Ich setzte mich. Wir aßen wortlos. Die ganze Situation war bedrückend. Alles schien unabänderlich, unwiderruflich. Das Essen schmeckte jedoch, wie immer.

Später schaute ich auf meine Armbanduhr. 18:58 Uhr. Peter würde gleich klingeln. Es klingelte, und ich musste lächeln. Ich stand auf, um den Beiden zu öffnen. Doris schaltete den Fernseher aus. Sie hatte eben noch vorgeschlagen, dass wir uns ins Esszimmer setzen sollten. Sie hatte belegte Brötchen vorbereitet, die sie dort servieren würde.

Ich öffnete den Beiden die Tür. Nach der kurzen Begrüßung legten sie ihre Jacken ab und ich führte sie ins Esszimmer. Doris begrüßte sie nur mit einem knappen „Hallo". Wir setzten uns. Doris war noch dabei, die letzten Teller und Besteck auf den Tisch zu stellen. Dann setzte auch sie sich. Wir aßen.

„Hast du Renate über alles informiert", fragte ich zu Peter gewandt, um ein Gespräch anzufangen.

„Hm", sagte er nur mit vollem Mund, und nickte dabei. Dann trank er einen Schluck Kola, um den Mund schneller zu leeren. „Weshalb riefst du uns?" – wollte er wissen.

Ich erklärte die wichtigsten Punkte, wie ich sie Doris bereits erklärt hatte. Dass der Krieg ganz sicher kommen würde. Dass die Höhle sicher war, und unsere einzige Chance zum Überleben. Das wir noch jede Menge Material brauchen würden. Das Lebensmittel und Wasser und Brennholz der größte Knackpunkt waren. Und dass unser beides Geld draufgehen würde.

„Nun ja", meinte er – „... Renate und ich wissen, dass uns nichts anderes bleibt. Wir sind dir dankbar, dass du an uns, und an niemand anderen dachtest."

Ich winkte nur ab. Dann nahm ich mir ein neues Brötchen, und biss ab.

„Wann legen wir los?"

„Sofort morgen", schlug ich vor. Zuerst nehmen wir alles Geld ab. Dann fahren du und ich in den Baumarkt. Dort kaufen wir alles, was wir benötigen. Unsere Beiden Frauen fahren in den Großhandel, und kaufen den ersten Schub an Lebensmitteln. Du hast doch einen kleinen Anhänger für dein Auto. Mit dem kutschen wir das meiste Zeug in die Höhle. Ich nahm meine Zeichnung aus der Hemd-Tasche, und zeigte sie Peter. Ich schlug ihm vor, dass wir, im Eingangsbereich der Höhle eine Mauer hochziehen würden. „Dann könnten wir eine Tür anbringen", war mein Vorschlag.

Wie es so seine Art war, nickte Peter nur stumm. Meistens, oder, fast immer, akzeptierte er meine Vorschläge. Egal um was es ging. Das war schon so, als wir noch Kinder waren. Es war beileibe nicht so, dass er dümmer war als ich – im Gegenteil, sein Notenspiegel in der Schule, war eher noch eine halbe Note höher – nein, Peter machte sich nur nie so viele Gedanken, wie ich es tat. Er war auch stets der Ruhigere von uns Beiden, ausgeglichener. Vielleicht war ich aus dem Grund der „auserwählte Retter" – wenn es denn so ist. Vielleicht hätte es Peter werden können... nein, es war einfach nicht seine Art. Oh, er war und ist auch immer hilfsbereit und konnte anpacken. Aber, er war und ist, nie so kreativ, wie ich. Seine Gedanken waren stets einfach, zielorientiert. Er dachte nicht, wie ich es gerne und oft tat, quer – über längere Zeiträume. Er verknüpfte nicht dies und jenes. Bei ihm hatte alles Ursache und Wirkung. Tue ich dies passiert das. Er hatte nie die Gabe, wie ein Schachspieler, mehrere Schritte vorzudenken – ich tat das unentwegt. Wie ich so darüber nachdachte, kam ich zu dem Schluss, dass ich wohlmöglich wirklich vom Schicksal auserkoren sein könnte. Doch dann schüttelte ich über diesen Unsinn den Kopf.

„Was ist", fragte Peter.

„Nichts", log ich – mir war nur leicht schwindelig. Und das stimmte sogar. Ich musste, zumindest einen Teil dieser unnötigen Gedanken über Bord werfen. Ein bisschen mehr wie Peter sein. Direkter denken – zielgerichteter und weniger verworren. Zu viele Gedanken würden nur bremsen. Und dass war das Gegenteil, von dem, was wir brauchen konnten. Nein, wir mussten Gas geben, um voran zu kommen. Wir hatten viel vor. Mein Plan quoll über. Wir brauchten viel. Es gab viel zu erledigen und zu bauen. Eine Tour in den Baumarkt würde bei Weitem nicht reichen.

„So", sagte ich daher, stand auf, und klatschte in die Hände – „... dann wollen wir mal." Doch zunächst lief ich nur zum Kühlschrank, um Bier zu holen. Ich fragte die Frauen, was sie wollten, doch sie verneinten Beide. So stellte ich nur vor Peter eine Dose, und öffnete mir selbst eine. Ich trank sie in einem Zug halbleer. Dann meldete sich Renate das erste Mal zu Wort. Sie fragte, mit ihrer zarten Stimme, was genau, wann wer zu machen hätte. Ich antwortete: „Ich schlage vor, dass ihr Beiden", und dass sagte ich zu den Frauen gewandt – „... euch heute Abend noch hinsetzt, und überlegt, welche Medikamente wir brauchen. Und in groben Zügen, welche Lebensmittel. Peter und ich überlegen uns derweil, was wir als erstes im Baumarkt brauchen. Wir erstellen je eine Liste von dem, was wir brauchen. Das Wichtigste, Notwendigste. Morgen melden wir uns dann als erstes für, sagen wir mal vierzehn Tage krank, oder holen uns Urlaub. Wir müssen uns, alle, voll – und in aller Vorsicht, auf die Sache konzentrieren. Dann plündern wir alles Geld, das wir haben, und gehen einkaufen. Ihr Lebensmittel und Medikamente. Wir besorgen das Zeug aus dem Baumarkt... zuerst holen wir den Anhänger für dein Auto. Peter nickte, wir stießen an, und leerten den Rest. Ich öffnete den Kühlschrank erneut, und stellte zwei weitere Dosen auf den Tisch. Dann ging ich los, um leere Blätter und Schreibzeug zu besorgen. Auch diese Utensilien legte ich vor die jeweilige „Gruppe".

Wir schrieben:

Autobatterien, 100 Stück, Diesel 2000 Liter inklusive kleinen, transportablen Tanks, zwei Fahrräder, Keilriemen, Werkzeuge, Stromkabel, Sicherungen, Brennholz, Kohlebriketts, Feuerzeuge, Luftfilter, Schläuche, einen Stromgenerator mit Ersatzteilen, Regenwassertanks für circa 6000 – 10000 Liter – auch in kleineren Tanks, um eine Verseuchung von dem ganzen Wasser zu vermeiden, Wasserhähne. Wasseraufbereitungstabletten aus dem Internet. Zwei Öfen zum Backen und Heizen mit Abgasrohren. Zwei Stahltüren, Mörtel, Zement, Mauersteine, Wandverkleidungen, Schrauben und Nägel. Holzbalken, Dachlatten, Akkuschrauber. Walkie-Talkie´s, Taschenlampen und Leuchtmittel, inklusive Fassungen, zwei Radios zur Nachrichtenübermittlung, mit Batterien und Außenantenne, zwei kleine Taschenfernseher, ebenfalls mit Akkus. Handwerksbücher.

Die Kleinartikel, also alles, was wir selbst tragen konnten, würden wir selbst kaufen. Viele Dinge, wie das Öl, oder die Wasseraufbereitungstabletten, mussten sowieso telefonisch oder im Internet bestellt werden. Die Sachen aus dem Internet würde ich gleich im Anschluss, bestellen. Vor allem musste ich erst nach geeigneten Tanks für Wasser und Öl, schauen, bevor ich bestellte. Ich sagte Peter, dass ich diesen Part übernehmen würde. Er nickte wieder nur – der lustige Kerl. Ich musste schmunzeln, weil er stets nur stumm nickte.

„Hast du denn so garkeinen Einwand?" – fragte ich zögernd – immer noch schmunzelnd.

Er hob die Schultern, und sagte nur, kurz und knapp: „Nein, alles bestens… ich hätte es auch nicht anders gemacht." – womit er aussprach, was ich eben dachte: Er hätte gemacht, hat aber nicht – nicht aus Faulheit oder Dummheit, sondern nur, weil er nicht soweit dachte – was aber kein Vorwurf ist, denn nur ich, so schien es, bin derjenige der sich solche Gedanken macht. Nur einer von 10 000. Aber dies würde uns nun das Leben retten. Dieser Gedanke baute mich auf. Wenn er auch an dem Wort Größenwahn kratzte, machte der Gedanke mir dennoch klar, dass die vielen „unnötigen" Gedankensprünge, die mich doch oft quälten, doch nicht alle unnötig waren. Ich musste einen Mittelweg finden. So sein wie Peter, aber, wenn´s sein muss, dann muss ich mich in eine Ecke verdrücken, und grübeln, bis das herauskommt, was nützt.

Doris unterbrach meine Gedanken. Auch sie hatte den Zettel, gemeinsam mit Renate, gefüllt. Alles zusammen würde sehr, sehr viel Geld verschlingen. Sehr viel, wenn nicht alles. Aber unser Leben würde es wert sein.

Auf ihrem Zettel stand:

Lebensmittel:

Reis (er muss die Kartoffeln später ersetzen), 182,5 Kilo – abgepackt in handelsüblichen Packungen (Großmarkt), 250 Kilo Kartoffeln (10 Sack a 25 kg), Konserven: Fertiggerichte, unterschiedliche Sorten – 730 Dosen (je Familie 365 Dosen = 365 Tage = 1 Jahr), 182, 5 kg Nudeln. Fertigsoßen, Fertigsuppen. Schokolade - 200 Tafeln, Salz - 200 kg, Zucker - 300 kg, Mehl - 200 kg, Gewürze. Bücher. Honig und Marmelade. (Kühlschrank?) – Wurst: haltbare, abgepackte Salami und Schinken. Hartkäse.

Den Reis und die Nudeln - zusammen 365 kg, im Wechsel mit den Fertiggerichten zubereiten, somit sind 2 Jahre abgedeckt. Zusätzlich Fertigsuppen, für abends, oder, falls es länger als 2 Jahre dauern sollte. Das Mehl zum Brot backen.

Medikamente:

Schmerzmittel, Verbandszeug, Desinfektionsmittel, Durchfall-Medikamente, Breitbandantibiotika (Internet), Erkältungsmittel, Bücher, Zange zum Zähne ziehen, Chemische Toiletten und Mittel dafür, Hautcreme, Seife, Haarschneideschere, Manikür-Set, Damenbinden. Und von zuhause, Decken und Matratzen, (Schränke?), Kleider und Schuhe.

Wir lasen den Zettel der Frauen, und sie den unsrigen. Ich musste anerkennend nicken. Es schien so, als ob wir alles hatten. Auch sie nickten anerkennend.

„Wenn doch noch was fehlen sollte, werden wir´s noch besorgen", fügte ich dem allgemeinen nicken hinzu. Wieder nicken, doch dieses Mal fügte Peter hinzu: „Machen wir es so".

Die darauffolgende Woche waren wir nur damit beschäftigt, einzukaufen und die Materialien in die Höhle zu schaffen. Ich hatte mich krank gemeldet, Peter und Renate hatten je ihren Jahresurlaub genommen. Doris war ja Hausfrau und brauchte sich somit nicht freizumachen. Jedenfalls hatten wir alle genug Zeit, um uns um nichts anderes zu kümmern, als uns die Höhle möglichst sicher und wohnlich zu machen.

Wieder Mittwoch. Noch eine und eine halbe Woche. Die Nachrichten verhießen nichts Gutes. Alles verschlimmerte sich. Der Krieg schien nun unabwendbar zu sein. Mehrere Länder warnten andere Länder. Sie warfen sich gegenseitig vor, an der Misere schuld zu sein, oder jedenfalls nichts dagegen zu tun. Weltweit nahmen die Unruhen zu. Hier und da war auch schon das Wort Bürgerkrieg gefallen. Heute war der 17te – das Ultimatum lief am Letzten, dem Einunddreißigsten August, ab. Danach würde der Krieg erklärt werden. Wir hatten also noch vierzehn Tage Zeit – höchstens! Na, wenigstens hatten wir alles bekommen, was auf den Zetteln geschrieben stand. Alles war in der Höhle verstaut. Bis jetzt hatte uns noch keiner gesehen. Klar, im Baumarkt oder im Lebensmittelgeschäft, hatte der eine oder andere Verkäufer einen dummen Spruch gelassen. Was wir öfter hörten, war: Was wollen sie denn, mit so viel Zeug? Wollen sie ein Geschäft eröffnen? Sind sie ein getarnter Hamster? Aber, wir konnten uns immer glaubhaft herausreden.

Renate, Peter, Doris und ich standen an diesem Abend, es war gegen 18 Uhr, vor der Höhle. Wir hielten uns alle unsere schmerzenden Rücken. Wir alle hatten geschuftet wie die Deppen. Die letzten Tage über, wurden alle möglichen Sachen geliefert, mehrmals täglich, von unterschiedlichen Lieferanten. Und diese hatten wir, mit dem Zeug, das wir selbst die Tage über gekauft hatten, allesamt geordnet, und verstaut. Renate hatte die passende Bemerkung gemacht, dass auf den Medikamentenzettel noch Schmerzsalbe hinzu gefügt werden müsse. Wir nickten und schmunzelnden, und waren gerade dabei in Peters Auto zu steigen, als eine Spaziergängerin mit ihrem Hund vorbei kam. Sie blieb stehen.

Begrüßte uns, und fragte dann, was hier los sei. Sie blickte auf die niedergetrampelten Gräser und Sträucher. „Sie haben doch wohl keine alten Autoreifen in dem Erdloch versenkt?"

„Aber nein, wo denken sie hin", empörte sich Renate, und fügte hinzu, das da wohl Wildschweine gewütet haben mussten. Die Frau, die etwa Mitte fünfzig war, erwies sich als skeptische Natur. Sie zeigte dies, indem sie fragte: „Und was machen sie dann mit dem Anhänger im Wald?"

„Wir suchen Äste und Steine für unseren Steingarten", log Doris.

Skeptisch dreinschauend tappte die Frau, mitsamt dem Dackel an der Leine, die fünf Meter zum Erdloch, und blickte hinab. Sie sah nichts auffälliges, und kam zurück.

„Einen schönen Abend noch", wünschte sie uns noch, und ging ihren Weg weiter. Und Peter hatte den Stein, den er aufgehoben hatte, wieder fallenlassen. Als sie außer Sicht war, bemerkte Peter: „Das war knapp" – und er tat so, als ob er sich den Schweiß von der Stirn wischen würde. Wir stiegen ein und fuhren heim.

Mit den Worten: „Haben wir alles?" – versuchte Peter eher zusammenzufassen, was wir haben – als dass er eine Frage gestellt hätte. Als ich schon „ja" sagen wollte, gab er sich selbst eine Antwort, indem er sagte: „Nein, Stopp, Halt… was hältst du davon?", er machte eine Pause, um seine Frage zu formulieren – „… wenn wir… ja" – sagte er dann, ohne weiter zu überlegen – „… wenn wir uns noch einen Geigerzähler besorgen, und… dann fiel mir eben ein… wir sollten uns aus dem Tauchgeschäft eine Sauerstoffflasche und einen Neoprenanzug kaufen. Was meinst du?" – fragte er an mich gerichtet.

Ich hob anerkennend die Augenbrauen, weil Peter etwas einbrachte, an das ich nicht gedacht hatte und freute mich gleichzeitig darüber. Ich teilte ihm daher mit, dass ich dies sogar für eine Ausgezeichnete Idee hielt. Ich fügte jedoch noch hinzu, dass ich ein Sicherheitsfanatiger wäre: „Wir sollten zwei Neoprenanzüge kaufen, und vier oder sechs Sauerstoffflaschen."

„Wozu braucht ihr dies überhaupt?" – wollte Renate wissen.

„Nun, der Geigerzähler ist klar", gab Peter an – „... um zu überprüfen, ob draußen Strahlung ist, beziehungsweise, um festzustellen, wann wir wieder hinaus können. Und die Neoprenanzüge, und die Sauerstoffflaschen könnten wir mal gebrauchen, falls wir dringend hinaus müssten. Zum Beispiel, weil wir einen Arzt brauchen. Wir wären durch die Neoprenanzüge – vorausgesetzt die Strahlung ist nicht zu hoch – wenigstens Zeitweise geschützt."

Renate nickte und Peter gab an, dass er beides heute noch im Internet bestellen würde.

An diesem Abend nahm ich ein Vollbad. Ich relaxte, als Doris hineinkam. Sie ließ, vor meinen Augen, den Bademantel fallen. Dann stieg sie zu mir in die Wanne. Es dauerte nicht lange, und wir liebten uns. Wieder so Leidenschaftlich, wie das letzte Mal... und das Mal davor. Dies war das wirklich schönste an der ganzen Sache – meine Frau war wieder 16 Jahre alt – wenigstens dann, wenn wir uns liebten. Danach war sie wie immer. Und das war gut so.

Donnerstag

Peter kam, unangemeldet, was für ihn mehr als ungewöhnlich war, am Morgen vorbei. Auf einem Ziehkarren hatte er zwei große Kartons. Freudestrahlend teilte er mir mit dass er heute Morgen bereits schon früh unterwegs war, um Neoprenanzüge zu kaufen. Wir mussten testen, ob sie passten. Sie passten. Es war zwar ansträngend, da hineinzuschlüpfen, aber, wenn man es geschafft hatte, fühlte man sich wohl. Ich zwängte mich wieder heraus. Peter war froh, dass er nichts umzutauschen brauchte. Danach bat ich ihn, ob er mich zur Höhle begleiten würde. Ich hatte heute einiges vor. Er bejahte indem er mir mitteilte, dass er Renate bereits gesagt hatte, dass es heute später werden würde. Wir nahmen die Neoprenanzüge gerade mit. Die Sauerstoffflaschen, so teilte mir Peter mit, wären bestellt, und würden bald kommen. Wir liefen die etwa zwei Kilometer bis zur Höhle. Nach dem Zusammenstoß letztens, mit der Frau im Wald, vermieden wir es, zu oft das Auto zu verwenden. Es galt immer noch, im Geheimen zu agieren. Wir würden erst – halbwegs jedenfalls -

sicher sein, wenn wir uns in der Höhle niedergelassen hatten – und vorne, im Eingangsbereich, zwei massive Stahltüren eingebaut wären. Genau dies hatte ich heute vor.

Kapitel 12

Der Ausbau der Höhle

Als wir an der Höhle angekommen waren, war uns diese Frau mit ihrem Hund wieder begegnet. Ihr kleiner, schwarzweißer Terrier bellte uns an.

„Na, immer noch am Steine suchen?" – fragte sie schnippisch.

„Ja", teilte ich ihr freundlich lächelnd mit. Nur nicht auffallen war das Motto. Am liebsten hätte ich ihr in den Hintern getreten. Und wir liefen weiter, als ob wir weiterwollten. Sie ließ uns in Ruhe und ging weiter. Scheinbar wollte sie mit ihrem Fifi heim. Als sie um die Ecke war, gingen wieder zurück. Den Ziehwagen tarnten wir mit Sträuchern. Dann rutschten wir das Erdloch hinunter. In der Höhle angekommen, verstauten wir die Anzüge in einer Ecke der Höhle. Peter bemerkte es als erstes.

Noch den Karton, den er gerade abstellen wollte in der Hand, hielt er in der Bewegung inne, und fragte mich: „Hörst du das?"

Ich hörte nichts: „Was?" – fragte ich daher. Doch dann vernahm ich es. Es war ja stockdunkel. Licht spendeten nur die kleinen Helmlampen, die wir anhatten. Ich schaute dorthin, wo das Geräusch zu vernehmen war. Eine Quelle, Wasser! Das Glück schien auf unserer Seite zu sein. Ich stellte den Karton ab, und inspizierte die Quelle. Aus der Wand lief, in einem gleichmäßigen Strahl, klares Wasser in einen kleinen Tümpel. Da dieser nicht überlief, schien das Wasser unterirdisch weiterzulaufen. Wir verließen die Höhle wieder, um uns das von außen anzusehen. Wir gingen in die Richtung, es ging etwas Bergab, in der wir den Ausgang des Wasserlochs vermuteten. Quasi am hinteren Ende der Höhle, am Hang, entdeckten wir dann einen kleinen Bachlauf. Er war vom Weg aus nicht zu sehen. Dann entdeckten wir das Austrittsloch, aus dem das Wasser heraussprudelte.

„Wahnsinn", bemerkte Peter.

„Supertoll", fand ich. „Solange das Wasser nicht atomar verseucht ist, haben wir hiermit zwei Probleme gelöst. Zum einen haben wir eine Öffnung, mit der wir unsere, eh, menschlichen Abfälle entsorgen können. Zum anderen haben wir Trinkwasser in unerschöpflicher Menge. Und wenn es nicht als Trinkwasser taugt, dann können wir es zum Waschen verwenden, auf jeden Fall kann ich damit nachher den Mörtel verrühren.

„Kann keine atomare Strahlung eindringen?" – fragte Peter besorgt.

Ich schüttelte verneinend den Kopf. „Nein, die Wand ist mehrere Meter dick, und das Wasser fließt, ohne Lufteinschlüsse, wie in einem Rohr, nach draußen. Und das einfließende Wasser scheint aus dem höher gelegenen Hügel dort hinten zu stammen. Somit ist auch das Wasser weitestgehend vor atomarer Strahlung geschützt. Es befindet sich quasi ebenfalls in einer Art Höhle, das gute Wasser. Nur bei unmittelbarer Kontaminierung, also erst, wenn eine Bombe in der Nähe explodiert, wäre das Wasser verseucht."

„Dein Wort in Gottes gehör."

„Glaube mir, ich las gerade einen Bericht darüber."

Peter tat, was er immer tat – er glaubte mir, und nickte. Wir liefen zurück zum Höhleneingang. Auf dem Weg dorthin machte Peter einen verdammt guten Vorschlag: „Ich nehme eine Probe von dem Wasser, und lasse sie analysieren."

Dieses Mal war ich es wieder, der nur nickte. Dann begannen wir, die Mauer im Eingangsbereich zu mauern. Ich mauerte die Mauer zur Vorkammer. Peter die Mauer, die den eigentlichen Eingang säumte. Beide

Mauern wären Stützen für die massiven Stahltüren, die wir einbauen wollten. Die erste Tür würde Eindringlinge abhalten, und beide Türen zusammen würden die Strahlung weitestgehend abhalten. Wir würden sie zusätzlich innen mit dünnen Bleischeiben verkleiden. Es gab solche Platten zum Selbstkleben. Eigentlich sind es Bodenbelege für Computerräume. Sie sollen Magnetische Strahlen, die die Festplatten stören würden, abhalten. Außerdem hatten sie eine Dämpfende Wirkung. Vibrationen, Strahlung und Geräusche wurden, trotz des dünnen Materials, sehr gut abgehalten.

„Zwischen die Türen", schlug Peter vor – „... können wir die Verbrauchte Luft ablassen. Außerdem könnte man eine Radioantenne nach außen leiten. Alles durch die Decke. Die Ofenabgase müssen ja auch raus."

„Du sprühst in letzter Zeit nur so vor guten Ideen... das ist mein Job", scherzte ich – und Peter verfiel wieder in alte Gewohnheiten – er nickte, und zwar so, als ob er sagen wollte: ja Papa, ich wird's mir merken.

Wir schafften es an diesem Tag noch, die Türrahmen einzumauern. Und dies so, dass sie gerade waren. Wir waren beide stolz auf uns. Wir hielten die Wasserwaage an die Rahmen. „Wie die Profis", bemerkte Peter. „Du sagst es. Morgen brauchen wir dann nur die Türen einzuhängen." Dabei hob ich die dazugehörigen Schlüssel in die Luft. „Und wir haben ein neues Zuhause."

An den darauffolgenden Tagen wurde einiges weiter geliefert. Die Tanks, alles 500 Litertanks, waren aus Kunststoff, und somit leicht. Aber wegen ihrer Größe – sie würden gerade so durch unsere Türen gehen, mussten wir sie im Dunkeln in die Höhle karren. Tagsüber wären wir damit aufgefallen. Das gleiche galt für die Dielenbretter, die wir bestellt hatten. Wir wollten den Boden damit auslegen, um besser laufen zu können. Auch Doris und Renate legten teilweise Nachtschichten ein. Tagsüber kauften sie entweder Medikamente oder Lebensmittel. Sie verstauten dann jeweils alles in unserer Garage, und nachts fuhren sie alles in die Höhle und sortierten dort alles, und räumten hinter Peter und mir auf. Wir alle schufteten alle wie verrückt. Und das mussten wir auch. Die Nachrichten verhießen zwar nichts Neues. Aber, die ganze Situation – die Unruhen und bürgerkriegsähnliche Zustände, hatten weiter an Identität zugenommen, und alles es rückte auch näher. Man hörte nur noch, dass das Ultimatum bald ablaufen würde. Es war gut, dass wir unser zukünftiges Zuhause bald soweit hatten.

Noch sechs Tage

„Noch sechs Tage", ging es mir durch den Kopf – „… beinahe freute ich mich schon, in die Höhle einzuziehen. Diesem verrückten Alltag zu entkommen. Das war mein Wunsch. Diese Nachrichten – es ging einem auf dem Geist. Man hörte nichts anderes mehr. Immer mehr Tod und Verderben, und alles drehte sich, nach wie vor, nur ums Geld – als ob dies der einzig wahre Gott wäre. Diese Papiere, auf die nur irgendwelche Zahlen aufgedrückt waren. Nein, Karin Fabius hatte Recht mit dem, was sie sagte, oder besser, in der kommenden Sendung noch sagen wird – dass es letztlich gut war, das Johann Sommer damit anfing Geldgierig zu werden. Denn ohne ihn würde das Geld in der Zukunft nicht abgeschafft werden. Würden wir, nicht das Paradies auf Erden haben. Wenn wir überleben werden, würden wir es erleben. Und darauf freute ich mich. Aber noch hatten wir eine Menge Arbeit vor uns.

Was wir nun hatten, waren zwei Eingangstüren, und wir waren dabei, den Boden mit Dielen zu begradigen. Die Große Hauptkammer unterteilten wir, mithilfe von massiven Balken aus dem Baumarkt. Diese hatten wir bereits im Boden einzementiert. Dann würden wir sie noch mit Gipsplatten verkleiden. Dadurch würden, in sehr kurzer Zeit, vier große Räume entstehen. Zwei dieser Räume wollten wir mit einfachen Holztüren versehen. Diese beiden Räume wären die Zimmer, in denen sich jede Familie zurückziehen konnte. Die Beiden Zimmer davor, wären ein Alltagszimmer – zum essen, und zum zubereiten vom Essen. Und für sonstige Arbeiten, die anfallen würden, und ein Technikzimmer. Hier hatten wir vor, die Autobatterien paarweise zusammenzuschalten. 20 Autobatterien mit je 12 Volt ergaben 240 Volt. Damit konnte man einen Kühlschrank betreiben. Wir brauchten zwei Kühl-Gefrierkombinationen, womit 40 Autobatterien belegt waren. Weitere 20 Autobatterien brauchten wir, um mit deren Strom eine Pumpe zu betätigen. Diese Pumpe, von der wir noch drei als Reserve hatten, sollten frische Luft von außen durch sechs Filter einsaugen. Diese Filter bestanden aus mehreren

Etagen. In jeder Etage befand sich ein auswechselbarer Filter. Die Filter waren aus Papier! Aus Sägemehl, wieder Papier, Küchenfilter – zwei Lagen und in der letzten Lage waren Kohlepellets. Dieser Filter sollte, laut Beschreibung, alle Giftstoffe aussperren. Der Hersteller garantierte sogar ABC- Filterung. Er war also genau das Richtige für uns. Peter und ich hatten uns auf Sparsamkeit eingeschworen. Deshalb hatten wir vor, alles so einzurichten, das alle Verbraucher – also auch die Kühlschränke, nur alle Stunde anspringen würden. Dies sollte reichen, die nötige Kälte zu halten, der Stromverbrauch wäre aber minimiert. Dann sollten die Pumpen anspringen. Wenn sie auch eine Stunde lang liefen, würde dies genügen, dass wir hier unten nicht ersticken würden. Es wurde sich zeigen, ob wir die Pumpen öfter einschalten mussten, oder ob sie nur halb so oft eingeschaltet werden mussten. Weitere Autobatterien bräuchten wir für die Lampen und für weitere Verbraucher, wie Akku-Bohrer/Schrauber und die Mini-TV-Geräte und Radios – unserer Verbindung nach draußen. 10 Batterien waren Reserve. An alle zusammengeschlossenen Batterien würden wir einen Spannungsmesser anbringen. Fiel die Spannung unter acht Ampere, würde der Stromgenerator anspringen. Und auch er lief nur solange, bis wieder zehn Ampere geladen waren. Alles war so auf größtmögliche Effizienz ausgelegt. So würden wir uns auch die Wände für diese äußeren Räume sparen. Die Wände wären einfach die Tanks, die wir übereinanderstapeln würden. Im Technikraum die Dieseltanks – im Alltagsraum die Wassertanks. Die Tanks würden die Geräusche des Stromgenerators vorzüglich abschirmen. So war der Plan. Und an der Umsetzung arbeiteten wir alle, von morgens um sieben, bis in die Nächte hinein, die uns zu dem Zeitpunkt furchtbar kurz vorkamen. Nun, sie waren es auch. Peters und meine Hände waren bereits mit dicken Schwielen versehen. Wir waren beide solche harte Arbeit nicht gewohnt. Aber, wir schafften es. Mit vereinten Kräften hatten wir es tatsächlich noch rechtzeitig geschafft. Peter kannte sich besser mit dem Elektronikkram aus, und ich kam besser mit den Schreinerarbeiten zurecht. Und nur zusammen, und mithilfe von Möbelrollen und Flaschenzügen, konnten wir die gefüllten Tanks verstauen. Als letztes hatten wir das Abluftrohr der Atemluft nach außen verlegt. So, wie Peter es vorgeschlagen hatte. Daneben drapierten wir die Antenne. Wir befestigten sie mit Kabelbinder am Rohr und tarnten beides mit Zweigen. Daneben befestigten wir, auf gleiche Weise, den Sensor des Geigerzählers. Doris und Renate hatten drinnen zwei Baustellentoiletten mit Rohren verbunden, und die Rohre – dem natürlichen Ausgang folgend, nach außen geführt. Das Wasser von der Quelle lief nun durch dieses Rohr, was zeigte, das auch die beiden Frauen, hervorragende Arbeit geleistet hatten.

Wir konnten von Glück reden, das alles so gut geklappt hatte. Es hätte auch anders sein können. Dass das Öl nicht geliefert werden hätte können. Es hätte sein können, dass wir die Tanks nicht in die Höhle bekommen hätten. Das wir etwas aus einem Geschäft nicht in ausreichender Menge erhielten. Und, und, und – aber, es hat alles geklappt. Ich war selbst überrascht darüber.

Kapitel 13

Krieg

Wie verabredet, waren wir, auch die Frauen, gleichzeitig mit der Arbeit
fertig, und wir trafen uns am Eingang der Höhle. Es war bereits später
Nachmittag. 17Uhr. Die Frau mit ihrem Hund kam wieder vorbei. Langsam
nervte sie. Aber sie sagte nichts, nickte zur Begrüßung nur, und lief weiter.
Sie hatte keinen Verdacht geschöpft, sonst hätten wir kaum die ganze
Woche über ungestört arbeiten können. Wir hatten wirklich Glück gehabt –
mit allem. Und ich war, wieder einmal, froh, dass ich Doris hatte. Und das
ich Peter und Renate zu meinen Freunden zählen konnte. Ohne die Beiden
hätte ich die Höhle auch nicht fertig bekommen. Mein Geld hätte auch
nicht gereicht. Allein, was die ganzen Konserven gekostet hatten, welche
die Frauen noch heute Morgen, neben dem Stromgenerator verstaut
hatten. Sie hatten sie so ins Regal gestapelt, das man an jede Dose
kommen konnte. Ja, sie konnten nicht nur gut arbeiten, sie hatten auch
gute Ideen. Eine kam wohl von Renate. So hatten die Beiden beschlossen,
die Abgaswärme der Öfen zu nutzen, um so ein Wasserbecken zu erhitzen,
dass wir zum Duschen benutzen konnten. Und sie dachten auch an –
typisch Frau? – an Kerzen und an ein Jesuskreuz und eine Bibel. Eine
weitere gute Idee der Beiden war, unser neues Heim so wohnlich wie
möglich zu gestalten. So hatten sie ein paar Bilder aufgehängt. Und
künstliche Blumen aufgestellt. Auch die Möbel, die wir von Zuhause
mitnahmen, sorgten dafür, dass alles heimelig wirkte.

Nun, wir standen, müde und geschunden zusammen vor unserem neuen
Zuhause. Ich nahm Doris um die Hüfte, und gab ihr einen Kuss. Und auch
Peter nahm Renate an der Hand, und küsste sie auf die Wange. Wir
schmunzelten uns gegenseitig an. Wir waren unendlich froh darüber, es
geschafft zu haben. Zumal heute der letzte Tag war. Es war der dreißigste
August. Der Tag, an dem das Ultimatum ablaufen würde. Wenn heute
nichts positives Geschehen würde, wäre Morgen der Tag X.

Es war etwas Bewölkt, und es begann zu dämmern. Dieses Halbdunkel ließ
den Blitz noch greller erscheinen. Links neben dem Hügel, der am Fuße der

Höhle war, erschien ein Blitz, der für eine zehntel Sekunde heller als die Sonne erschien. Eine halbe Sekunde später hörten wir einen Knall, der sich anhörte, als ob ein echter Blitz direkt vor unsere Füße eingeschlagen wäre. Dann sah man den typischen Pilz aufsteigen, wie man ihn von Atombomben her kannte.

„Es geht los", bemerkte Peter. Er schrie es fasst. Auch Doris und Renate stand die Fassungslosigkeit ins Gesicht geschrieben.

„Ja", gab ich zu. „Und sie warten nicht ab. Sie legen los, ohne weitere Vorwarnung. Ab in die Höhle. Doris schaute mich an. Dann schaute sie noch einmal in die andere Richtung. Erst zum Atompilz, dann zu unserem Haus, das sich in entgegengesetzter Richtung befand. Dann stürmten wir die Höhle. Ich hatte die Schlüssel in der Hosentasche. Als alle eingestiegen waren, schaltete ich das Licht an, dann schloss ich ab. Peter stapelte die

Sandsäcke vor den Türschlitz. Auch die zweite Tür schloss ich hinter mir ab. Als ich mich umdrehte stand immer noch das blanke Entsetzen in den Augen der dreien.

„Warum? Warum tun die das? Warum warten die nicht einmal, das Ultimatum ab?"

Ich schaute Doris erst wortlos an, weil ich im Moment auch nicht die rechte Antwort hatte. Doch dann sagte ich: „Es geht ihnen alle so, wie Johann Sommer. Das Geld regiert sie. Es macht sie verrückt. Wenn man ihnen das Geld nimmt, werden sie verrückt."

Und Peter fügte meinen Gedanken hinzu: „Wenn sie zu viel Geld haben, werden sie irre, und wenn man ihnen das Geld nimmt, werden sie erst recht irre. Sie denken, dass man ihnen die Grundlage ihres Tuns nimmt. Dabei sollte die Grundlage für das Leben, das Leben sein. Leben heißt leben. Und das Leben wird nicht vom Geld bestimmt. Wir kommen alle ohne Geld auf die Welt. Später müssen wir dann lernen, damit umzugehen. Die meisten lernen es nie. Es ist, wie du sagst, sie werden verrückt."

Und Renate fragte: „Wie viel Menschen sind da eben gestorben?" Sie fragte dies mit leicht zitternder Stimme.

Peter riet, wobei er mich anschaute – „Ich schätze, das war unsere Hauptstadt… ein paar Tausend", folgerte er. Und Renate hielt sich an den Bauch: „Mir wird schlecht. Ich muss mich setzen." Peter führte sie an der Hand zu unserem Esszimmer. Die Beiden setzten sich. Doris brachte ihr ein Glas Wasser und ich kontrollierte den Geigerzähler. Nichts, kein Ausschlag. Wohlmöglich ging der Wind in eine andere Richtung. Auch der Geigerzähler hier im inneren zeigte nichts an. Ich nahm ein kleines Radio, eines mit Batteriebetrieb. Ich setze mich zu den anderen. Doris hatte für jeden ein Glas Wasser auf den Tisch gestellt. Ich schaltete das Radio, das heute Morgen noch lief, ein. Auch nichts, nur Rauschen. Einen anderen Sender erreichte ich nicht. Renate weinte und auch Doris kämpfte mit den Tränen. Auch ich war mit den Nerven fertig. Ich zitterte. Mit anzusehen, das – wahrscheinlich - tausende von Menschen, innerhalb einer Sekunde ums Leben kamen, führte dazu, dass sich einem – nicht nur Sprichwörtlich – einem der Magen umdrehte. Renate musste kotzen. Uns allen ging es schlecht. Wir alle wussten, dass dies nur der Anfang war. Weitere Bomben würden folgen. Noch mehrere Städte würden zerstört werden. Zumindest Teile von den schönsten Orten Deutschland – und ja, der ganzen Welt, würden dem Erdboden gleichgemacht werden. Ich dachte an Orte, wo ich bereits war – Paris, Frankreich, New York, Frankfurt, München… und, und, und. Ganze Kulturen würden für Jahrzehnte unbewohnbar werden. Atomar verseucht und zerstört. Unbrauchbar, Tot. Keimfrei. Kein Kraut würde wachsen. Kakerlaken und Ameisen, und Flöhe würden die Einzigen sein, die in großer Zahl überleben würden. Ungeziefer. Ein paar Asseln und Tausendfüßler, deren Chinin-Panzer einen gewissen Schutz bietet – sie hätten eine Überlebenschance. Kein Säugetier – höchstens ein paar vereinzelte Ratten, hatten eine Zukunft. Alle. Wirklich alle Lebewesen, die im Umkreis von 100 Kilometern, sich zum Zeitpunkt einer Explosion, sich dort aufhielten, würden sterben. Wenn sie nicht – in unmittelbarer Nähe, verglühten, würden sie Tage und Wochen später, elendig an der Strahlenkrankheit krepieren. Es gab kein wirksames Medikament dagegen. Es ist dann so, als ob man Röntgenstrahlung nicht nur eine zehntel Sekunde ausgesetzt wäre – nein, man wäre dieser Strahlung Tag und Nacht ausgesetzt. Gedankenversunken sah ich Doris zu, wie sie Renate half, sich zu beruhigen, und die Kotze aufwischte. Ich hätte nie gedacht, dass Kotze das erste wäre, mit der wir in unserem neuen Heim, in Berührung kämen. Aber sie hatte sich bereits beruhigt, und wieder an den

Tisch gesetzt. Rechts umarmte sie Peter, links legte Doris ihren Arm um sie. „So viele Tote", murmelte sie schluchzend vor sich hin. „Kinder, Babys... schwangere Frauen" – und sie ereilte erneut einen Weinkrampf. Und – sie hatte recht. Viele Männer, die der Strahlung ausgesetzt waren, würden zeugungsunfähig werden. Wenn eine Krebserkrankung sie nicht dahinraffte, würde die Strahlung die Zellen zerstören. Samen würden geschädigt würden. Bei Männern, die noch Kinder zeugen könnten, war die Wahrscheinlichkeit groß, dass die Kinder, die dann auf die Welt kamen, starke Verkrüppelungen aufwiesen. Schlimmer noch – es würde zu Totgeburten kommen. Schwangere Frauen würden sterben, weil ihre Babys im Mutterleib verstarben – und die Toten Kinder nicht per Kaiserschnitt geholt werden konnten, weil kein Arzt in der Nähe sein würde. Es würde weitere Tote geben, nicht nur, durch die Strahlenkrankheit, sondern auch durch Epidemien. Verseuchtes Wasser, Durchfallerkrankungen. Zu wenige Antibiotika – die Menschen würden – wie früher, an einer Influenza sterben. Lungenentzündung. Auch mir drehte sich bei diesen Gedanken der Magen um, aber ich schluckte es hinunter. Konzentrierte mich auf einen Punkt, und beruhigte mich so selbst. Aber wirklich gut ging es mir nicht dadurch. Ich hatte mich auf ein gutes Abendessen gefreut. Das erste, im neuen Heim – aber keiner würde Appetit haben heute, dessen war ich mir sicher. Ich ging zum Geigerzähler – nichts. Wir waren sicher. Aber genau dieser Umstand bedrückte mich ebenfalls. Ich hielt mich, wenigstens eine Zeitlang, für den Retter, der Welt. Eine Sekunde lang. Danach wusste ich dass dies Wunschdenken war. Ich konnte jedoch nur drei Leute retten – ich musste viele Menschen draußen lassen. Die Frau mit dem Hund. Hätten wir sie retten können? Bestimmt. Aber hätte sie andere gerufen? Bestimmt! Nein, wir konnten nur den Entschluss fassen, uns selbst zu retten. Dennoch gefiel es mir nicht. Ich hätte gerne mehreren Menschen – allen – geholfen, doch – es lag nicht in meiner Macht. Mein Einfluss reichte nur für mich und meine Familie und zwei Freunde – und, mit etwas Glück – Kelter, den Polizisten, und der Bürgermeister und den Abgeordneten, nebst Familien – falls sie das Land verlassen hatten. Und das richtige Land gewählt hatten. Oder sich vielleicht selbst in einem Bunker verschanzen konnten. Möglicherweise hatten sie so noch andere warnen können. Aber dieser Gedanke beruhigte mich nicht wirklich. Es war einfach zu wenig. Zu viele würden noch sterben. Viel zu viele. Und dies bedrückte mich. Machte mich fertig. Ich wurde plötzlich unheimlich müde. Auch, weil es ein langer und ansträngender Tag war. Aber am schlimmsten – und ich sah den Atompilz erneut vor meinem inneren Auge – waren die Erlebnisse der letzten Minuten. Grausamen Minuten. Elenden Minuten. Minuten – Augenblicke, die sich in mein Gehirn einfräßen würden. Den Atompilz. Ich hatte zwar keinen Menschen direkt dadurch sterben sehen, doch in meiner Vorstellung sah ich – so deutlich wie in meinen Visionen – wie die Leute, innerhalb einer Sekunde verglühten. Zu Ache verfielen. Gebraten mit einer Millionen Grad Celsius. Ionisiert. Die Hitze, in unmittelbarer Nähe, war so groß, das von einem Menschen so gut wie nichts übrig blieb. Noch nicht einmal von einer Gürtelschnalle oder von den Zähnen bliebe ein nennenswerter Rest. Leute, die von der Explosion etwas weiter weg wären, würden – während dem Gehen - in Flammen aufgehen. Wenn jemand noch weiter weg wäre, käme er kaum fünf Meter weit. Alle Körperflüssigkeiten würden kochen. Unter großen Qualen, würde derjenige versterben. Der, der noch weiter weg wäre, würde an der Strahlenkrankheit sterben. Eine Überlebenschance hatte nur der, welcher 200 Kilometer weit weg wäre. Sicher wäre derjenige nicht. Hielte er sich mehrere Tage in diesem Umfeld auf, wäre die Gefahr groß einem Krebsleiden zu erliegen. Sicher ist nur, wer sich, im Augenblick einer Explosion, etwa 300 Kilometer weit weg war. Der Fehler an dieser Rechnung war nur, dass die Bombendichte, diese Grenze unterschritt. Praktisch egal, wo sich jemand aufhielt, er wäre immer in einer gefährdeten Gegend. Mal mehr, mal weniger. Ein gesundes Klima, würde es nicht vor Ablauf von mindestens zwei Jahren geben. Und selbst dann wäre man noch einer hohen Dosis radioaktiver Strahlung ausgesetzt. Nur, dass sie nicht mehr tödlich wäre. In einigen wenigen Gegenden wäre die Strahlung gering genug, dass es dort – vornehmlich auf dem Land, Überlebende geben würde. Doch auch diese Überlebenden hätten es schwer, länger als ein paar Wochen zu überleben. Denn das Getreide und auch Rinder und Schweine wären verseucht. Kurz: das Essen wäre knapp. Die Leute würden, wenn sie nicht vorgesorgt hätten, verhungern und verdursten. Den einzigen Trost, den ich in dem Moment hatte, war, dass mir klar war, dass es immer genug Menschen gab, die intelligent genug waren, vorzusorgen. Oder das Land zu verlassen. Oder beides. Es würde Überlebende geben, Leute wie Peter, Renate und ich. Aber, das war ein schwacher Trost.

Wir alle vier waren bedrückt. Ohne noch viele Worte zu machen, beschlossen wir, schlafen gehen. Renate und Peter hatten die Kammer links. Unser Schlaf – und Esszimmer, war die Kammer daneben. Der Hunger war uns allen vergangen. Ich wusste jedoch, dass wenn ich heute nichts mehr essen würde, würde ich morgenfrüh mit knurrendem Magen aufwachen. Auf jeden Fall stellte ich mir den ersten Tag, in unserem neuen Heim anders vor. Klar, die Situation war nicht so, dass wir uns für heute eine Party vorgenommen hätten. Den Einzug in die neue Wohnung gefeiert hätten. Nein, aber dass der erste Tag des Krieges, uns dermaßen herunterziehen würde- dies war ebenfalls nicht geplant. Mein Gedanke, den heutigen Abend zu begehen, war sehr wohl an die anderen Menschen zu gedenken, die kein solches Glück wie wir hatten, die wir einen sicheren Unterschlupf hatten. Ich wollte den Abend in jedem Fall mit einem guten Abendessen beginnen. Und ja, vielleicht sogar mit einem Glas Rotwein. Mein Gedanke war, mit den anderen auf unsere Zukunft anzustoßen – in der Hoffnung, dass es für alle anderen – draußen, nicht so schlimm sein würde. Doch, die Realität hatte mich eingeholt. Mit erschreckenden Bildern. Bildern des Todes. Grässliche Bilder der Zerstörung. Der grelle Blitz! Er tat mir noch in den Augen weh. Es war so, dachte ich, wie es bei einem Schweißer wäre, der sich seine Augen verbrät hat, weil er ohne Sichtschutz geschweißt hat.

Nun jedoch, musste ich doch noch etwas schmunzeln. Diese beiden Frauen! Sie hatten doch an alles gedacht. Da war ein Trimmgerät! Ein Fahrrad und ein Laufband. Und ich war sicher, in Peter und Renates Zimmer stand das gleiche nochmal. Das schönste jedoch, war, das sie es wirklich geschafft hatten, soviel Wohnlichkeit zu schaffen. Da waren die künstlichen Pflanzen, und Bilder an der mit Holz beplankten Wand. Aber das allerbeste – wir befanden uns ja in einer Höhle, in der wohl Spinnen und anderes unerwünschtes Getier vorhanden waren, weshalb die beiden entschlossen hatten, Moskitonetze über die Betten zu spannen. Das sah schön aus, und bot wohl wirklich einen gewissen Schutz gegen Achtbeiner. Nun, wir legten uns hin und machten das Licht aus. Weil klar war, dass es stockdunkel werden würde, und wir morgenfrüh den Lichtschalter nicht finden würden, hatte ich kleine Batteriebetriebene Lämpchen besorgt, die ein ganz zartes gelbes Licht ausstrahlten. Man konnte damit gerade noch so unseren Kleiderschrank erkennen, der gegenüber dem Bett stand. Ich kuschelte mich an Doris. Umarmte sie in der Löffelchenstellung. Dann fielen mir die Augen zu, und ich schlief ein. Doch mein Schlaf war unruhig. Das Erlebte verlies mich nicht. Es verfolgte mich in meinen Träumen. Da war auch zu viel, dass ich in letzter Zeit erlebt hatte. Zu viel, das mir durch den Kopf gegangen war. Kein Wunder, dass ich in dieser Nacht so gut wie nicht geschlafen hatte. Ich wurde immer wieder Wach, sah dann unseren Kleiderschrank im Dämmerlicht. Dann fragte ich mich, wo ich bin, bis es mir wieder einfiel, dann schlief ich wieder ein, bis eine neue Erinnerung, ein neues Traumsegment mich wieder erwachen lies. So ging es die ganze Nacht über. Ich hatte einen batteriebetriebenen Wecker, dessen leuchteten roten Ziffern, mir sagten, dass es 4:07 Uhr war, als mich dieses Mal etwas anderes Weckte, als ein schlimmer Traum, oder eine der Erinnerungen, die mich verfolgten. Es war der Hunger, der mich weckte. Mein Magen knurrte laut. Ich versuchte wieder einzuschlafen, doch es ging nicht. So döste ich nur vor mich hin. Gegen sechs Uhr morgens stand ich auf. Die Moskitonetze machten mich dahingehend sensibel, dass ich erst in meine Pantoffel schaute. Ich leuchtete mit der Taschenlampe, die auf dem Nachttisch stand hinein. Dann zog ich sie an und zog den Bademantel über. Ich machte mich auf den Weg zur Toilette. Ich war aber zu müde, um nun nach einer Konserve zu suchen, die ich wärmen könnte. Das erstbeste, was ich fand, war eine Tafel Schokolade. Ich aß sie ganz, ohne großen Genuss. Dann legte ich mich wieder neben Doris. Wenigstens sie schien tief zu schlafen. Und auch ich schlief wieder ein. Gegen acht erwachte ich. Die bösen Träume hatten mich für den Moment verlassen. Der erste Tag würde beginnen. Die ersten Tage würden ungewohnt werden, dessen war ich mir bewusst. Wir würden uns an das Leben hier unten gewöhnen. Aber das würde nicht lange dauern. Menschen gewöhnen sich schnell an neue Gegebenheiten. Und so war es auch. Zum Glück funktionierte alles. Wir mussten ja Tagsüber ständig das Licht brennen lassen. Aber Gott sei Dank war die Technik soweit fortgeschritten, dass wir uns um nichts wirklich zu kümmern brauchten. Deshalb gewöhnten wir uns relativ schnell an alles. So viele Räume gab es ja auch nicht. Da waren die zwei Schlafräume. Davor unser Ess- und Arbeitszimmer – alles in der Hauptkammer, in der auch die Küche und die Öfen integriert waren. Als Wände dienten teilweise die übereinandergestapelten Öl- und Wassertanks. Dahinter hatten die Frauen die Regale aufgebaut, in denen die Konserven lagerten. Dann war da noch die Vorkammer, die wir aber nicht nutzen konnten. Dort waren die zwei verkleideten Stahltüren, die uns vor Eindringlingen und der Strahlung schützten. In der Vorkammer gingen deshalb auch die Abgase und die Abluft und die Antennen und Sensoren nach außen. Den Boden bildete ein Holzsteg, weil der Höhlenboden sehr uneben war. In der hinteren Nebenkammer standen dann noch die beiden chemischen Baustellentoiletten. Und der Tank, mit dem warmen Wasser, das wir zum Duschen nutzten. Die Dusche stand direkt daneben. Der Tank war mit Kupferrohr umwickelt. Die Abgase aus dem Stromgenerator liefen durch das Rohr, bevor es durch die ganze Höhle, an der Decke entlang, nach draußen ging. So erwärmte das Rohr noch teilweise die Höhle, und das Wasser zum Duschen, hatte genau die richtige Temperatur – etwa 35°C. Der Alltag verlief also so, wie in jedem Haushalt. Nach wenigen Tagen hatte sich eingespielt, dass wir so gegen acht Uhr morgens aufstanden. Dann überlegten wir, was wir heute Mittag essen wollten. Das Essen bereiteten wir oftmals gemeinsam zu. Jedenfalls am Anfang, als die verderbliche Ware, wie die Kartoffeln, geschält werden mussten. Es stellte sich schnell heraus, dass sich alles nur ums Essen drehte. Essen und schlafen. Gut, dass die Frauen die Trimmgeräte besorgt hatten. Sonst hätten wir viel zu wenig Bewegung gehabt. Alle Arbeit sah so aus, dass ich ab und zu einen Rundgang machte. Ich oder Peter kontrollierten die Rohre auf Dichtigkeit, die Autobatterien auf Beschädigungen oder Kabelbruch. Wir überprüften, in unregelmäßigen Abständen, ob ein Kabel locker war, die Türen verschlossen waren, und ob sonst wo etwas kaputt war, etwa ein Leck an einem der Tanks. Mindestens einmal täglich schaute ich nach den Geigerzählern. Den für drinnen und den von außen. Der innere zeigte stets grün an. Der äußere schwankte. Scheinbar je nach Windrichtung, war die Belastung mal höher, mal niedriger. Die Außenstrahlung war jedoch stets so hoch, dass sie, auf Dauer, lebensbedrohlich gewesen wäre. Der Zeiger befand sich immer im orangenen oder roten Feld. Um den Tag herum zu bekommen, spielten wir Karten, unterhielten uns, fuhren auf dem Trimmrad, oder dem Laufband. Spinnen, und darüber war auch ich froh, gab es Gottlob nur sehr wenige. Einige farblose Weberknechte, und einige Kellerasseln. Keine Maus und keine Ratte. Wir hatten diesbezüglich Glück. Und nicht nur dort. Wir waren geschützt, andere nicht. Um Batterien zu sparen, hörten wir nur für je eine Stunde Radio. Vor allem, um die Nachrichten zu verfolgen. Und die waren stets bedrückend. Immer wieder war, in vielen bekannten Städten, und dies weltweit, von weiteren

Angriffen die Rede. Immer mehr von diesen Mini-Atombomben wurden gezündet. Die Plünderungen schienen aufgehört zu haben. Jedenfalls hörte man nichts mehr davon. Nun, das war klar. Das Militär hatte die Straßen und Orte erobert. Die verbliebene Bevölkerung hatte wohl auch irgendwelche Unterschlüpfe gefunden, oder war entkommen. Zu kaufen gab es kaum noch etwas. Alles war so teuer geworden, dass der Handel quasi zum Erliegen gekommen war. Auch unsere Konserven waren bereits so teuer gewesen, dass unser ganzes Geld draufgegangen war – auch das von Peter und Renate. Doch was sollte es. Wir lebten, und dies, den Umständen entsprechend – und vor allem, anderen gegenüber, nicht schlecht. Im Gegenteil, uns ging es gut. Sehr gut sogar. Wenn der Krieg nicht gewesen wäre, hätte man gar sagen können, dass es uns blendend ging. Und darüber unterhielten wir uns eines Abends, nach dem Abendessen.

Peter fragte mich: „Weißt du noch, als wir uns die Frage stellten, was das Schicksal ist, oder was es bedeutet?"

„Ja, klar", sagte ich knapp.

„Nun, ich denke gerade darüber nach, wie es anderen ergeht. Da kommen wir auf die Welt, erleben dies und das. Einem geht's etwas besser, dem anderen etwas schlechter. Jeder macht seinen Weg, so gut er kann. Und dann kommt einer von außen, und bringt nicht nur deines, sondern das Leben aller Menschen, aus der Reihe. Ist das Schicksal? Wenn ja, welches?"

„Nun, diese Frage ist leicht zu beantworten", sagte ich. „Dies kann man schon als Schicksal bezeichnen. Eines, dass sich keiner dieser armen Menschen ausgesucht hat. Ihr Leben wurde bestimmt, von Johann Sommer, und von Politikern, die, statt zu reden, sich gegenseitig Soldaten mit Bomben, schickten. Aber", sagte ich nach einer Pause – „… das Ganze hat auch was Gutes. Denn wenn das Alles zu Ende ist, werden die, die überlebt haben, eine schöne, friedliche Welt vorfinden. So gesehen hat das Schicksal immer zwei Seiten. Ein Hoch und ein Tief. Wie beim Wetter. Mal stürmt es, und es kommen Menschen um. Dann kommt wieder Sonnenschein. Das Schicksal ist also wankelmütig. Es kommt nur darauf an, wie lange du lebst. Wie oft du sonnige oder regnerische, kalte Tage erlebst. Letztlich wird es wohl so sein, dass bei den meisten Menschen die Sonnen- und Regentage in etwa gleich verteilt sind. Selbst bei reichen Leuten muss nicht eintreffen, was jeder erwartet, nämlich das der mehr Sonnentage hat. Genauso wenig muss stimmen, dass jemand, der irgendwo auf der Welt, im Getto wohnt, ein schlechtes Leben führt. Letztlich kommt es auf den Charakter und das Empfinden an, das jemand hat. Charakter heißt in dem Fall, das einer die richtige Einstellung zu Werten hat. Ein Wert, das kann Guth und Geld und Gold heißen – dass ist das, was Johann Sommer unter Werte versteht. Und wir alle wissen, was das bedeutet. Ich kann aber auch genügsam sein, und jeden Tag lachen, weil es mir genügt, dass ich ein Dach überm Kopf und den Magen voll habe. Derjenige hat seine Situation akzeptiert und versucht nicht krampfhaft nach unerreichbaren Sternen zu greifen. Nur, wem was genommen wurde, dem zerbricht eine Welt – der fühlt sich dann vom Schicksal betrogen. Kommt einer ohne diese Werte auf die Welt, und lernt sie auch nie kennen, so wird ihm das Schicksal diesen Streich nicht spielen. Derjenige wird es von Anfang an besser gehen als uns. Für den wird das Schicksal kaum Überraschungen haben, weil er nicht vom Geld regiert werden wird. Er wird sein Leben selbst steuern können."

Peter nickte – mal wieder.

So vergingen Wochen, in denen wir uns einlebten – und weiter nichts geschah. Wir philosophierten, hörten Nachrichten, machten unsere Kontrollen. Die Frauen kochten und wuschen Wäsche, wie vor hundert Jahren. In einem Ofen, der mit Holz befeuert wurde, und mit Seife und einem Waschbrett. Eine Waschmaschine, einen Wäschetrockner, einen Mikrowellenherd, oder eine Spülmaschine konnten wir nicht verwenden. Solche Geräte waren zum einen sperrig und schwer. Zum anderen teuer, aber vor allem waren sie Stromfresser. So viel Strom konnten wir nicht herstellen. Nicht in dieser Zeit, die uns zur Verfügung gestanden hatte. Wir hatten auch nicht die Mittel. Mit genügend Geld hätte man ein Windrad errichten können, oder Sonnenkollektoren aufstellen können. Aber selbst, wenn wir so etwas geschafft hätten, wäre es wohlmöglich zerstört worden. Entweder durch Neider, oder eine Bombe. Nein, unsere Mittel, genauso wie unser vorhandener Platz, waren begrenzt. Wir mussten sparen, mussten uns klein halten – und zwar so lange, bis der Krieg vorbei war, und wir wieder aus der Höhle konnten. Dies war unser Schicksal, für circa zwei Jahre. War das grausam? Nein, ich empfand es nicht so. Ich empfand unsere Situation als Glück. Somit war ich wohl auf der Stufe, eines, der im Getto wohnte, aber dennoch glücklich war. Aber das war gut so – denn was hätte mir – wie Johann Sommer – all das Geld genützt, wenn ich tot wäre. So wie er. Denn eben kam es in den Nachrichten. Sie hatten ihn aufgestöbert. Sie wollten ihn verhaften. Als er sich wehrte, hatten sie nicht lange gefackelt. Johann Sommer starb im Kugelhagel der New Yorker Polizei. Sein Schicksal hatte ihn eingeholt. Er war unglaublich klug. Er hatte erreicht, wovon andere nicht zu träumen wagten, denn er hatte eine funktionierende Zeitmaschine gebaut. Er hatte mehr, als sich viele vorstellen konnten. Und doch war sein Leben nicht so gelaufen, wie es hätte sein können. Er hatte eine Kindheit, die andere als nicht schön empfanden. Er hatte nie die Liebe einer Frau erfahren. Er hatte selbst keinen Bezug zu werten, was ihm letztlich das Leben kostete. Ich bezweifelte, dass er wirklich etwas von dem vielen Geld hatte. Denn er war viel zu viel damit beschäftigt, zu entkommen, und sich neue Gigs auszudenken, denen er dann nachhechtete, wie ein Börsianer, der ohne Arbeit verrückt wurde. Ich sah Johann Sommer, wie in einer meiner Visionen vor mir, als er das erwirtschaftete Geld in einen Tresor legte, und sich dann wieder auf seine Maschine setzte, um weiterzumachen. Weiter Geld machen. Bis ein weiterer Tresor hermusste. Und dann noch einer. Nach dem dritten Tresor, der voller Geld, unterschiedlicher Währung war, hatte er schon nichtmehr gewusst, wie viel denn sich überhaupt darin befand. Dennoch machte er weiter. Jeden und jeden Tag. Verrückt geworden durch zu viel Geld. Niedergestreckt von Blei – dem unwürdigsten aller Metallen. Grau und schwer. Wertlos. Aber, so war es, das Schicksal – gnadenlos, und für jeden gleich. Das Schicksal war und ist das Einzige, das nicht bezwungen oder hintergangen werden konnte. Und das Schicksal überrascht jeden, so auch mich und Doris.

Kapitel 14

Teil 5

Die Überraschung

Wir lebten nun seit drei Monaten in der Höhle. Der Krieg war so gut wie beendet. Das hörte man jedenfalls vielerorts. Nachdem Johann Sommer tot war, hatte sich die Situation sofort etwas entspannt. Nun, vorbei war somit nichts. Kein Krieg der Welt war je von heute auf morgen beendet. Das merkten wir, wenn zwischendurch Sand von der Decke rieselte, weil in der Nähe wieder eine Bombe hochging. Wir hatten schon des Öfteren sehr viel Angst. Das die Höhle auch unser Grab werden könnte, daran hatte keiner auch nur eine Sekunde geklaubt. Wir hatten die Höhle von Anfang an als Schutz gesehen. Als Rettungsraum. Niemanden kam der Gedanke auf, dass sie einstürzen könnte. Warum auch, wir wussten, dass sie bereits seit Jahrhunderten bestand. Wir wussten, dass die Wände aus Meterdicken Sandstein bestanden. Die Decke war ebenfalls einige Meter dick. Deswegen hatte ich ja die Höhle ausgesucht, und innerlich wussten wir alle, dass sie halten würde. Aber gerade Gestern noch wurde, wie sich herausstellte, eine der letzten Bomben gezündet worden. Und gerade da hatte die Decke gewackelt, und es war viel Dreck von der Decke gerieselt. Es hatte aber keine Schäden gegeben. Spätestens da wussten wir, dass wir mit der Höhle den richtigen Ort ausgesucht hatten. Sie hatte gehalten. Die Höhle hatte uns beschützt. Und das würde sie auch weiterhin tun. Es würde nichts mehr kommen, dessen war ich mir sicher. Aber das hieß nicht, dass es ein Ende hatte. Nach dem Einschlag hatte ich die Geigerzähler kontrolliert. Wir waren sicher. Die Höhle hatte alles abgehalten. Auch durch den Abfluss kam nichts hinein. Aber draußen – wir hätten keine Minute überlebt. Die Strahlung war so hoch, dass nichts überleben konnte. Das hieß zweierlei – a, wenn wir zuhause geblieben wären, wären wir jetzt tot. B – die Strahlung würde abnehmen. Mit jedem Regen würde ein wenig verseuchte Erde weggewaschen werden. Aber, bis wir die Höhle verlassen könnten – gefahrlos verlassen konnten, würden zwei Jahre vergehen. Wenn der Krieg länger gedauert hätte, wäre uns wohlmöglich das Essen ausgegangen. So jedoch würde alles so laufen, wie geplant. Es war früher Morgen, kurz nach sechs. Und ich lag noch im Bett, als mir diese Gedanken durch den Kopf gingen, als mir bewusst wurde, dass wir es schaffen würden. Das wir vier überleben würden. Wir mussten nur unsere Zeit hier unten absetzen. Dann würden wir endlich das Tageslicht wiedersehen. Darauf freute ich mich schon jetzt. Denn dies war das einzige, was mir, oder den anderen fehlte – Tageslicht. Ansonsten hatten wir alles, was wir zum Leben brauchten. Wir hatten uns alle gut eingelebt. Und ja, beinahe gefiel es uns hier unten zu gut. Wir brauchten nicht zu arbeiten. Nachdem wir wussten, dass der Krieg zu Ende gehen würde, hatten wir auch keinen Stress mehr. Wir lebten vor uns hin, in aller Ruhe. Unterhielten uns, und übten uns in Geduld. Es war auch noch keiner krank geworden. Und wir hatten auch noch keine Reparaturen. Wir brauchten nur zu leben, wir es seit den letzten drei Monaten taten – nun jedoch ohne Angst. Mit diesem

Gedanken fielen mir die Augen wieder zu. Ich drehte mich zu Doris um, legte meinen Arm um sie. So schlief ich wieder ein.

Zwei Stunden später erwachte ich, weil Doris wach wurde. Sie hatte das Licht angemacht. Ihr war scheinbar übel. Sie würgte und räusperte sich. Dann legte sie sich wieder hin, aber kurz darauf schoss sie, wie von der Tarantel gestochen wieder hoch. Sie setzte im Bett und würgte erneut. Sie rülpste laut. Sagte Entschuldigung und legte sich wieder hin.

„Was hast du denn", fragte ich besorgt.

„Na, ich weiß nicht. Seit ein paar Tagen ist mir morgens schlecht. Aber es hält nicht lange an. Tagsüber merke ich nichts. Nur morgens. Mache dir keine Sorgen. Es ist nichts."

Wir küssten uns, und wir schliefen beide noch einmal ein. Ich hörte noch, wie der Generator ansprang. Er lief ein paar Minuten, aber das bekam ich kaum noch mit. Als wir an diesem Morgen aufwachten, war es bereits zehn Uhr. So lange hatten wir seit langem nicht geschlafen. Renate und Peter hatten längst gefrühstückt, als wir aufgestanden waren, und wir uns zu ihnen gesellten.

„Na, ihr Langschläfer? Was war denn gestern so ansträngend?" – witzelte Peter.

„Nicht was du denkst", gab ich lächelnd als Antwort. Und ich nahm mir meine Kaffeetasse, und füllte sie mit Kaffee aus der Termokanne, die wir immer benutzten. Ich genoss meinen Kaffee.

„Was gibt es Neues", fragte ich.

„Nun, eh, es gibt gute Nachrichten. Wie das Radio mir erzählte, wurden in immer mehr Ländern der Erde Friedensverträge geschlossen. Es hatten sich einige Gruppen gebildet. Es gab wohl welche, die die Erdoberfläche verlassen hatten, und, so unglaublich dass auch klingt, die sich nun auf dem Meeresgrund niedergelassen haben, und nun verlangen eigenständig zu sein. Sie leben von Fischen und von Algen. Sie haben eine eigene Energiequelle und produzieren Sauerstoff. Es scheint wirklich unmöglich zu sein, aber sie sind scheinbar völlig autonom. Sie brauchen die Außenwelt nicht mehr. Das Wasser hat sie geschützt. Sie waren unter Wasser so gut aufgehoben, wie wir hier unten, in unserer Höhle. Ihre Flucht bestand darin unters Wasser auszuwandern. Diese Idee ist fantastisch. Und es muss sehr viel Geld gekostet haben."

„Ich nehme eher an", unterbrach ich Peter – „… dass sie nicht danach fragten, was es kostet. Sie haben es einfach gemacht."

„Kann gut sein", gab Peter zu. „Sie wollen, wie erwähnt, nichts mehr mit der Oberwelt, wie sie es nennen, zu tun haben. Sie geben einer bestimmten Gruppe die Schuld am Krieg. Johann Sommer geben sie keine Schuld. Sie sagen, dass er nur ein Opfer des Systems wäre. Sein Handeln wäre zu erwarten gewesen. Früher oder später, so deren Meinung, hätte es so kommen müssen. Sie hätten es jedenfalls erwartet. Und so hätten sie früh genug ihr Vorkehrungen getroffen."

„Und die hieß ins Meer auswandern?" – fragte Renate ungläubig.

Ich hob die Schultern, und antwortete: „Nun, unter dem Meer haben sie den besten Schutz. Wenn sie eine Energiequelle haben, ich nehme an die Erdwärme, und Methangas – und wenn sie genügend zu essen haben, dann ist das keine dumme Lösung. Ihnen dürfte es an nichts mangeln. Wenn sie nicht zu tief unter Wasser leben, haben sie sogar Tageslicht. Sauerstoff erhalten sie aus dem Meer, und aus den Algen. Wenn sie wirklich autonom leben können, kann ich ihre Forderungen gut Nachvollziehen. Ich kann verstehen, dass sie ohne die Oberwelt, die so viel zerstört hat, leben wollen. Ihre eigene Regierung wollen."

„Und die andere Gruppe, will, wie es aussieht, was ähnliches. Sie schlagen eine Weltregierung vor, die nur noch da ist den Frieden zu wahren. Es ist die Rede davon – quasi eine Forderung, dass das Geld abgeschafft werden soll."

Nun horchte ich auf. Mir fiel meine Vision wieder ein. Von einer Gruppe, die nun unter Wasser lebte, hatte ich nichts gesehen. Scheinbar hatte ich nicht alles gesehen, obwohl die Vision so Detailreich, so exakt war.

„Was mich zunächst einmal freut, ist, dass so viele Menschen da waren, die nicht untätig waren, sich nicht ihrem Schicksal ergaben, sondern, dass so viele was unternahmen."

Doris fragte: „Warum meinst du, dass es viele sind, die nun unterm Meer leben?"

„Nun, um ein Habitat unter Wasser zu bringen, brauchst du wenigstens zwei Kräne, samt Familien summiert sich das so auf – sagen wir mal, acht Personen. Dann brauchst du Techniker, Taucher, Ingenieure. Samt Frauen und Kinder kommen da schnell 100 Leute zusammen. Und schon brauchst du mehr als ein Habitat. Bei zehn Habitaten, kommen schnell einige Hundert Leute zusammen."

Peter nickte wieder. Aber er war nicht der einzige, der nickte. Meine Erklärung leuchtete wohl allen ein.

„O.k.", meinte Peter - „... auf jeden Fall hat mich überrascht, dass die Sache ein so schnelles Ende nahm."

„Leider ist die Sache nicht zu Ende. Das Einzige, was wir resümierend, zusammenfassend sagen können, ist, das wir draußen nicht überlebt hätten. Und auch jetzt noch ist die Strahlung so hoch, das wir keine Überlebenschance hätten. Wir werden wohl, wie geplant zwei Jahre hier unten ausharren müssen."

Nach dem Mittagessen, hatte es Doris eilig zur Toilette zu kommen. Ich hatte den Verdacht, dass ich mich zu früh gefreut hatte, mit dem Glauben, dass keiner krank wäre. Es sah so aus, dass es Doris erwischt hatte. Sie hatte, wie es schien, einen Magen-Darm- Infekt, oder auch – Durchfall. Nachdem sie zurückgekommen war, zog sie mich am Ärmel in unser Schlafgemach.

„Ich glaube ich bin schwanger!" – teilte sie mir mit. Und ich musste erst einmal schlucken.

„Du meinst... eh, meinst du das ernst?" – fragte ich ungläubig. „Ich meine", antwortete ich für mich selbst – „... die ganzen Jahre über, versuchen wir, dass du schwanger wirst. Rennen zum Arzt. Der sagt aus, dass du keine Kinder bekommen kannst. Wir brauchten die ganzen Jahre über nicht zu verhüten, und nun, wo du beinahe vierzig bist. Also, entschuldige bitte – quasi zu alt... und das... gerade jetzt, wo wir hier unten sind. Also, entschuldige nochmals" – und bei diesen Worten nahm ich sie in den Arm, wir setzten uns aufs Bett – „... also, es ist nicht so, dass..."

„Ich verstehe schon", unterbrach sie mich, und sie legte den rechten Zeigefinger auf meine Lippen – „... ich bin auch hin und hergerissen. Ich bin mir auch nicht hundert Prozent sicher. Aber, ich habe seit drei Monaten meine Periode nichtmehr, und nun habe ich eben gekotzt. Jeden Morgen ist mir schlecht. Seit ein paar Tagen schon."

„Also, seit wir in der Höhle leben. Seither bist du schwanger?" – fragte ich zaghaft.

„Eher schon etwas früher."

Ich nickte. „Na gut, wir müssen das Beste daraus machen. Siehst du irgendwelche Probleme", fragte ich sie.

„Nicht sofort." Doris überlegte. „Ja", antwortete sie dann. „Zunächst wäre da kein Problem. Solange alles normal verläuft, hätten wir die ersten paar Monate Ruhe. Doch dann käme der Moment der Geburt. Kein Arzt, keine Hebamme, noch nicht einmal ein Buch, in dem wir nachlesen könnten, was wir tun könnten. Keine Windeln, keine Nahrung. Kein Ultraschallgerät..." Doris bekam feuchte Augen: „Ich habe Angst davor." Sie weinte, und wiederholte, dass sie Angst hatte. Und ich konnte sie nur allzu gut verstehen. Jeder Frau, meines Wissens nach – freute sich natürlich. Aber genauso gut hat auch jede Frau Angst... vor der Geburt, vor Komplikationen, und – Angst, ob alle Hände und Füße am Baby vorhanden wären. Diese Angst hatte Doris natürlich auch. Und ihr stand keine helfende Hand, kein Arzt, zur Seite. Und wieder machte ich die Überlegung, ob das Schicksal doch existierte. Denn wer sonst, außer dem Schicksal, würde einem permanent Steine in die Füße werfen. Wer sonst sorgte dafür, dass wir uns ständig Sorgen mussten. Arbeit hatten, die nicht geplant war... oder sogar dies: ein Baby, dass einst geplant war, und nie kam, und nun – in dem Augenblick, in dem weder Doris und ich damit gerechnet hätten – nun kam es. Im Unwirklichsten, unmöglichsten Moment. Und dies, nachdem wir zu drei Ärzten gerannt waren, und jeder uns bestätigt hatte, dass wir niemals Eltern werden würden. Trotz allem freute ich mich auch – irgendwie, irgendwo. Wir würden improvisieren müssen. Die Nahrung. Babynahrung. Man, wer hätte das gedacht. Ich glaube Doris am allerwenigsten. Die Geburt. Nun bekam ich sogar Angst. Wir hatten keine Blutkonserven. Solange alles normal verlief, würden wir es schon hinbekommen. Seit tausenden von Jahren kamen schließlich Kinder auf die Welt. Aber was, wenn was schief ging? Ich könnte Doris verlieren. Und das Baby. Man, dass Schicksal meinte es nicht gut mit mir. Ständig stellte es mich vor Herausforderungen. Und ich verfluchte den Tag, an dem ich mit Peter in der Kneipe saß, und darüber sinnierte, was das Schicksal sei. An dem Tag begann alles. Die Visionen. Alles. Der Krieg. Ich begann mich zu fragen, ob ich an allem schuld war. „Quatsch!" – gab ich mir selbst in Gedanken die Antwort.

„Wir müssen, je Situation darauf reagieren", entschied ich. Ich wusste, dass Doris diese Antwort nicht wirklich beruhigen würde. Dennoch nickte sie, und beruhigte sich wieder. Was blieb ihr auch anderes übrig. Sie vertraute mir. Sie wusste, dass ich sie nie im Stich lassen würde. Und dass ich, zur Not, über mich hinauswachsen würde. Letztlich hatte ich noch immer eine Lösung gefunden. Dies würde ihr aber nicht die Angst nehmen. Es blieb mir nur, ganz behutsam mit ihr umzugehen. Und ja, wenn was wäre, dann würde ich eine Antwort, eine Möglichkeit finden. Und wenn ich mir ein Bein ausreißen müsste. Denn eines wusste ich ganz genau. Doris würde auch alles Menschenmögliche in allen undenklichen Situationen, für mich tun. Es gäbe auch für sie keine Hürde. Selbst wenn es ihr selbst denkbar schlecht ging. Unsere Liebe war so tief, so fest – so, dass wir uns blind vertrauten, und immer fest an den anderen glaubten. Ja, wir würden es hinbekommen. Und Doris nickte, als ob sie meine Gedanken gelesen hätte.

„Sollen wir den anderen Bescheid sagen?"

„Nein", antwortete sie – „... warten wir mal noch ab. Es könnte ja sein, dass ich mich irre, oder das Baby verliere." – und bei diesen Worten musste sie erneut schluchzen. Dann jedoch zog sie die Nase hoch. Wischte sich mit dem Handrücken die Tränen ab, und sagte dann: „Ja, du hast schon recht.

Wir werden es hinkriegen." – meine sie mit leisen, zarten Worten. Und ich dachte wieder, dass sie so nur redete, wenn sie unsicher war. Aber ich wusste auch, dass sie sich wieder fassen würde. Sie war stark. Das war sie immer. Und das würde sie auch bleiben. Ich wusste, dass ich ihr nicht wirklich helfen konnte. Die Geburt – das war nicht so, als ob man jemanden einen Gefallen tun könnte. Das war eine Sache für einen Einzigen. Sicher, viele Frauen bekamen die Hand gehalten von ihren Männern. Aber was, außer Händchenhalten taten schon die meisten Männer. Nichts! Viele saßen sogar in Kneipen, und soffen. Es würde sich zeigen, was ich tun konnte. Wir gingen wieder zu den anderen, und spielten Karten. Wie so oft. Und dann unterhielten wir uns wieder. Wir freuten uns alle, dass es nicht mehr lange dauern würde, bis der Krieg beendet wäre. Aber, wenn wir auch zu den Überlebenden zählten, so war uns doch klar, dass wir gefangen waren, und abwarten mussten. Die Gruppe unter dem Wasser konnte nicht einfach so davon spazieren. Wir konnten die Höhle nicht verlassen. Und auch die anderen Überlebenden würden in irgendwelchen Bunkern gefangen sein. Auch dort würden Kinder auf die Welt kommen. Alle waren auf sich selbst gestellt. Auch die, die das Land verlassen hatten. Sie könnten erst zurückkommen, wenn die Luft wieder rein war. Wortwörtlich. Letztlich waren so alle Gefangene – nicht nur Johann Sommer, oder andere wie er, die sich vom Geld leiten ließen. Dass alles würde sich erst ändern, wenn wir wieder draußen sein konnten. Frische Luft atmen konnten. Frei sein würden. Und das Geld abgeschafft war. Ich sehnte jetzt schon diesen Moment herbei. Er würde kommen. Der Tag X. Genauso, wie ich wusste, dass der Krieg kam, so wusste ich in dem Moment, dass der Frieden kommen würde. Die Freiheit. Aber Gott alleine wusste, was in der Zeit noch kommen würde.

Und so lebten wir weiter wie bisher. In Ruhe. Wir hörten Nachrichten. Alles draußen hatte sich beruhigt. Wir konnten froh sein, dass dieser Not - Radiosender in diesen schweren Stunden den Überlebenden den Kontakt zur Welt sicherte. In diesem Punkt waren die Menschen stets unübertrefflich. Eigentlich für alle Situationen war man immer gewappnet. Sei es die Festlegung der Verkehrsregeln. Sei es den Bau eines Kraftwerkes. Den Bau von Schulen… immer war in dieser Welt alles geregelt. Es gab Ärzte und Hebammen. Putzfrauen und Sekretärinnen. Meister und Lehrjungen. Für alle Begebenheiten gab es etwas, eine Regel oder ein Gesetz, welches vorgab, wie, wann, was - zu geschehen hat. Wer es tat, und warum. Es hatte sich, mit dem Laufe der Zeit, eine Gesellschaft herausgebildet, die meistens friedlich miteinander umging. Sicher, Ausnahmen gab es immer. Schwarze Schafe, die es galt zu Eleminieren, auszugrenzen aus der Gesellschaft. Verbrecher und Terroristen. Aber im Großen und Ganzen funktionierte die Gesellschaft. Man arbeitete und erhielt einen angemessenen Lohn. Man half und unterstützte sich. Wer das nicht tat, wurde ausgeschlossen. Die Gesetze in Religionsbüchern, und später in Gesetzestexten, gaben den Menschen vor, wie man sich zu verhalten hat. Und vom Hilfsarbeiter, bis zum Manager hielten sich fast alle daran. Schlimme Ausreißer veränderten immer die Welt. Napoleon oder andere Diktatoren führten die Menschheit in Kriege. Religionskriege, die die Kreuzritter führten, waren da nur ein frühes Beispiel. Und nun war es Johann Sommer, der die Welt verändert hatte. Wieder hatte es einen Krieg gegeben. Den dritten Weltkrieg. Wieder gab es Überlebende. Wir. Die Menschen im Meer. Die in Afrika. Und wir hier, die wir in Höhlen und Bunkern ausharrten. Wir – mein Baby – wir würden die Zukunft in der Hand haben. Die Gesellschaft war an einem Wendepunkt angelangt. Religionskriege gab es nicht mehr. Darüber, und über ähnliche Themen hatten wir uns oft unterhalten. Und die Tage vergingen. Sie vergingen schnell. Es wurde Weihnachten.

Und an diesem Abend, dem 24. Dezember 2043 fiel es Renate auf. Sie fragte: „Sag mal Doris – bist du schwanger?"

Doris lächelte. Sie konnte das kleine Bäuchlein nicht mehr verbergen.

„Ja", gab sie lächelnd zu.

Renate stand auf. Wir hatten uns gerade zum Abendessen getroffen. Wollten Weihnachten feiern. Peter hatte sogar eine Flasche Rotwein geöffnet.

„Ich dachte, du könntest keine Kinder bekommen" – bemerkte Renate.

„Das dachte ich auch." Doris nahm meine Hand. „Wir haben es Jahrelang versucht."

„Ich weiß", warf Renate ein. „Ihr habt doch sogar einige Ärzte konsultiert. Oh, und jetzt ist es soweit. Ich freue mich für dich."

„Na ja, meine Freude hält sich in Grenzen. Wäre es vor Jahren passiert, toll – letztes Jahr, super – aber jetzt, hier?" – sie zeigte an die Höhlendecke.

„Ja, klar – dass verstehe ich. Ich wollte ja nie Kinder..."

Daraufhin konnte oder wollte wohl keiner mehr etwas sagen. Deshalb füllte ich die Gläser, und prostete den anderen zu.

„Es ist Weihnachten. Lasst uns ein wenig feiern. Die Nachrichten klingen gut. Man hat sich zusammengerauft. Es ist geplant eine Weltregierung zu schaffen. Also ich schaue mit einer gewissen Vorfreude in die Zukunft."

So eine richtige Stimmung wollte nicht aufkommen. Wie denn auch? Da war ja nicht nur die Schwangerschaft, die so gar nicht in diese Zeit passte. Die uns noch in Atem halten würde. Nein, es war ja immer noch Krieg. Also, auch wenn der ja nun zu Ende ging. Die ganze Gegend war ja verseucht. Und vor allem: So viele Menschen waren gestorben. Die freudige Tatsache, dass auch andere überlebten, dass wir überlebten – der Bürgermeister, der Abgeordnete, der Polizist – alle mit Familien. Das Baby, auch es würde uns letztlich Freude bringen. Aber alle diese freudigen Ereignisse konnten nicht darüber hinwegtrösten. Das, was passiert war, war einfach zu schlimm. Und lag auch noch nicht weit genug zurück. Die Wunden, die wir ja nur in unserer Vorstellung erfahren hatten, waren noch zu frisch. Noch nicht vergessen. Es war klar, dass so keine festliche Stimmung aufkommen konnte.

So vergingen auch die nächsten Monate. Das Leben hier unten war zur Routine geworden. Eigentlich langweilig. Wir brauchten auch nichts zu reparieren. Alles funktionierte tadellos. Die Zeit verflog. Ich erinnerte mich an die Anfangszeit in der Höhle. Auch mir war die erste Nacht flau im Magen gewesen. Vom erlebten Atompilz mal abgesehen. Am Anfang hatte die Höhle schon etwas Beängstigendes. Absolute Dunkelheit, wenn der Strom ausfiel. Die hohe Decke, die nur als schwarzes Nichts zu erkennen war. Weil die Lampen nach unten leuchteten, und die Decke so hoch war, dass sie nicht ausgeleuchtet wurde, und nur stellenweise zu erahnen war.

Die Dusche und die Toiletten, die nur über einen Steg zu erreichen waren...
doch dann hatten wir uns eingelebt. Die verrückte Zeit der Visionen war
vorbei. Wir konnten unser Leben leben. Es war unser neues Zuhause
geworden. Aber, auch ich konnte mir nicht vorstellen, dass hier ein Baby
aufwachsen sollte. Ich musste mir was überlegen, denn bald würde es
soweit sein Doris war im achten Monat. Und Gottlob verlief ihre
Schwangerschaft bisher ohne Komplikationen. Ich spürte, dass Doris sich
nun von Tag zu Tag mehr auf das Baby freute. Ihr Anblick – vor allem ihre
leuchtenden Augen erinnerten an ein kleines Mädchen, das vorm
geschmückten Tannenbaum stand, und voller Vorfreute die Geschenke
anhimmelte, und sich fragte, welches Geschenk ihm gehören würde. Ich
hätte sie am liebsten den ganzen Tag über gedrückt und geküsst – was ich
natürlich nicht tat. Sie hätte mich für verrückt gehalten. Jedenfalls, wenn
ich sie vorher schon zu 100% geliebt hatte – so war dieser Wert nun auf
150% gestiegen – mindestens. Und ich war hilflos. Es gab eben keine
Situation, ich der ich hätte reagieren müssen. Und darüber war ich nur
teilweise froh. Ich war es nicht gewohnt, nichts zu tun. Zu dem Zeitpunkt
war es wirklich langweilig. Wir alle Taten gar nichts. Außer uns liebevoll um
Doris zu kümmern. Aber ich einfach nicht der Typ, der wartet, bis etwas
eintritt. Ich plante lieber was ich vorhatte. Ich vermied gewöhnlich
Überraschungen. Ich hatte zwar, gerade in letzter Zeit, bewiesen, dass ich
auch in Stresssituationen, einen klaren Kopf bewahren, und
Entscheidungen treffen konnte. Aber gerne hatte ich das nicht. Lieber tat
ich, wo ich wusste, dass das Ergebnis gut sein würde. Was Geplantes eben,
an das ich mich halten musste. Improvisation war eigentlich nicht mein
Ding. Manchmal ging es aber nicht anders. Wie in der Vergangenheit. Und
selbst dann versuchte ich stets so gut wie möglich zu planen. Sonst hätte
ganz sicher die Hälfte der Einrichtung unserer Höhle gefehlt. Nur so, mit
der richtigen Planung, konnte das Leben funktionieren. War man vor
Überraschungen weitestgehend gefeit. Doch selbst dann, hatte das
Schicksal – oder einfach das Leben, immer eine Überraschung parat. Auch
das hatte die Vergangenheit gezeigt. Man musste, mal mehr, mal weniger
oft, mit Situationen fertig werden, die gerade nicht passten. Wie eine teure
Autoreparatur, ein Beinbruch, oder was auch immer einem
dazwischenkommen konnte. Dann war ein wacher Verstand gefragt. Pech
für den, der den nicht hatte. Also... ich musste was tun. Die Geburt stand
kurz bevor, und mir fiel die Decke auf den Kopf. Ich war unruhig. Aber so

fühlten sich wohl viele werdende Väter. Und ich hatte noch nicht einmal eine Zigarre, die ich hätte Peter anbieten können.

Ich kontrollierte die Anzeige von dem äußeren Geigerzähler. Er befand sich im orangenen Feld. Ich schlug im Handbuch nach. Demnach könnte ich, einen dichten Schutzanzug vorausgesetzt, circa zwei Stunden mit Sauerstoffflasche auskommen. Das war – und dafür liebte ich Peter, eine Sache, die ihm eigefallen war. Der Taucheranzug, und sie Sauerstoffflaschen, nebst Maske – also die Taucherbrille. Ich würde mich anschließend dekontaminieren müssen, was hieße, ich müsste ausdauernd duschen. Vielleicht mehrmals. Ich käme also, ziemlich unbeschadet für zwei Stunden hinaus. Kaum eine Minute länger. Je eher ich zurückkam desto besser. Zwei Stunden waren das Maximum. Danach wären gesundheitliche Schäden zu erwarten. Also hieß es, sich zu beeilen. Doch, was noch schwieriger erschien, war – wie würde ich einen Arzt hierher bekommen? Oder doch wenigstens eine Hebamme. Ich dachte nach. Doch ich kam zu keinem Schluss.

Doris kam stöhnend vorbei. Sie hielt sich den Bauch, der mittlerer weile beträchtlich angewachsen war. „Was ist?" – fragte ich besorgt.

„Oh, nichts – es tritt mich nur." Sie hielt mir die Hand an die obere Seite ihres Bauchs. Tatsächlich. Deutlich spürte ich wohl einen Fuß. Das hieße, was gut war, dass das Baby richtig herum lag. Mit dem Kopf nach unten. Im Geburtskanal. Bei diesem Wort: Geburtskanal – kam mir der Gedanke, dass das Baby zu früh kommen könnte. Zumal Doris ja nicht den genauen Zeitpunkt kannte. Ihre Periode war zwar immer gekommen. Das wusste ich, weil der kleine Eimer, den wir früher neben der Toilette stehen hatten, des Öfteren voller Damenbinden war. Aber ihre Periode kam unregelmäßig, und unterschiedlich stark. Weswegen die Ärzte ja vermuteten, dass sie nicht genug Östrogen bildete. Aus diesem Grund wurde die Unfruchtbarkeit vermutet. Es kam nicht zum Eisprung – bis vor acht Monaten. Nun war es an der Zeit. Ich wurde noch unruhiger. In meinem Magen kribbelte es. Ich wusste dass es bald losging. Auch ohne Vision. Und ich war mir genauso sicher. Der Zeitpunkt war unklar. Vielleicht heute, vielleicht morgen – bald. Und da war er wieder, der Druck, unter dem ich handeln musste.

Aber wie? Das war noch immer die Frage. An was hatte Peter noch gedacht, an was ich nicht gedacht hatte? Zwei Dinge fehlten, in meinem Plan… die Taucheranzüge, und…? Es fiel mir wieder ein. Die Walkie-Talkie ´s!

„Man, Peter, ich könnte dich küssen", dachte ich. Zuerst kamen mir die Taucheranzüge, und vor allem, die Sprechfunkgeräte, etwas seltsam vorgekommen. Mit den Anzügen hatte er mich ja recht schnell überzeugt. Aber wozu die Sprechfunkgeräte gut sein sollten, dass wusste ich bis zuletzt nicht. Aber auf das bisschen Geld kam es am Schluss sowieso nicht an. Aber nun war ich froh, dass wir die Dinger hatten.

Sofort machte ich mich auf die Suche nach Batterien. Von denen hatten wir noch genug. Dann suchte ich nach einem Kupferkabel. Ich bezweifelte, dass die eingebaute Antenne stark genug war, um nach draußen zu dringen. Nachdem ich beides zusammen hatte, suchte ich noch die Walkie-Talkie´s und die Taucherausrüstung zusammen. Wenn ich sie auch heute nichtmehr brauchen würde, so wollte ich dennoch alles zusammen haben, für den Fall, dass ich losmusste. Was ich heute noch tun würde, war, versuchen Kontakt nach draußen zu bekommen. Also legte ich alles bei der Vorkammer ab. Dann legte ich die Batterien ein. Ich machte das Kupferkabel an zwei Enden blank. Das eine Ende verband ich mit der Außenantenne, das andere wickelte ich um die aufgezogene Antenne am Gerät. Ich schaltete es ein, und wählte die niedrigste Frequenz.

Ich sprach hinein: „Hallo, hört mich jemand?" Nichts.

Peter kam. Er war dran, den Kontrollgang zu machen. Wir hatten abgemacht uns dabei abzuwechseln. „Was tust du da?" – fragte er zweifelnd.

„Ich versuche Hilfe von draußen zu kriegen."

„Bist du verrückt? Willst du alle in die Höhle locken? Haben wir nicht versucht, alles Menschenmögliche zu tun, um dies zu verhindern?"

„Beruhige dich. Ich werde natürlich keinen hierher locken. Ich will zunächst einen Arzt oder eine Hebamme ausfindig machen. Dann will versuchen diese Person zu finden, und erst wenn ich denke, dass dies kein Spinner ist. Und erst dann werde ich ihn oder sie hierher lotsen."

Und Peter tat, was er immer tat: er nickte.

So probierte ich erneut jemanden zu erreichen. Ich schaltete höher. Frequenz um Frequenz. Peter blieb bei mir. Die Frauen kochten das Mittagessen. Es waren noch drei Frequenzen übrig, und als Antwort erhielt ich bisher immer nur ein Rauschen. Ich hatte die Hoffnung so gut wie aufgegeben – dass hieß – ich würde es morgen wieder versuchen, falls ich kein Glück gehabt hätte.

Noch einmal drehte ich das seitliche Rad eine Stufe weiter. Noch einmal schickte ich meine Stimme in den Äther, um zu erfahren, ob mich einer hört.

„Ja, hallo, wer ist da", krächzte da eine Stimme aus dem Lautsprecher. So laut, das Peter erschrak. Ich drehte an dem zweiten Rad die Lautstärke etwas herunter.

„Ja, eh, hallo, eh... du hast mich gerade überrascht. Ich versuche die ganze Zeit jemanden zu erreichen."

„Ja, und wer bist du?"

„Mein Name ist Markus, und ich habe ein Problem."

„Haben wir das nicht alle?" – kam die Antwort, und es schwang schon ein gewisser Hohn in seiner Stimme mit.

„Ja, eh, klar. Das stimmt. Endschuldige. Wir haben alle Probleme. Sicher. Nun, mein Problem betrifft nicht mich, sondern eher meine Frau. Sie bekommt bald ein Baby, und wir brauchen einen Arzt."

„Einen Arzt?"

„Ja, oder eine Hebamme... wegen der Geburt. Du verstehst?"

„Ja, klar... ich verstehe. Du hast Glück. Bei uns hier im Bunker ist ein Arzt."

Mir schlug das Herz höher. „Echt, wirklich? Das ist ja toll. Wo seit ihr?"

„In Escher."

„Das ist ja bei uns im Ort. Wo?" – fragte ich.

„In der Kieler Straße." - kam die Antwort.

„Das ist ja kaum eine halbe Stunde zu Fuß", bemerkte ich. Peter schaute mich von der Seite her an, als wolle es sagen – verrate nicht zu viel. Und ich malte mir bereits aus, dass wir, der Arzt und ich, binnen einer Stunde wieder zurück sein könnten. Im Falle, dass ich ihn überreden könnte, mitzukommen.

„Könnte ich den Arzt mal ans Rohr kriegen?"

„Dr. Schuhmann? Eh, ja, ersteht neben mir. Moment, ich gebe weiter."

„Schuhmann."

„Ja, hier Ferra. Eh, ich bräuchte ihre Hilfe. Meine Frau bekommt in kürze ihr erstes Baby. Und, sie ist fast vierzig. Ich befürchte, dass es zu Komplikationen kommen könnte. Erst hieß es, sie könne…"

„Und wie stellen sie sich das vor – wie soll ich zu ihnen kommen – durch diese Hölle da draußen? So gerne ich ihnen auch helfen will. Ich kann ja nicht mein eigenes Leben riskieren… um", unterbrach er mich.

„Ich eh, also, ich habe einen Geigerzähler. Und der zeigt an, das wir uns, mit Schutzanzug, für rund zwei Stunden unbeschadet draußen bewegen können. Natürlich müssten wir beide anschließend konterminiert werden. Und die Anzüge auch. Aber das ist kein Problem. Eine Dusche ist vorhanden."

Es kam keine Antwort. Als ich nach etwa dreißig Sekunden noch nichts gehört hatte, fragte ich nach: „Herr Doktor?"

„Ich überlege noch." Und weitere zwanzig Sekunden später, fragte er nach: „Was haben sie alles zur Verfügung?"

„Eh, ich denke, wir haben alles. Saubere Bettlaken. Heißes, sauberes Wasser, Verbandszeug, Alkohol zum desinfizieren, eine neue Schere." Ich überlegte, was man sonst noch so gebrauchen könnte. „An Medikamenten haben wir Schmerztabletten."

„Aspirin verdünnt das Blut, wollen sie das sie verblutet? Wie sieht es mit Blutkonserven aus?"

„Eh, keine."

„Welche Blutgruppe hat ihre Frau? Haben sie sonst noch Medikamente?"

„Eh, ich fürchte nein." – und mir wurde bewusst, dass ich doch nicht an alles gedacht hatte. Aber was hätte uns auch eine Blutkonserve genutzt? Keiner von uns hätte was damit anfangen können. In der Kürze der Zeit, hätten wir nicht noch einen Sanitätskurs machen können. Die einzigen Spritzen, die wir hatten, waren vier Tetanusimpfstofffertigspritzen.

„Nun gut, ich werde ihnen helfen. Wie wollen wir es anstellen?"

„Ich bringe ihnen, gut verpackt, den Anzug mit. Und die Sauerstoffflasche. Wenn es soweit ist, werde ich mich melden. Legen sie bereit, was sie noch brauchen. Dann bringe ich sie zu uns. Und keine Angst. Hier bei uns sind sie absolut sicher. Ich meine, es gibt keine Strahlung. Sie sind mehr als willkommen. Und sicher, es ist warm und wohnlich."

Peter schmunzelte.

„O. k., machen wir es so. Und wenn es nachts um drei ist? Können sie denn ungefähr sagen, wann es soweit ist?"

„Ich fürchte nein. Ich werde sie täglich anrufen. Wenn wir denken, dass es brenzlig wird, komme ich sie holen. Klingt das vernünftig?"

„Ja, machen wir es so. Wann werden sie sich melden?"

„Ich schlage vor, eh, immer um zwölf Uhr mittags. So können wir Batterien sparen."

„Genau, gut, bis dann."

„Ja, bis dann. Und, glauben sie mir. Ich bin ihnen jetzt schon unendlich dankbar. Wenn ich irgendwas für sie tun kann, so zögern sie nicht, es mir zu sagen. Wenn es in meiner Macht steht, werde ich ihnen jeden Wunsch erfüllen. Mir fiel ein riesen Stein vom Herzen, als ich hörte, dass es sie gibt. Und vor allem, als sie mir sagten, dass sie mir helfen würden. Sie sind ein Engel."

„Ja, schon gut, übertreiben sie nicht. Ich tue es gern, also, bis dann."

„Ja, bis dann."

Ich schaltete das Gerät aus. Ohne, dass ich es bemerkte, stand Doris plötzlich hinter mir. Sie wollte uns wohl zum Essen rufen. Ich dachte, dass es Peter wäre, doch der war längst gegangen. Ohne Worte umarmte Doris mich. Und sie küsste mich.

„Danke", sagte sie – „... du bist der beste Mann, den eine Frau sich wünschen kann. Du bist so lieb, und denkst immer an alles. Ich liebe dich über alles." Sagte es, und drückte mich fest an mich.

„Komm, gehen wir essen." Dann nahm ich sie an die Hand, und ich führte sie zum Esstisch.

Die zwei anderen schauten uns lächelnd entgegen. Renate meinte: „Wir freuen uns so für euch. Es ist toll. Warum soll man nicht ein wenig Glück haben."

„Ja." – gab Doris zu. „Einmal Glück. Bei all der verwirrenden Vergangenheit, dem Krieg... mal ein wenig Glück. Das tut gut."

„Guten Appetit", sagte ich, bevor das Essen kalt wurde. Wir aßen. Ein Fertiggericht. Rouladen mit Rotkohl. Ein Sonntagsessen. Es war Sonntag.

Die nächsten Tage verliefen rituell. Wenn ich an der Reihe war den Kontrollgang zu machen, fragte ich Doris im Anschluss danach, wie es ihr erging. Ansonsten fragte ich sie nach dem Essen, oder davor, oder vorm

Abendessen, oder danach. Doch ich nervte sie nicht sehr lange. Bereits nach wenigen Tagen, gab sie zu, dass sie Wehen hatte.

Es ging los. Und ich musste zugeben, dass ich nervöser wurde, als in dem Moment, als wir uns auf den Krieg vorbereitet hatten. Da war ich eigentlich gar nicht nervös gewesen. Ich wusste ja, was kam – dem war nun nicht so. Ich wusste in keiner Weise, was auf mich zukam. Aber noch war die Stärke der Wehen schwach ausgeprägt. Heute würde noch nichts geschehen. Das war ja das schlimme. Meine Nervosität bestand darin, nichts zu tun. Wenn es losging wäre ich ruhig und konzentriert. Ich war ein Mann der Tat. Das war mir nur nie so bewusst. Jedenfalls konnte ich auch am nächsten Tag Dr. Schumann sagen, dass alles im Lot sei. Der hatte stets ein paar Fragen, die ich jedoch immer beantworten konnte. Abends gingen wir dann immer alle beruhigt ins Bett.

So auch an diesem Abend. Mein Wecker verkündete mir, dass es 4:09 Uhr war – der 22. 04. 2044. Ja, kalendarisch war bereits ein Jahr vergangen, tatsächlich waren es über acht Monate, seit wir in die Höhle eingezogen waren. Dies ging mir durch den Kopf, als Doris mich wachschupste – und mein Blick als erstes auf den Wecker fiel.

„Es geht los", schrie sie mich an. „Ich habe Wehen." Dieses Wort machte mich hellwach.

Ich machte das Licht an. Zog mich an und machte mich fertig. Das hieß, ich cremte mich ein. Dies sollte zweierlei dienen. Ein minimaler, zusätzlicher Schutz gegen die Strahlung, und vor allem, dass ich besser in den Taucheranzug passte. Ich zog ihn an. Dies erwies sich als ansträngend. Den zweiten Anzug hatte ich in eine Tiefkühlbox gelegt, nicht, um ihn kühl zu halten, sondern, um ihn vor der Strahlung zu schützen. Außerdem ließ er sich so besser transportieren. Die Box hatte einen weiteren Vorteil. Sie würde auf dem Rückweg nützlich sein. In ihr ließ sich die medizinischen Geräte, falls notwendig, transportieren. Apropos, ich musste den Doktor wecken. Ich schaltete das Sprechfunkgerät ein, und rief durch. Ich erinnere mich daran, dass ich gar nicht damit gerechnet hatte, den Doktor sofort zu erreichen. Doch ich hatte ihn sofort an der Strippe. Er schien das Gerät direkt neben dem Bett liegen zu haben. Daraufhin verblüffte er mich ein zweites Mal, indem er fragte, ob es denn losginge. Als ich nur „ja" sagte, fragte er nicht weiter, und teilte mir nur mit, dass er sich bereit machen würde.

Mein Tun hatte Wirkung. Peter war wach geworden. Er zählte eins und eins zusammen, und fragte daher gezielt, ob er oder Renate war tun könnten.

„Im Moment nicht", antwortete ich. Doch ich musste mich verbessern – „Doch, du könntest mir helfen, die Sandsäcke von den Türen zu nehmen. Peter nickte, doch zunächst einmal lief er in die andere Richtung. Er musste wohl erst zur Toilette. Ich schnallte mir derweil die Sauerstoffflasche um, lies den Hahn aber noch zu. Ich schaute zurück, als ich an der Tür angelangt war. Aber nicht nur, weil ich auf Peter gewartet hätte. Nein, mein Blick schweifte durch die gesamte Höhle. Zu Doris, die, wieder erwarten, wieder eingeschlafen war. Ich sah die Tanks, die die eine Wand, unserer Höhle bildeten. Die weißen Wassertanks, daneben die blauen Öltanks. Ich schaute den rauen Dielenboden an. Diese rotbraunen Bretter. Ich hatte plötzlich das Gefühl, dass ich jede einzelne dieser Bretter in der Hand gehalten hatte. Dem war nicht so, aber, da war dieses Gefühl. Die Höhle, sie hatte uns nicht nur das Leben gerettet, nein, mittlerweile war sie zu unserem Zuhause geworden. Alles war vertraut. Durch die Rundgänge kannte man jedes Muster im Holz, jede Schraube, jede Unebenheit. Nein, sie war nicht besonders schön, eher zweckmäßig, unsere Höhle. Aber sie war dennoch etwas Besonderes. Sie war alles, was wir hatten. Die Höhle nun zu verlassen, das war beinahe so schwer, wie sie damals zu beziehen. Ja, wir hatten sie liebgewonnen, unsere Höhle. Aber das war es nicht, was mich bewegte. Jetzt hier raus zu gehen, dass hieße einmal, sich einer Gefahr auszusetzen, aber auch, als ob mit jedem Schritt hinaus ein neues – vollkommen anderes – Leben, beginnen würde. Die ungewisse Zukunft, von der ich keinen blassen Schimmer hatte, wie sie aussehen würde.

Peter kam, und bevor wir die Sandsäcke wegräumten, schaute ich noch nach dem Geigerzähler. Er war noch etwas gefallen. Der Wind schien gedreht zu haben. Im Moment schien das Schicksal es gut mit uns zu meinen.

Wir waren an der Außentür angekommen. „Mach sofort hinter mir alles dicht. Aber mache dich auch bereit. Wenn alles nach Plan verläuft, werden ich und der Doktor in etwa einer Stunde zurück sein."

Unsere fantastischen Frauen hatten wirklich an alles gedacht. Sie hatten noch Gummistiefel, Größe 45, und dünne Gummioveralls gekauft. Wohl, falls sie einmal „Hausputz" machen wollten. Diese gelben Dinger würden die Strahlung zusätzlich etwas abhalten - wenn auch nur wenig. Wichtiger war, dass wir diese Anzüge später einfach wegwerfen könnten. Die Taucheranzüge würden wir wiederverwenden können. Und wer wusste jetzt schon wofür das gut war. Es war möglich, dass wir sie wieder brauchen würden.

Die Sandsäcke waren weg. Peter klopfte mir wortlos auf die Schulter. Ich verstand auch so, was er meinte. Ich holte tief Luft, und atmete langsam aus. „Ich klopfe dreimal, wenn ich komme." Peter nickte stumm, und er drehte die Sauerstoffflasche an. Ich schaute auf die Uhr. Ich hatte zwei Stunden. Also genug. Was würde hinter der Tür sein? „Geh", befahl ich Peter. Und er ging hinter die erste Tür. Als ich hörte, dass er die Sandsäcke wieder stapelte, nahm ich das Mundstück in den Mund, atmete ein und aus. Es funktionierte. Dann öffnete ich die Tür. Ich hatte Handschuhe aus Leder an. Auf dem Kopf die Kapuze des Taucheranzugs und die Kapuze des Gummianzugs. Die Tauchermaske, deren Schnorchel auch den Mund abdeckte. Ich schwitzte, denn beide Anzüge zusammen hielten warm. Ich nahm die Box, und machte mich auf den Weg. Es lag Schnee! Wir hatten sieben Stufen in den Aufgang geschlagen, das hatte es erleichtert, die schweren Geräte nach unten zu schaffen. Nun erleichterten sie mir den Auf stieg.

Der Himmel war blau. Der erste Anblick war, als ob nie etwas geschehen wäre. Es lagen etwa zehn Zentimeter Schnee. Es war Pulverschnee. Das hieße, dass es kalt wäre. Ich spürte aber nichts davon, was zeigte, dass meine Anzüge dicht waren. Das die Strahlung heruntergegangen war, lag wohl am Schnee. Die Luft schien klar zu sein, man konnte weit sehen. Ich fragte mich wieso es – Ende April geschneit hat. War dies ein atomarer Winter? Aber dann fiel mir ein, dass es auch vorkommen kann, dass es, auch zu dieser Jahreszeit, durchaus mal schneien kann. Ich wollte nicht weiter darüber nachdenken. Es sollte mal ein Tag vergehen, ohne dass ich über irgendwas nachgrübelte. Was mich im Moment störte, war nur dieses seltsame blauweise Licht, so, wie man es von Xenonscheinwerfern her kannte. Es war beinahe so, als ob keine Atmosphäre vorhanden wäre. Kein Hitzeflimmern überm Schnee oder in der Ferne. Aber auch diese unnützen Gedanken stellte ich ein. Ich hatte noch was vor heute. Oder besser: der Doktor und Doris. Da ging mir doch noch ein Gedanke durch den Kopf – ich würde heute noch Vater werden. Warum hatte ich hier keine Vision gehabt. Dann wüsste ich, was auf mich zukommt. Nun, mir würde es ergehen, wie den neun Milliarden anderen Menschen, die bisher Eltern geworden sind. Ich würde es lernen müssen.

Ich war bereits etwa einen Kilometer weit gekommen. In Gedanken ging ich noch einmal den Weg durch, den ich noch vor mir hatte. Doch was war das? Vor mir lag am Wegesrand die Frau mit dem Hund. Der Hund war noch an der Leine. Die zweite Bombe, die, die in der Nähe hochging, musste sie erwischt haben. Und so sahen sie auch aus. Verkohlt. Die eine Seite hatte noch Ähnlichkeit mit einem Menschen, wenngleich sie auch verwest war. Die andere Seite der Frau, sah aus, wie ein Stück Holzkohle. Der Hund sah genauso aus, sein Fell war weg. Verbrannt. Ich war froh, dass ich nicht gefrühstückt hatte. Sonst hätte ich kotzen müssen. Ich ging schnell weiter. Und ich machte mich darauf gefasst, noch mehr Leichen am Wegrand zu sehen. Ich musste weitergehen. Ich würde für keinen von ihnen etwas tun können. Ich musste mich zusammenreisen. Ich musste weiter. Ich kam an die zweite und an die dritte Abzweigung. Rechts oder links. Rechts. Dann wieder rechts, dann links. Ich sah die lange Gerade. Wie es Schuhmann geschildert hatte. Dann war da die Hecke. Dahinter wäre der getarnte Eingang. Ein Blick auf die Uhr sagte mir, dass ich eine viertel Stunde unterwegs war. Ich schätzte, dass ich noch fünf Minuten zu gehen hatte.

Kapitel 15

Doris

Dann stand ich vor der Tür. Auch mit Schuhmann hatte ausgemacht, drei Mal zu klopfen. Er hatte direkt hinter der Tür gewartet. Jedenfalls hatte er sofort die Tür geöffnet. Dieser Mann war klasse. Das wusste ich jetzt schon. Deshalb wunderte ich mich umso mehr, als ich ihn vor mir sah. Vor mir stand ein hagerer Mann, der etwa siebzig war. Er hatte einen grauen, gepflegten Spitzbart, eine Halbglatze, die im Genick verbliebenen Haare, ebenfalls grau, waren halblang. Er hatte Kleider an, wie ich sie aus einem alten Horrorfilm her kannte. Ein grün/ rot gestreiftes T-Shirt und Jeans. Er katte entfernt Ähnlichkeit mit dieser Figur. Nur, dass seine Haut nicht verbrannt war.

Er zog mich, mit den Worten: „Komm rein", zu sich. Kaum dass ich drinnen war, schloss er die dicke Tür hinter mir.

Ich nahm die Maske ab, und begrüßte ihn mit: „Guten Tag, Herr Doktor."

„Machen wir es kurz. Hin und zurück, in Ordnung?"

„Ein Mann weniger Worte. O. k.. Dann wollen wir mal." – sagte ich, und machte die Feststellung, dass auch hier eine zweite Tür vorhanden war. Wer auch immer im Bunker war – er war sicher. Ich stellte erst die Box ab. Dann öffnete ich sie. Ich reichte ihm die Sachen. Nacheinander. Die Creme, den Taucheranzug, die Sauerstoffflasche, den Gummianzug, die Handschuhe, die Gummistiefel. Und Schuhmann zog alles wortlos an. Er hatte eine Ledertasche mit. Medikamente. Ich schlug ihm vor, alles in meine Box zu tun. „Da ist es sicher", versicherte ich ihm. Er stimmte mit einem Kopfnicken zu. Und ich fragte mich, warum in meiner Umgebung nur alle Menschen stumm den Kopf nickten. Er war fertig. Ich schaltete seinen Hebel um, der sich auf der Rückseite der Flaschen befand. Auch er bekam Luft. Wir machten uns auf den Weg.

Die Tauchermasken waren eine von der Sorte, die das Kinn umschlossen. Das hatte den Vorteil, dicht abzuschließen. Deswegen hatte sie Peter wohl gekauft. Weitere Vorteile waren – a, die Masken waren bequem, man hatte kein Mundstück im Mund, und – b, man konnte sich unterhalten. Dies nutzte Schuhmann. Er zeigte Humor, indem er sagte: „Man spürt gar kein Lüftchen, durch die Anzüge."

„Nein, und das ist auch gut so, denke ich", war mein Kommentar.

Ohne weiter darauf einzugehen, sagte er: „Blauer Himmel."

„Ja. Schönes Wetter. Ich würde aber keinen der Anzüge ausziehen. Sonst werden wir brauner, als wir wollen." Diese Worte schienen Schuhmanns Welle zu treffen. Er lachte.

„Wie weit ist es noch? Ich meine, ich bin alt, um mich mache ich mir keine Sorgen. Aber du hast noch viele Jahre vor dir, wirst Vater. Wir sollten uns nicht länger wie notwendig hier draußen aufhalten. Ich kann auch einen Gang zulegen. Es sind sowieso keine Blümchen zum Pflücken da."

„O.k., legen wir einen Zahn zu", sagte ich, und ging einen Schritt schneller. Das Profil der Gummistiefel war grob, sodass das Gehen im Schnee keine Probleme bereitete. Seltsam war nur, dass die Leichen, die am Wegrand lagen, kaum mit Schnee bedeckt waren. Ich konnte mir diesen Umstand auch nicht erklären. Jedenfalls machte das die Sache nicht leichter. Manche Leichen waren so stark verkohlt, dass nur noch die Rippen herausschauten. Auf den Schädeln war stellenweise keine Haut mehr. Keine Augen. Nur ein paar Haare verblieben. Und Zähne. Ich schloss die Augen, und ging weiter.

„Nur noch ein kurzes Stück." Ich hörte Schuhmann schnaufen. Er sagte nichts.

„Geht's noch", fragte ich.

„Ja, keine Sorgen, mein Großer. Du weißt nicht, wen du vor die hast. Ich war vor vierzig Jahren Landesmeister im Schwimmen. Vor dreißig Jahren boxte ich noch."

„Da war ich noch ein Kind."

„Ja, lange her. Das stimmt."

Wir kamen an der Frau mit dem Hund vorbei. „Nur noch um die nächste Biegung", informierte ich Schuhmann.

Ich blieb kurz stehen. „Eh, wir sagen du – wie heißt du eigentlich mit Vornamen?"

„Karl."

„Markus. Und meine Frau heißt Doris. Und dann sind da noch Peter und Renate. Unsere Nachbarn und Freunde."

Wir waren da. Ich schaute mich – mehr gewohnheitsmäßig, um – keiner da. Ich stieg hinab. Karl folgte dichtauf. Für die erste Tür hatte ich einen Schlüssel. Für die zweite, aus Sicherheitsgründen nicht. Falls mir Unbekannte gefolgt wären, so Peters folgerichtiger Gedanke, kämen sie nicht in die Höhle. Ich allerdings auch nicht. Aber Doris und die anderen wären Sicher. Ich nahm einen handgroßen Stein, und ich klopfte damit, wie vereinbart, dreimal an die zweite Stahltür. Karl hatte hinter mir die erste geschlossen. Für einen Moment standen wir im Dunklen. Dann ging das Licht an, und ich hörte Peter, wie er hinter der Tür die Sandsäcke wegräumte. Ich schloss die erste Tür ab. Dann öffnete Peter uns die zweite. Wir traten ein und gingen sofort zur Dusche durch. Peter verrammelte derweil wieder alles.

Wir zogen die Sachen aus und legten sie auf ein ausgebreitetes Laken, das Doris oder Renate wohl zu diesem Zweck dorthin gelegt hatten. Ich ließ Karl den Vortritt. Ich kontrollierte in der Zeit mit dem Geigerzähler die Strahlung. Nur in Unterhose bekleidet, führte ich den Prüf-Stab über meinen Bauch. Kaum Ausschlag. Die Strahlung lag im üblichen Maß. Ich hielt den Stab vor mich. Nichts. Ich lief in Richtung Tür. Der Zeiger stieg ein wenig, blieb aber im grünen Feld. Ich atmete auf. Die beiden Frauen, die mich beobachteten, sahen meine Reaktion. Man konnte ihre Erleichterung spüren. Ich schaute noch nach dem Außen-Geigerzähler. Dasselbe wie vor einer Stunde.

Peter hatte Karl saubere Handtücher und seinen Bademantel gebracht. Karl zog sich an. Und ich ging duschen. Es tat gut. Ich duschte etwa fünf Minuten lang, und seifte mich mehrmals ein und wieder ab.

Nachdem ich mich angezogen hatte, gesellte ich mich zu den Anderen. Sie hatten sich bereits gegenseitig vorgestellt. Nun erst gab ich Doris einen Küss, und fragte, wie es ihr geht.

„Gut", teilte sie kurz mit – verbesserte sich aber, indem sie stöhnend zugab, das die Wehen nun im Abstand von wenigen Minuten kämen.

„Dein Baby wird heut noch kommen", prophezeite Karl. Und ich dachte darüber nach, dass in Zeiten wie diesen keiner darüber nachdenkt, ob er nun sie oder du sagen soll. Die Menschen wachsen in Notsituationen zusammen. Man sagt einfach du. Und keiner ist beleidigt, oder verliert auch nur ein Wort darüber.

„Ja", gab Doris zu. Sie stöhnte erneut.

„Sage Bescheid, wenn die Fruchtblase platzt."

Doris nickte. Und ich fragte ob ich was tun könnte.

„Alles bereitlegen. Das heißt, das Bett mit gekochten Laken auslegen. Wasser kochen, damit ich die Instrumente desinfizieren kann. Das Blutplasma kühlen. Verbandszeug bereitstellen. Badewasser für das Baby, wenn es soweit ist. Saubere Handtücher, am besten abgekocht. Ja, eh, das wär´s."

„Das Laken und die Handtücher hab ich schon", erklärte Renate.

„Dann hätte ich gerne noch ein Glas Wasser."

Ich holte eine kleine Flasche aus dem Kühlschrank und stellte sie ihm hin. Dann gab ich Karl noch ein Glas, und stellte es vor ihn auf den Tisch.

„Das Blut? In ihrem Koffer?"

Karl nickte. Ich hatte seinen kleinen Doktorkoffer in die Box gelegt. Nun nahm ich ihn hervor, öffnete ihn ungefragt, und legte die zwei Beutel, mit der Aufschrift, Gruppe O, in den Kühlschrank. Das Besteck, eine Zange, eine Schere und weiteres Operationsbesteck, nahm ich ebenfalls heraus, und legte es in eine Blechschüssel.

„Ihr seid verblüffend gut ausgestattet. Kompliment."

„Ja, Karl, wir haben alles", sagte ich, und setzte einen Topf mit Wasser auf. Ein Blick durch die geöffnete Schlafzimmertür teilte mir mit, das die gute Renate – oder war es Peter? – alles liebevoll vorbereitet hatte. Ein strahlend weißes Laken lag locker auf dem Bett. Ein weiteres lag zusammengelegt auf dem Nachttisch, wo sonst mein Wecker stand. Daneben, ebenfalls zusammengelegt, lagen, übereinandergestapelt, drei Handtücher. Ein weiteres, großes Handtuch, lag auf dem Bett. Wohl, um es Doris über die Beine zu legen.

Karl bemerkte meine Blickrichtung. Er sah, was ich sah, und fragte nach: „Nur der Sicherheit halber – die Handtücher, und die Laken sind abgekocht? Sie wissen, dass vor hundertfünfzig Jahren, die meisten Frauen im Kindsbett starben, weil die Hygiene nicht ausreichend war?"

„Ja, eh, Karl, Herr Doktor – ich habe alles gekocht, und anschließend mit Gummihandschuhen genommen. Ausgedreht und trockengebügelt. Da sind keine Keime mehr vorhanden!" – sagte Renate mit Nachdruck.

„Und die Radioaktivität?"

„Ich hab's kontrolliert", erklärte Peter. Hier, in der Höhle ist alles normal. Wir sind hier gut abgeschottet. Das Wasser, das Essen, alles im grünen Bereich. Nachdem die Türen geöffnet waren, ging die Strahlung über 0,1 Gy*. (*Gy = Gray, Einheit zur Messung von Strahlung an Körpern; je kg)

Nun hat sich der Wert wieder auf das normale Maß reduziert, also, keine Gefahr."

„Gut", meinte Karl. „Und draußen?"

„Als ihr draußen wart, lag die Strahlung, der ihr ausgesetzt wart, bei 0,22 Gy. Die Strahlenkrankheit wird erst ab einer Stärke über 0, 5 Gy erwartet… es war aber gut, dass ihr…"

„Ja, ich weiß", unterbrach ihn Karl – „… kann sein, dass sonst als Spätfolge Krebs als Folge in Frage käme. Glauben sie mir. Aus diesem Grund bin ich auch Zweigespalten hier. Sicherlich helfe ich euch gerne – zumal wegen einem so schönen Grund – aber, ich bin auch nicht Lebensmüde. Allein zwei Dinge bewogen mich, außer dem Baby, hierher zu kommen. A, der kurze Weg, also der kurze Aufenthalt da draußen. Und B, nun, ich bin über 70, und gesund. Da wird nichtmehr viel passieren. Außerdem vertraute ich Markus, der mir versicherte, dass die Strahlung sich in einem erträglichen Maß befindet. Was wohl am Schnee und am Wind liegt."

„Ja, das ist richtig", bestätigte Peter – „… die Strahlung schwankt. Mal ist der Zeiger im orangenen Bereich, dann wieder im roten."

„Wie ich mitbekam", erzählte Karl, handelte es sich um Kobalt-Bomben. Deren atomarer Zerfall ist kurz. Er liegt bei 5,2 Jahren. Da die verwendete Menge in den Bomben, bei nur wenigen Gramm liegen soll, ist die Verseuchung nur lokal. Also nur dort, wo auch eine Bombe gefallen ist. Außerdem sollte die Belastung nach etwa zwei Jahren ein Maß angenommen haben, in der man dann wieder leben kann."

„Dein Wort in Gottes Ohr", meinte Peter.

„Wie lange muss das Besteck kochen?"

„Du kannst ausschalten", lächelte Karl. Und ich schüttete das kochende Wasser in den Ausguss. Wobei ich aufpasste, dass keines der Besteckteile hinterher fiel. Aus einem kleinen Karton, in dem Gummihandschuhe waren – wohl Renates Paket, entnahm ich ein Paar, und streifte es über. Ich nahm

eines der abgekochten Handtücher, und legte die Besteckteile fein
säuberlich nebeneinander in Reih und Glied.

„Die Fruchtblase, sie ist geplatzt." Doris war aufgestanden. Und ich sah,
dass ihre Jeans nass war. Karl war aufgesprungen, er unterstützte sie, und
führte sie an unser Bett. Mit dem Fuß gab er der Tür einen Stoß, dass sie
hinter ihm ins Schloss fiel.

Ich hatte noch die Handschuhe an. Ich nahm das Handtuch mit den
Instrumenten, und trug sie vorsichtig den Beiden hinterher. Renate hielt
mir die Tür auf.

„Bleibe draußen", befahl Karl. „Wir bekommen das sehr gut ohne dich hin."

Ich ging, doch ich hörte nicht. Ich brachte noch den Karton mit den
Gummihandschuhen. „Bleibe draußen!" – wiederholte Karl. Energischer,
lauter – doch dann fuhr er eine Nummer zurück – „… danke – und jetzt
raus. Und schließ die Tür. Keine Sorge. Das ist nicht meine erste Geburt!"

„Aber meine", meldete sich Doris zu Wort. Ich gab ihr einen Kuss, und
drückte kurz ihre Hand. Sie zwinkerte mir zu: „Geh, wenn es der Doc will."

„Ja, der Doc will es so!"

Ich ging, und machte die Tür wie verlangt zu. Die Beiden standen
erwartungsvoll vor mir.

„Hast du nicht eine Flasche Schnaps mit?" – fragte ich an Peter gewandt.

„Ja", gab der zu – „… aber, es gibt nur einen. Vielleicht später dann noch
einen. Wenn alles rum ist."

Nun war ich es, der nur stumm nickte. Ich setzte mich an den Tisch. Renate
gesellte sich zu mir, und tätschelte mir die Hand. Peter kam mit der Pulle
und drei kleinen Gläsern. Er schenkte aus. Jedem ein Schnapsglas voll.
Dann stellte er die Buddel wieder weg – in sein Geheimversteck. Es war
ihm ernst. Dieser Tropfen, ein treuerer Whiskey, war ihm Wertvoll. Und nur
für besondere Momente wie dieser gedacht. Er kam zurück, und wir
prosteten uns zu. Zuerst nippte ich nur zweimal. Er tat gut. Dann kippte ich

den Rest hinterher. An Peters Blick konnte ich erkennen, dass ihm das nicht recht war. Er genoss seinen Schnaps Schlückchen weise. Und jeden Tropfen ließ er auf der Zunge vergehen. Er genoss. Und ich hätte gerne noch einen gehabt, traute mich aber nicht zu fragen. Renate schien Gedanken zu lesen, sie fragte, ob ich noch einen wollte.

„Bekomme ich denn noch einen?"

„Sicher", sagte sie, und holte die Flasche. Sie schenkte nach, und stellte die Flasche auf den Tisch.

„Danke, aber stell sie nur weg. Nach dem hier reicht es." – sagte ich, und prostete Renate zu. Und ich tat Peter den Gefallen, und genoss den guten Tropfen, und Peters Gesicht entspannte sich.

Der Schnaps war zwar gut. Die Wirkung hielt aber nicht an. Ich wurde unruhig, und lief im Kreis. Die Mittagessenzeit war überschritten. Und wieder schien Renate meine Gedanken zu lesen. „Ich koche uns was. Hat jemand einen besonderen Wunsch?"

„Überrasch uns", antwortete Peter für mich.

„O.k." Renate ging nach hinten. Sie kramte eine Dose heraus, und machte sie warm. Kurz darauf servierte sie uns das Essen. Es schmeckte, aber ich wusste nicht, was ich da aß. Meine Gedanken drehten sich nur um Doris. Immer wieder schaute ich zur Tür, hinter der man kaum was vernahm. Nur ruhiges Gemurmel. Karl schien sie zu beruhigen. Ich wusste, dass er toll war. Er tat das Beste, was man tun konnte – alles mit Ruhe angehen. Ruhe und Gelassenheit.

Ich musste zugeben, dass mir diese beiden Eigenschaften manchmal fehlten. Nicht immer, aber zu oft. Zu oft war ich unruhig. Gut, ich war immer dass, was man einen Mann der Tat nennt. Aber das war es nicht alleine. Was mich selbst das eine oder andere Mal störte, war, das mir ständig etwas durch den Kopf ging. So auch jetzt. Ich erinnerte mich wieder an meine Kindheit. Ich war in Gedanken auf dem Schulhof. Und hinter mir stand plötzlich ein Mädchen mit Brille, und blonden Pippi-Langstrumpf-Zöpfen, die mich anlächelte. Viele Jahre später stellte sich heraus, dass aus diesem Mädchen meine Hausärztin geworden war. Die Gedanken über das Schicksal hatten mich wieder eingeholt. Da waren Menschen, die zusammen in der Schule waren. Dann verlor man sich aus den Augen. Vielleicht traf man sich mal wieder – und für jeden Betroffenen hatte das Schicksal einen eigenen Plan entworfen. Der eine wurde Arzt, der andere Putzfrau. Der eine bekam Kinder, der andere nicht. Einer wurde mit Intelligenz oder Schönheit oder beidem ausgestattet, wie Daniela, die an Krebs starb. Der andere rauchte und soff, und wurde dennoch 100 Jahre alt. So kam ich zum vorläufigen Schluss, dass das Schicksal immer undurchsichtig, unkontrollierbar war. Ich würde wieder zu diesem Punkt zurückkommen, dessen war ich mir sicher. Doch nun war Doris wichtiger.

Ein Schrei holte mich wieder in die Wirklichkeit zurück.

Doris.

Ich rannte zur Tür. Ich öffnete sie. Und ich sah, wie Karl gerade die Nabelschnur durchschnitt.

„Hol eine kleine Badewanne, oder eine Schüssel, befahl Karl. Fülle sie mit klarem, lauwarmem Wasser. Du bist gerade Vater geworden – ein Mädchen. Und er legte das verschmierte Baby Doris auf den Bauch. Sie wurde überwältigt. Sie musste lachen und weinen gleichzeitig.

„Geh, deiner Frau geht es gut.“

Und ich ging, und tat, wie Karl mir befahl. Ich füllte eine große Schüssel, mit unserem Duschwasser. Dies erschien mir die richtige Temperatur zu haben.

Dann badete ich mein Mädchen. Doch was ich sah, ließ mich für einen Moment den Atem stocken. Ich wusste, dass Babys immer blaue Augen haben. Doch meines hatte, ein blaues und ein grünes Auge! Wie Daniela! Diese Frau, die an Krebs gestorben war.

Karl sagte: „Es ist gut. Trockne sie ab, und gib sie der Mutter wieder. Wie soll sie denn heißen?“

„Daniela", sagte ich, wie aus der Pistole geschossen – „… Daniela",
wiederholte ich. Und Doris nickte.

Kapitel 16

Daniela

Doris und ich hatten uns natürlich die Köpfe zerbrochen, um einen Namen
für die oder den kleinen zu finden. Wir konnten uns aber nicht so recht
einigen. Wir hatten je ein Dutzend Jungen- und Mädchennamen. Darum
war ich nun so erstaunt, dass Doris bei „Daniela" so schnell zustimmte.
Diesen Namen hatten wir gar nicht auf unserer Liste. Sie tat es wohl mir
zuliebe. Und ich hoffte, dass Doris der Name Daniela überhaupt gefiel.

Ich konnte es jedenfalls kaum fassen. Ich war Vater. Doris ging es gut. Dem
niedlichen Nachwuchs ging es ebenfalls gut. Die Geburt war ohne
Probleme verlaufen. Karl meinte zwar, dass sie wohl einige Wochen zu früh
auf die Welt kam. Doch das Geburtsgewicht lag, bei passablen 2900
Gramm. Etwa. Renate wollte sich nicht von ihrer alten Küchenwaage
trennen. Diese hatten wir zweckendfremdet, um Daniela zu wiegen. Sie
ging aber nicht aufs Gramm genau. Wir rechneten plus minus fünfzig
Gramm hinzu.

Sie war so bezaubernd. Ihren Kopf bedeckte ein zarter Flaum blonder
Härchen. Ihre großen, faszinierenden zweifarbigen Augen… alles erinnerte
mich an die „alte" Daniela – auch sie war makellos. Wunderschön.

Der Doktor klopfte an die geöffnete Tür. „Also eure Toilette, alles Luxus hier." – meinte er.

„Ja", sagte ich, und legte das Baby zu Doris, die eingeschlafen war – „... wie haben Wert darauf gelegt, die Höhle so wohnlich wie möglich zu gestallten."

Und ich ging auf Karl zu, und schloss die Tür, damit die Beiden schlafen konnten. Wir setzten uns an den Esstisch. „Ich mache euch einen Vorschlag." – teilte Karl mir mit. „Ich bleibe über Nacht. Ich hab zuhause schon bescheid gesagt, mit eurem Sprechfunkgerät. Ich werde dann Doris morgenfrüh untersuchen, nur, um ganz sicher zu gehen. Ich erwarte aber keine Komplikationen. Die Geburt verlief, für eine Frau, in ihrem Alter... wo sie auch noch Erstgebärende ist... also, eh, reibungslos. Ich wollte, alle Geburten, bei denen ich anwesend war, wären so glatt verlaufen. Also, ich hab' ein gutes Gefühl. Die kleine hab' ich auch untersucht. Sie ist gesund. Ihr fehlt nichts. Passt nur schön auf euch, dann wird das schon. Ich werd mich dann morgen Mittag auf den Weg machen."

„Gut", sagte ich, wenngleich mir auch lieber gewesen wäre, wenn er eine Woche oder so, geblieben wäre.

„Ich hole den Anzug mit", gab Karl kund – „... wenn was ist, könnt ihr mich ja rufen. Ich kenne ja jetzt den Weg."

Ich schüttelte heftig bejahend den Kopf: „Ja, hervorragende Idee. So machen wir es. Ich kann mich nur immer wieder bei dir bedanken. Nicht nur, was du uns geholfen hast. Nein, ich war ja überhaupt so dankbar, dass ich einen fand, der helfen konnte."

„Ja, ich verstehe ja." Er klopfte mir auf die Schulter.

Ohne weitere Worte verstand ich, nur durch Blickkontakt, was Karl mir sagen wollte: Keine Angst, es wird schon alles. Deine kleine wird gesund heranwachsen, und Doris wird es ab morgen so gut gehen, wie lange nicht. Wenn sie diese Nacht geschlafen hat, wird sie morgen ausgeruht sein.

„Sie wird heute noch das Baby stillen", sagte er, wie zur Ergänzung. „Ich habe nur noch zwei Fragen: „Was gibt's zu essen, und wo kann ich schlafen?"

„Das Essen bereitet keine Probleme. Du kannst dir nehmen, was immer du willst. Mit dem Schlafen... also, wir sind nicht, eh, auf Gäste vorbereitet."

Später sollte sich zeigen, dass Renate mal wieder die Situation rettete. An diesem Tag schien sie es zu sein, die an alles dachte. Sie nahm einfach einen Teil ihrer zweiteiligen Matratze, und legte sie so in eine Ecke, hinter den Esstisch, das eine gemütliche Koje entstand. Mit Laken, Zudecke und Kopfkissen, sah es sogar wie ein Bett aus.

Am nächsten Morgen, Karl hatte, wie er sagte, bestens geschlafen, untersuchte er Doris und Daniela. Nach dem folgenden Frühstück, verließ er uns. Wie besprochen. Wir hatten ihn, nachdem er die Anzüge angezogen hatte, alle an der Ausgangstür Umarmt und verabschiedet, und ihm alles Gute gewünscht. Und dass er sich melden solle, wenn er zurück sei. Auch Doris war mit an die Tür gegangen. Sie gab ihm einen Kuss auf die Wange. Dann legte sie sich wieder hin, weil Karl mit ihr schimpfte. „Du hast keinen Dammriss, keinen großen Blutverlust, nur einen blauen Fleck... dennoch solltest du dich noch heute und morgen noch etwas Schonen."

Dann gab er Doris noch weitere Tipps, wie sie am besten mit dem Kind umgehen solle. Als große Überraschung drückte er uns noch ein Anmeldeformular in die Hand.

„Da trägt ihr alles ein, und gibt es im Einwohnermeldeamt ab, wenn es nochmal geöffnet hat." Dann führte Peter ihn an die zweite Tür. So verschwand Karl – vorläufig, aus unserem Leben. Ich fragte mich, ob ich ihn wiedersehen würde.

Er war wirklich toll. Wie er es prophezeite, ging es Doris außerordentlich gut. Sie hatte einen rosigen Teint. Sie war ausgeruht und gut gelaunt. Sie sah das Baby mit einem Blick an, den ich nicht beschreiben konnte. Reine, unendliche Liebe. Das waren die einzigen Worte, die mir einfielen, als ich sie später so liegen sah. Das schlafende Baby im Arm. Der Anblick erinnerte mich an einen alten Kupferstich, der in unserer Kirche hing. Darauf: Maria mit dem kleinen Jesus.

Peter klopfte mir auf den Rücken. Er holte mich in die Welt zurück, indem er sagte, dass ich heute mit dem Kontrollgang an der Reihe war. Ich nickte, und machte meine Tour.

Alles war im grünen Bereich. Wirklich alles. Ich wusste nun, dank Karl, dass alles gutgehen würde. Karl verstand es, uns aufzubauen, und zu stärken. Alles, was wir nun noch zu tun hatten, war, wieder einen Rhythmus in unseren Alltag zu bringen. Nun mit Daniela. Doris stillte. Das würde für mindestens ein Jahr ihr Essen sein. Babynahrung hatten wir keine. Für die Babyhygiene würden sich die beiden Frauen sicherlich was ausdenken.

Daniela würde gedeihen. Wie so viele Kinder vor ihr. Im Busch in Afrika, mussten auch Kinder ohne Krankenhaus und ohne Impfung aufwachsen. Unsere Gesellschaft war nur gewohnt, was die nie kannten – und dennoch groß wurden. Die Zeit sorgte dafür.

Und so war es auch bei Daniela. Ehe wir uns versahen, war ein halbes Jahr vergangen, und sie bekam den ersten Zahn. Wir alle verwöhnten sie, so gut wir dies in unserer Lage nur konnten. Und sie entwickelte sich prächtig. Rein optisch – genau wussten wir es ja nicht, schien sie stets ihr Idealgewicht zu haben. Sie hatte ihre zweifarbigen Augen behalten. Sie war die zweite Daniela, ebenso schön. Ebenso klug.

Kapitel 17

Was kommt?

Mit der Zeit, die immer schneller zu vergehen schien, wurde mir klar, wie sehr wir Glück im Unglück hatten. Es reichte an ein Wunder, dass alles so reibungslos verlief. Da war der Krieg, der verblüffend schnell vorbei war. Gut, es gab viele unschuldige Tote. Aber, was gerade deswegen nicht zu erwarten gewesen wäre – man hatte sich relativ schnell geeinigt. Mehr noch. Das erste Mal, seit ich mich erinnern konnte, hat man sich an einen Tisch gesetzt, sich die Hand gegeben, Friedensverträge geschlossen, und alles in Bahnen gelegt, die gut für alle zu seinen schien.

Ja, an diesem Tag, dem 25. Oktober 2044, beschäftigten mich wieder meine Gedanken. Ich resümierte mit Peter zusammen. „Wir hatten Glück, das wir die Höhle hatten." – meinte Peter.

„Ja, wir hatten Glück. Aber zum Teil haben wir auch das Schicksal selbst in die Hand genommen. Wir haben gehandelt. Und wir hatten auch das Geld dafür. Wir haben viel dafür getan. Wir hatten aber auch wirklich großes Glück. Ich denke nur an die reibungslose Geburt von Daniela. Es wurde noch keiner von uns krank. Es fiel kein Teil aus. Alles funktioniert prima. Wir können uns nicht beschweren. Uns geht's gut. "

„Ja, da hast du recht. Glück und auch Können und Wissen. Aber wie geht es weiter? Hattest du wieder eine Vorahnung?"

„Nein, aber dieser Punkt würde mich auch interessieren. Wen nicht? Ja, Peter, wie geht es weiter? Wir können noch etwa ein gutes Jahr hier ausharren. Die Strahlung wird bis dahin auf ein erträgliches Maß fallen. Aber was dann? Wir können nur abwarten, und dann nach der Situation handeln. Wie immer es auch aussehen mag. Dann. In der Zukunft. Lass uns sehen, ob nun ein TV-Programm gesendet wird."

Zwischendurch versuchten wir stets, ob wir was empfangen konnten. Bisher erreichte uns aber nur der lokale Radiosender. Im TV erschien immer nur ein Rauschen. Dieses Mal hatten wir aber Glück. Es erschien dieselbe Moderatorin, die später noch diese Sendung führen würde, wie ich es in meiner Vision sah: Karin Fabius! Es erwies sich, dass dies ihre erste

Sendung war. Es handelte sich auch nicht um die gleiche Sendung, sondern um eine Nachrichtensendung.

Sie berichtete aus aller Welt. Und was wir sahen, raubte uns teilweise den Atem. Sie zeigten, teilweise aus Amateurhand, Aufnahmen des Krieges. Häuser und Brücken. Kirchen und Moscheen – ganze Dörfer, zerstörte Straßen. Verkohlte Leichen von Tieren und Menschen. Ja, es waren sogar grusselige Bilder – wohl Handy-Aufnahmen – dazwischen. Die Aufnahmen zeigten Leichenteile. Arme und Beine, und ein abgetrennter Kopf einer Kuh waren zu sehen. Die Wucht der Explosion in unmittelbarer Nähe muss immens gewesen sein.

Während dieser Bilder erklärte Karin Fabius erst einmal darüber auf, das die folgenden Bilder nichts für schwache Nerven sei. Dann sprach sie ihren Text: „Wir alle erinnern uns noch an die gruseligen Bilder des Krieges. Wir zeigen hier eine Übersicht..." – und es wurde die Landkarte Deutschlands eingeblendet – „... an welchen Orten Bomben gefallen sind." Man sah, dass gleichmäßig – in beinahe jeder Deutschen Stadt, Bomben gezündet hatten. Dann wechselte die Karte. Europa wurde gezeigt. Auch hier zeigte sich ein gleichmäßiges Bild der Zerstörung. Städte wie Berlin, Rom, Paris und London waren quasi komplett zerstört. Was nicht überraschend war. Solche Städte waren stets gefährdet gewesen. Schon immer.

 Doris gesellte sich zu uns. Sie hatte das Baby auf dem Arm. Sie hatte Daniela gestillt, sie schlief. Doris fragte, ob das Fernsehen jetzt lief. Ich antwortete nur, indem ich den Finger auf die Lippen hielt, was bedeuten sollte, dass sie still sein solle.

Der Bericht ging weiter. Karin hatte gerade erzählt, das große Teile Europas flächendeckend atomar verseucht wäre. Die Überlebenden, oftmals in ländlichen Gegenden, wurden gewarnt, nicht das Fleisch der toten Tiere zu essen.

„Wir wissen, dass sich viele Menschen nicht daran halten" – erzählte Karin den Zuschauern – „... wir weisen deshalb nochmals darauf hin, dies nicht zu tun. Vermeiden sie alles, was verseucht sein könnte. Und dies ist leider so gut wie alles. Fleisch, Getreide... vermeiden sie vor allem wild wachsende

Pilze und Beeren. Und Wasser. Begeben sie sich an die vom Staat ausgewiesene Sammelstellen."

Die Europakarte zeigte nun die Punkte dieser Stellen. Doris flüsterte mir ins Ohr, das Spanien so gut wie keine Bombentreffer aufwies. Sie hatte echt. Spanien und Portugal waren, bis auf die Hauptstädte, verschont geblieben.

„Nun die Karte aus Deutschland bitte", gab Karin Anweisung an die Regie. Die Karte folgte prompt. Und es leuchteten die Sammelstellen in Deutschland auf. Es war auch eine in unsere Nähe. Aber die würden wir nicht brauchen. Wenigstens im Moment nicht.

„Suchen sie nach Möglichkeit diese Orte auf. Die Behörden, die Polizei rät dazu, zu diesen Sammelstellen möglichst ältere Menschen zu schicken. Die Strahlung ist doch noch so hoch, dass tödliche Krankheiten wie Krebs entstehen können. Schicken sie daher keine Kinder, und bleiben sie ansonsten möglichst in ihren Unterkünften. Verlassen sie sie nur, um Essen holen zu gehen, oder, um einen Arzt aufzusuchen. Wenn sie ältere Mitbürger diese Aufgabe übertragen, so die Hoffnung der Behörden, wird es an den Ausgabestellen weniger Gerangel geben. Man hat uns bestätigt, dass für alle genug Reis – eine Spende aus China - vorhanden wäre. Behalten sie Ruhe, so eine weitere Bitte der Polizei. Es werden auch Medikamente ausgegeben. Und sauberes Wasser. Alle Mittel werden ihnen in einem sicheren Bottich weitergegeben. Weiterhin warnt die Polizei vor Seuchen. Halten sie sich bitte, in ihrem eigenen Interesse, an die ausgewiesenen Warnschilder."

 Das Schild wurde kurz eingeblendet. Dann sah man Karin wieder in Großaufnahme.

„Es gibt aber auch gute Nachrichten. Der neugebildete Weltrat hat beschlossen, weltweit das Geld abzuschaffen. Nach anfänglichen Unruhen um das Thema, hatten sie die Gemüter recht schnell beruhigt. Man ist sich ziemlich schnell einig geworden, dass dies das Beste ist. Der Handel unter den Ländern erfolgt durch Tauschhandel. Also Gold gegen Reis. Öl gegen Getreide. Holz gegen Steine. Die Dinge behalten also einen vom Weltrat festgelegten Wert. Dieser Wert gilt aber nicht für Privatpersonen. Jeder, ob

Mann oder Frau, Kind oder Kreiß, wird in Zukunft, ohne Zahlungsmittel, einfach so, ins Kaufhaus oder den Lebensmittelladen gehen können, und sich nehmen können, was er braucht." Sie musste lächeln, bevor sie sagte: „Und keine Angst, niemand wird sie deshalb verhaften. „Jeder erhält hierfür, an den Sammelställen – und später an den Einwohnermeldeämtern ihrer Stadt – Formulare. Diese füllen sie aus. Name, Anschrift, Alter, Beruf. Sie erhalten dann einen neuen Personalausweis, auf dem vermerkt wird, ob sie arbeiten, oder nicht. Menschen ohne Arbeit erhalten keine Waren. Schulpflichtige Kinder, und Rentner, sind von dieser Arbeitspflicht ausgenommen. Ebenso Menschen, die, aufgrund ihrer Krankheit oder Behinderung, nicht arbeiten können. Diese Mitbürger erhalten die benötigte Ware natürlich auch so. Diese Ausweise sind weltweit gültig."

„Weitere Nachrichten", diese Worte kamen von einem Mann. Die Kamera schwenkte nun zu ihm, und eingeblendet wurde der Name Tommy Sun. „Die Weltregierung hat sich darauf geeinigt, die Mitbürger, die sich entschlossen hatten, Unterwasserstädte zu bauen, nach ihrem Willen zu belassen. Die Städte seien autonom. Die Leute dort erzeugen ihre eigene Energie, sorgen für ihr Essen. Es gibt, aus Sicht der Behörden, im Moment nichts, was die Leute hintern sollte, dort zu leben, wo sie es gerne wollen. Wo sie sich sicher fühlen, und niemanden stören. Dasselbe gilt für die Gruppen, die sich entschlossen, von nun an auf dem Mond zu leben. Für diese Orte" – es wurden Bilder eingeblendet, die Mond-Habitats zeigten – „… gilt das Gleiche. Auch sie sind autonom." Man sah Fotozellen und Gewächshäuser, in denen prächtiges Gemüse wuchs. „Auch diese Gemeinschaft lässt man, ganz nach Wunsch, dort leben. Es scheint nichts zu geben, was dagegen spräche, so die Verantwortlichen. Zum Wetter. Die Strahlung ging erneut etwas herunter. Die Behörden warnen, wie erwähnt, jedoch weiterhin, sich nicht länger als eine halbe Stunde, draußen aufzuhalten. Und wenn doch, schützen sie sich mit einem geeigneten Schutzanzug und Sauerstoffflasche. Es regnet. Und das ist gut so. Bitte schalten sie morgen wieder ein."

Ich schaltete aus. Wir sahen uns gegenseitig an. Und Peter drückte unsere Gedanken in Worte aus: „Also ich habe gemischte Gefühle."

„Ich weiß, was du meinst. Gerade vor kurzem haben wir uns noch die Frage gestellt, wie wohl unsere Zukunft aussehen wird. Nun sahen wir sie. Und, ich muss sagen, dass du recht hast. Zum einen scheint die Zukunft rosig zu werden. Aber das wird sich erst noch erweisen müssen. Zweitens ist die Zerstörung doch groß. Auch wenn man sich um die Menschen kümmert. Die Strahlung ist allgegenwertig."

Doris unterbrach mich: „Spanien scheint weitgehend verschont geblieben sein", bemerkte sie. „Ich will, sowie wir hier raus können, dorthin."

„Gute Idee", bestätigte Peter.

Und Renate schloss sich schnell dieser Idee an, indem sie sagte: „Ja, finde ich auch. Lass uns dorthin gehen." Und mit einem Lächeln fügte sie hinzu: „Ich will nicht auf den Mond. Und auch nicht unten im Meer leben."

„Nun, ich will mich keineswegs gegen die Idee stellen. Ja, ich finde sie sehr gut."

„Aber?" – wollte Doris wissen. Sie kannte mich, und ahnte, dass ich einen Einwand hatte.

„Aber – auch andere werden die Idee haben. Wir waren sicher nicht die einzigen, die diese Sendung sahen. Es kann sein, dass, wenn wir gefahrlos hier raus können, dass Spanien dann keinen mehr ins Land lässt. Das wäre zu erwarten."

„Dann müssen wir so schnell wie möglich hier raus", beharrte Doris.

„Ja, das geht aber nicht. Denk an die Kleine. Sie ist besonders anfällig. Sie würde, möglicherweise, ganz schnell krank werden."

Doris schaute bedrückt nach unten. „Mist", murmelte sie."

„Ja, aber auch ohne die kleine – also auch für uns, ist es sicherer, so lange wie möglich hier zu bleiben. Denn vor der Strahlung schützt uns nur ein möglichst geringer Pegel. Möglichst gegen null. Außerdem ist da noch die Sache mit dem Essen und Trinken. Wir haben hier alles. Möchte einer von euch sich für eine Schüssel Reis da draußen hinstellen? Geröstet werden?

Nein, wir müssen hierbleiben. So lange es geht. Dann sehen wir weiter. Vielleicht kommen wir ungehindert nach Spanien. Wenn nicht, müssen wir eine Lücke in der Grenze suchen."

„Ja", bestätigte Peter – „... so machen wir es. Klingt gut."

„Ja", meinte auch Renate.

Doris nickte nur. Ihr war anzumerken, dass es ihr nicht recht war. Sie sah aber wohl die Notwendigkeit. Sie gab klein bei, weil sie es einsah. Aber anders wäre es ihr lieber gewesen. Das spürte ich. Mir wäre es auch anders lieber gewesen. Aber wir hatten keine Alternative. Das wussten wir alle, und wir ergaben uns unserem Schicksal. Und wieder wurde mir bewusst, dass es unmöglich war, das sogenannte Schicksal auszuschalten. Alles Glück, alles Können und Wissen schien nichts zu nutzen. Das Schicksal meldete sich immer wieder zu Wort.

Kapitel 18

Teil 6

Spanien

Später

Daniela hatte laufen gelernt. Oh, sie fiel oft hin, und stand wieder auf, als ob nichts wäre. Wie das eben so ist, bei achtzehn Monate alten Kindern. Sie war so goldig. Es erfreute einem das Herz, wenn man sie nur sah. Ständig war sie am lachen. Sie hatte nur gute Eigenschaften. Sie war lieb und fröhlich. Ein Kind, wie man es sich nur wünschen kann. Sie hatte blonde Locken bekommen. Sie war gut gewachsen. Wir liebten sie alle abgöttisch. Wir drückten und liebkosten sie, wann immer wir nur konnten. Die beiden Frauen hatten ihr, aus Handtüchern, Laken, und unseren Kleidungsstücken, mehrere Kleidchen genäht. Schühchen waren ein größeres Problem. Aus verschiedenen Kunststoffteilen schnitten Peter und ich Sohlen. Peter, der Häkeln konnte, opferte einen seiner alten Pullover. Mit dieser Wolle stellte er Schuhe her, indem er um die Sohle häkelte. Wir hatten auch Spielzeug aus Holz und Plastik gebastelt. Eine Puppe, ein Auto, einen Ball.

Es war eine schöne Zeit – wenngleich auch keiner von uns vergessen hatte, was geschah. Warum wir hier waren – in der Höhle. Dennoch war es so, dass alles gut werden würde. Die Strahlung war runtergegangen. War ab und zu sogar im grünen Bereich. Uns allen ging es gut, ich hatte zwar immer wieder einmal, leichte Schmerzen im Unterbauch. Aber das legte sich wieder. Ich ging davon aus, dass ich Blähungen hatte. Doch es kam die Zeit, wo wir uns kaum noch aussuchen konnten, was wir essen wollten. Es war nicht mehr viel da. Auch das Wasser ging zur Neige. Diesel war ebenfalls nichtmehr viel vorhanden. Wir würden bald die Höhle verlassen müssen. Uns würden noch einige Wochen bleiben, dann müssten wir die Höhle verlassen. Ich schaute diesem Moment mit einem weinenden und einem lachenden Auge entgegen. Zum einen war ich froh, mal wieder Tageslicht zu sehen – die Höhle endlich verlassen zu können. Zum anderen waren wir die Höhle zu unserer Heimat geworden. Aber, was noch wichtiger war. Wie würde es weitergehen? Wir konnten ja nicht zu Fuß nach Spanien gehen. Würden Autos fahren – Züge? Es würde sich zeigen.

Drei Wochen später

„Es sind noch zwölf Dosen da. Das Essen reicht also noch für sechs Tage. Das Trinkwasser geht auch zur Neige. Mehl zum Brot backen, haben wir keines mehr. Kurz gesagt – die Fressalien gehen uns aus" – informierte uns Renate. Wobei sie zwei Dosen – unser Mittagessen, in der Hand hatte.

„Mit, oder ohne die zwei Dosen, von heute?" - wollte ich wissen.

„Also, nach heute noch fünf Tage", stellte Renate fest.

Beim Essen sprachen wir dann darüber, wie wir nun wann und was handhaben würden. Wir kamen zu dem Schluss, dass wir die fünf Tage abwarten würden. Wir waren uns einig, dass es Sinn machte, die Strahlung so weit wie möglich fallen zu lassen. Jeder Tag würde hilfreich sein. Gerade in den letzten Tagen war der Pegel deutlich gefallen. Es hatte tagelang geregnet. Dies erfuhren wir, durch die Nachrichten, die wir an keinem Tag verpasst hatten. Außerdem wollte Peter die Höhle nicht aufgeben, bevor alles aufgebraucht war. Auch das machte Sinn, wir wussten sowieso zu dem Zeitpunkt noch nicht, wie wir irgendwo hinkommen sollten. Wir hatten keinen Kinderwagen. Wir hatten auch kein Material, um einen zu bauen. Überhaupt kamen wir zu dem Ergebnis, dass wir uns vorbereiten mussten. Um alles Erdenkliche zu nutzen, was wir zur Verfügung hatten, wollten die Frauen weitere Kleider nähen. Essen, das war uns klar, würden wir keines mitnehmen können. Also, selbst, wenn wir uns entschlossen hätten, heute noch aufzubrechen, hätten wir womöglich nicht die Möglichkeit gehabt, die Dosen aufzuwärmen. Wir hätten uns auch zu tote geschleppt. Wir würden uns schon abwechseln müssen, um Daniela zu tragen. Das einzige, was wir mitnehmen konnten, waren einige Flaschen Bier. Ja, Bier. Aber, dessen waren wir überzeugt, was das Essen anging, würde sich was ergeben. Wie aus den Nachrichten zu erfahren war, gab es immer noch die Ausgabestellen. Außerdem wären bereits die ersten, unterirdischen Supermärkte geöffnet. Verhungern würden wir nicht. Es kostete draußen ja nichts mehr.

Als erstes, so unser Plan, würden wir unsere Wohnungen, so sie noch standen, aufsuchen. Schauen, was wir gebrauchen könnten. Schauen, ob unsere Autos noch da, und noch zu gebrauchen waren. Dann würden wir, falls es Strom gab, die Batterien aufladen, und könnten losfahren. Dann bliebe nur zu hoffen, dass es auch unterwegs Strom gab... bis Spanien. Aber vorher würden wir unsere Essensformulare und Personalausweise abholen, und ja, natürlich würden wir auch Daniela anmelden. Das Einwohnermeldeamt gab ja auch die Ausweise aus. Wir waren sicher. Wir hatten es bis hierher geschafft, wir würden es weiterhin schaffen.

Am Tag des Auszugs waren wir alle mehr oder weniger Schwermütig. Die Höhle war lange Zeit unsere Herberge, unser sicherer Schutz gewesen. Mehr noch, unser zweites Zuhause. Wir hatten alles gegeben, um hier zu sein. Und nun mussten wir alles zurücklassen. Da war es kein Wunder, das uns – vor allem mir – das Herz ein wenig blutete. Aber, es nutzte nichts. Es musste sein, uns blieb nichts anderes. Ich stellte den Anderen, an unserem letzten Abend die Frage, ob es ihnen gefallen würde, nur einzukaufen, die Regale zu füllen, und noch hier zu bleiben. Doch ich erntete nur Kopfschütteln. Doris schaute mich sogar etwas entsetzt an, ohne jedoch etwas zu sagen. Aber ich verstand. Wir waren uns einig gewesen. Wir wollten nach Spanien. Und, sie wollte raus, aus der Höhle. Ans Tageslicht. Es war ja immerhin schon Mai. Der fünfzehnte, um genau zu sein. Sie wollte, das Daniela nicht hier unten aufwächst. In dieser Welt, in welcher nur künstliches Licht vorhanden war. Die nur vier Wände hatte, und ein Klo, so groß, dass selbst Daniela, mit ihren kleinen Armen, jede Wand berühren konnte. Und ich verstand sie. Sie alle drei. Sie hatten sich alle an die Höhle gewöhnt. Sie akzeptiert. Und sich auch wohl gefühlt. Die Höhle war sicher und warm. Aber nur ich wollte sie auch weiter bewohnen. Ich hatte aber nicht darüber diskutieren wollen. Sie hatten ja recht. Es musste weitergehen, und wir würden, bis alles normal wäre, noch einmal solange hier verharren.

Ich fasste mir also ein Herz, atmete, während Peter die Sandsäcke wegräumte, tief durch, und schaute noch einmal zurück in die Höhle. Als Peter auch die zweite Tür geöffnet hatte, blendete uns die helle Mittagssonne. Ich schaltete das Licht aus. Und ich sperrte ab. Beide Türen. Wenigstens darauf konnte ich mich mit den anderen einigen. Mein

Gedanke war, das einmal, die Höhle jemand anderes entern würde, und zweitens: vielleicht würden wir sie wieder einziehen müssen. Dazu hatten sich, auch Doris, alle bereiterklärt. Sie sahen ein, dass wenn dies, warum auch immer, eine Option sein würde, wir sie weiterhin nutzen mussten. „Aber nur, wenn es keinen anderen Weg gibt", stellte Doris klar. Und dies schien einhellige Meinung zu sein. „So sei es" – mit diesen Worten schloss ich mich den anderen an.

Wir erklommen die Stufen. Mein letzter Blick, bevor wir die Höhle verließen, galt dem Geigerzähler. Sein Zeiger befand sich im oberen Bereich des grünen Feldes. Damit wir wirklich sicher gewesen wären, hätte sich der Zeiger im unteren Feld befinden müssen – und ich bedauerte, dass wir nicht mehr Essen, Wasser und Diesel gebunkert hatten. Ein halbes Jahr später, und alles wäre gut gewesen.

Ich erklomm als letzter die oberste Stufe, und tat es den anderen gleich – ich atmete tief durch. Und ich musste zugeben, dass es guttat. Ich wusste nicht, ob die Luft so sauber war, wie es den Anschein hatte, aber die Luft roch frisch. In der Höhle war es doch immer etwas miefig. Obwohl unser Luftaustausch-Gerät stets funktioniert hatte. Doch das war halt der Geruch der Höhle. Sicher, wir hatten uns daran gewöhnt. Der Geruch war auch nicht unangenehm. Aber nichts, im Vergleich zu dem, was gerade in unsere Lungen strömte. Und dies war der Geruch, wie man ihn kennt, wenn es im Wald geregnet hat. Es war mäßig warm, etwa 16° Celsius, und es wehte ein laues Lüftchen. Ich schaute zu Daniela, die eingewickelt in ein Handtuch, in Doris Armen lag. Sie hatte, als sie den ersten Luftzug ihres Lebens spürte, die Augen geöffnet. Sie hatte, quasi zum zweiten Mal, das Licht der Welt erblickt. Ich bekam Tränen in die Augen, als ich sie so sah. Als ob sie plötzlich in einer Zauberwelt erwacht wäre. Ihre Augen glänzten vor Freude. Und sie wollte runter. Sie wollte laufen. Die Welt mit ihren eigenen Füßen erkunden. Da verstand ich die anderen. Die Welt war zu groß, zu schön, zu vielfältig, als sie nicht zu riechen, zu fühlen und erkunden zu wollen.

Doris setzte sie zart ab, und Daniela rannte los, quasi in die Freiheit. Und wir hinterher. Sie lief in die richtige Richtung. Von der Frau mit dem Hund sah sie Gott sei Dank nichts. Es war auch nichtmehr viel von ihr übrig. Und

Pflanzen wucherten bereits um sie herum, und versteckten so ihren Leichnam.

Wir kamen zuerst an unserem Haus an. Es stand. Aber beinahe alle Fenster waren kaputt. Wir blieben zusammen, und machten erst einen Rundgang durch unser Haus. Es war ausgeräumt. Selbst einige Möbelstücke waren nichtmehr an ihrem Ort. Lampen, Stühle, Tassen und Teller. Das Besteck. Alles weg. Oder kaputt.

Doris nahm die Kleine wieder auf den Arm. Ihr standen Tränen in den Augen. Sie schluckte sie aber hinunter. Sie weinte nicht. Sie wollte ja nach Spanien. Dieser Gedanke trieb sie an, sonst wäre sie zusammengebrochen, dessen war ich mir sicher. Mich selbst störte die Verwüstung unseres Hauses ebenfalls relativ wenig. Ich hatte eigentlich damit gerechnet. Die Überlebenden suchten Unterschlupf. Dinge, die sie Tauschen konnten. Unser Auto war auch weg. Das störte mich schon mehr. Wenngleich mich das noch weniger überraschte.

Wir gingen zum Haus von Peter. Der erste Blick verhieß nichts Gutes. Auch hier waren viele Scheiben zerstört. Auch ihr Auto war nicht da. Doch wie sich herausstellte, stand das Auto, soweit unversehrt, hinter dem Haus. Im Haus war alles in Ordnung. Nichts war kaputt, oder geklaut. Womit wir wenigstens eine Unterkunft für die Nacht hatten. Peter schaltete im Eingangsbereich das Licht an. Es brannte. Das war ein besonders gutes Zeichen. Das bedeutete, das Strom schon mal vorhanden war. Renate ging in ihre Küche. Sie schien ihr wichtig zu sein. Lächelnd kam sie mit einem Pilz-übersäten Stück Camembert zurück. „Der Kühlschrank funktioniert" – waren ihre Worte, als sie uns den Käse zeigte – und fügte hinzu: Wir werden ihn benutzen können, wenn ich ihn ausgewaschen habe."

Der Rest des Tages verlief so, dass Peter und ich die Dinge auf dem Amt erledigten, während die Frauen sich bereiterklärt hatten, sauber zu machen. Wenigstens für ein paar Tage würden wir hierbleiben. Denn, wie wir feststellten, war es anstrengend, sich da draußen zu bewegen. Die Strahlung war vorhanden, und der Körper wehrte sich. Das koste viel Energie. Wir wurden schnell müde. Daniela war bereits wieder in den Armen von Doris eingeschlafen.

„Hätten wir doch nur ein halbes Jahr länger ausgehalten", war daher mein Gedanke, als wir heimgekommen waren, und ich die Kleine, und auch die Frauen, sah. Sie alle machten einen Eindruck, als ob sie 14 Stunden körperlich gearbeitet hatten. Ich selbst fühlte mich total Gorki. Ich ließ mich auf Peters Fernsehsessel fallen. Die Frauen kamen, mit langsamen Schritten, zu uns ins Wohnzimmer. Sie setzten sich zu uns.

„Hat alles geklappt?", fragte Renate.

Und Peter hielt die Papiere hoch. Er hatte auch unsere dabei.

„Morgen wird eingekauft", gab er kund. „Für heute bin ich zu geschafft."

„Das sind wir alle", meinte Doris. Sie schaltete aber den Fernseher ein. Er lief, als ob nie etwas geschehen war. Nachrichten. Aber, es gab nicht viel zu berichten. Neu war das „Strahlenwetter", welches vor dem eigentlichen Wetterbericht gesandt wurde. Die Sprecherin – Karin – erzählte, dass die Strahlung im Moment noch zehn bis zwölf Gy aufwies. Es kam der wiederholte Hinweis, sich nicht unnötig draußen aufzuhalten. Da die Strahlung immer noch Dauerschäden hervorrufen könnte.

Es war zwar erst später Nachmittag, aber, wir wollten alle schlafen. Renate gab uns Laken und Decken, und ließ die Rollläden herunter. Sie machte das Licht an, und begab sich dann mit Peter hinauf in ihr Schlafzimmer. Doris stillte die Kleine und machte sie frisch. Ich hatte die Couch ausgezogen, und in ein Bett verwandelt. Doris hatte noch ein paar haltbare Kekse gefunden. Ich knusperte einige. Sie machten satt. Wir kuschelten uns auf das Couchbett, und schliefen kurz danach ein.

Am nächsten Tag probierten wir die Einkaufszettel aus. Wir machten uns auf den Weg, um den neu angelegten, unterirdischen Supermarkt aufzusuchen. Die Nachrichtensprecherin hatte den Weg ja gut beschrieben. Es war nicht weit weg von uns. Nur einige Kilometer. Wir besorgten Lebensmittel und Wasser, soviel wir tragen konnten. Und es war wie sie versprochen hatten. Man brauchte nur die Scheckheftgroßen Ausweise vorzuzeigen. Der Vermerk: Arbeitssuchend störte mich, weil ich ja eigentlich Arbeit hatte. Die Redaktion existierte aber nicht mehr. Egal, auch dieser Vermerk, reichte aus, das wir Essen bekamen. Im Übrigen stand in beinahe allen Ausweisen, dieser Vermerk. Im Moment hatten nur wenige Arbeit, weil viele Firmen erst wieder aufgebaut werden mussten. Dies erzählte uns jedenfalls jemand aus dem Geschäft. Es war nicht unbedingt so, dass die Firmen alle zerstört waren. Nein, aber oftmals war die Einrichtung, wie in unserem Haus, entwendet worden, oder aber, es gab nicht genug Mitarbeiter, um die Firma X aufrecht zu halten, weil zu viele Mitarbeiter tot waren.

Zuhause angekommen, aßen wir uns erst einmal satt. Spagetti mit Tomatensoße. Nach einem Mittagsschläfchen, welches wir hielten, weil wir wieder so müde waren, schlossen Peter und ich sein Auto an die Steckdose an. Dass der Ladevorgang begann, zeigte uns die LED-Anzeige, welche grün aufleuchtete. Wir wunderten uns, dass es funktionierte. Nach achtzehn Monaten. Aber dann freuten wir uns einfach. Und Peter bemerkte, dass alles wieder anlaufen würde.

„Ja", gab ich zu – „… die Firmen arbeiten wieder, oder befinden sich im Neuaufbau. Die Strahlung nimmt ab. Euer Haus, euer Auto, alles in Ordnung. Wir haben zu Essen, zu Trinken, wir sind gesund." Gerade beim Wort „Gesund", stach mir ein kurzer Schmerz durch den Unterleib. Ich krümmte mich, aber da war es auch schon wieder vorbei.

„Was ist?" – fragte Peter.

„Nichts", log ich, denn diese Schmerzen hatte ich des Öfteren. Und sie wurden immer heftiger. Wo ich anfangs an Blähungen dachte, machte ich mir langsam Sorgen. Doch diese negativen Gedanken verschob ich immer wieder, weil die Schmerzen immer nur kurz waren, nicht sehr stark, und die Abstände relativ lang.

„Ja, es geht weiter… das tat es immer", bestätigte ich.

„Was hast du?"

„Ach nichts", log ich – „… einen leichten Krampf. „Wie geht's weiter?"

„Nun, ich schätze, bis das Auto aufgeladen ist, dauert noch einige Stunden. Wir nutzen die Zeit, um Lebensmittel zu kaufen. Dann, würde ich sagen, schauen wir nach, welchen Weg wir nach Spanien nehmen. Es sollten Ladestationen am Weg liegen. Ich schätze, dass wir zwei bis dreimal unterwegs Strom laden müssen."

„Hört sich alles schlüssig an", musste ich zugeben. „Gehen wir's an."

„Ja, machen wir es so. Und das Gesetz, wie war das noch einmal? Das Geld ist international abgeschafft worden?"

„Ja", gab ich an – „... so haben sie's gesagt. Wir werden kein Geld mehr brauchen. Ich hoffe niemals mehr."

„Das ist gut", lächelte Peter – „... ich hab' auch keines mehr."

„Ja, wer schon? Aber, wenn es nun keine Rolle mehr spielt."

„Ich traue dem Frieden nicht. Ich kann mir keine Welt vorstellen, in der es kein Geld gibt. Ich bin damit aufgewachsen. Also, ich glaube, dass sich keiner daran gewöhnen kann. Wir alle, die wir überlebt haben, sind schließlich mit Geld großgeworden. Und ich glaube, dass es vielen Menschen so geht wie mir. Ich glaube, dass es nur eine Modeerscheinung ist. Und, dass dann gesagt wird: es klappt nicht, wir müssen das Geld wieder einführen. Keiner kann sich daran gewöhnen. Keiner will mehr arbeiten, für die Ware. Und bevor alles zusammenbricht..."

„Nein", sagte ich. „Ich hatte diese große Vision. Ich sah zwar nicht, wie es dazu kam, aber ich sah, dass die Leute friedlich in dieser Fernsehsendung saßen. Und die Moderatorin erzählte, dass das Geld abgeschafft war."

Peter hörte interessiert zu, und nickte.

„Es ging einmal sogar ein Rumoren durchs Studio, als sie sagte, dass es ja beinahe gut war, dass es so kam. Also selbst die Opfer des Krieges hielt sie für einen angemessenen Preis, für dass, was die Folge war, dass das Geld abgeschafft wurde. Das Paradies auf Erden. So muss es werden. Denn keiner im Studio hatte sich beschwert. Sie schien recht zu haben, mit dem, was sie sagte. Kein Stress. Arbeit, nur so viel wie nötig. Also kein Zeitdruck mehr. Die Ressourcen der Erde werden geschont... also, ich sah dass alles.

Und ich glaube ganz fest daran. Du hast es selbst gesagt. Sie bauen alles wieder auf. Obwohl kein Geld mehr da ist! Warum tun sie es? Wo bleibt der Ansporn? Nun, ich denke, dass zum einen die Menschen den Drang haben, etwas zu bewegen. Die Welt nach ihrem Sinn zu gestalten, und zu formen. Außerdem wird es von ihnen verlangt. Keine Arbeit, kein Essen. Ich glaube nicht, dass es je einem gefallen hat, vom Staat durchgefüttert zu werden. Alle wollen in Frieden leben. Und genau dies bekommen sie geboten. Die Menschen. In einer Welt ohne Geld. Ja, ich glaube ganz fest daran, dass es so kommt. Du wirst es erleben."

Peter zog die Augenbrauen hoch, sagte dann aber: „Ich glaube dir."

„Ja, es wird so sein. Ich sehe eine junge Frau vor mir. Ich kann nicht ihr Gesicht sehen, weil sie mit dem Rücken zu mir steht. Aber sie hat wunderbare, blonde Haare. Leichte Locken. Sie ist einfach angezogen, nur Jeans und ein sonnengelbes T-Shirt, aber man erkennt, dass sie eine tolle Figur hat. Sie ist gut gewachsen. Na, jedenfalls ist Sommer. Blauer Himmel. Und diese hübsche, junge Frau schaut in ein Tal. Sie kann weit blicken. Es ist klar. Und sie sieht rechts eine wunderschöne Stadt. Moscheen und Kirchen nebeneinander. Kein Qualm, keine Abgase. Ein Fluss, der sich ohne Damm und Kanal, malerisch durch eine Landschaft schlängelt. Naturbelassen. Gesunde Bäume. Links davon das Meer. Eine wunderschöne Bucht. Und da sind Türme, die aus dem Wasser ragen. Von einem diesen Türmen startete so etwas wie ein Flugzeug. Ohne Startbahn. Wie ein Hubschrauber gewinnt er an Höhe, und verschwindet im Weltall."

„Na", meinte Peter – „... dann erwartet uns ja eine rosige Zukunft."

„Es sieht so aus. Und nun lass uns einkaufen."

Wir verfolgten also unseren Plan. Wir kauften, oder wie man das nun nannte, ein – während das Auto Strom fasste. Wir luden alles in den Kofferraum des Kombis. Bis auf das Abendessen. Renate kochte es während Doris Daniela stillte. Ich hatte auch Babynahrung mitgebracht. Zu spät.

Die Zeit, bis das Essen warm war, nutzte Peter, indem er seinen PC anschaltete. Er aktivierte den Routenplaner. Innerhalb von Sekunden sah man einen rot markierten Weg, der nach Spanien führte.

Beim Essen beschlossen wir dann, dass wir die Nacht noch hier verbringen würden, und morgenfrüh dann losfahren würden. Peter hatte alles durchgeplant. Die Pausenorte. Orte, wo wir Essen und Strom tanken und schlafen konnten.

Wir fuhren, ohne Stress, ganz gemütlich, vier Tage lang. Dann kamen wir an die Spanische Grenze. Nur einige Kilometer dahinter würde der Ort sein, wo wir in Zukunft leben wollten. Der Ort hieß Jaca, und lag im Tal, direkt hinter den Pyrenäen. Die Autobahn E7 führte dahin. Und die Straße, wo sich die Herberge befand hieß Calle de Pio Diaz. Wir befanden uns in Frankreich. Vor uns waren nur die Berge. Vielleicht noch 70 Kilometer. Wir hielten, und machten die letzte Pause vor der Grenze. Mir ging es nicht gut, und dennoch war ich froh. Wir waren schnell vorangekommen, und es gab keine Vorkommnisse. Alles lief glatt.

Kapitel 19

Hasta cuando

Nach dem Essen fuhren wir los. Wir rechneten damit, an der Grenze kontrolliert zu werden. Die französische Grenze war ja schon seit ewigen Zeiten geöffnet. Wir wussten nicht, dass dies nun auch für die Spanische

Grenze galt. Es gab zwar noch den Schlagbaum, aber dieser stand offen. Und es war niemand da. Kein Zöllner. Nichts.

Noch etwa achtzig Kilometer. Wenn wir über die Berge hinweg wären, lägen schätzungsweise noch dreißig bis vierzig Kilometer vor uns. Peter hatte einen Ort ausgesucht, der im vierzehnten Jahrhundert gegründet wurde. Der Ort hieß Jaca, und befand sich in der Provinz Auesca. Mittlerweile lebten 25000 Menschen im dem Ort. Peter hatte in einer Art Herberge zwei Zimmer reserviert.

Der Ort lag wunderbar gelegen. In der Nähe war ein großer, malerischer See. Die Berge im Hintergrund. Die eine oder andere, höher gelegene Bergspitze war schneebedeckt. Ich musste neidlos zugestehen, dass Peter in der Kürze der Zeit, einen wunderbaren Ort ausgesucht hatte. Es gab alles. Schöne Wälder und Felder, eingebettet in eine hügelige, wunderschöne Landschaft. Teilweise waren die Häuser uralt. Vor allem einige Kirchen, und eine große, Granitfarbene Zitadelle. Ansonsten war der Ort sehr modern. Es gab sogar eine Uni.

Peters Navigationsgerät wies den nächsten Weg: rechts - als den Richtigen aus. Peter folgte dem geschwungenen Pfad, hinauf, auf eine Anhöhe, an deren Spitze die Herberge lag. Wie sich erwies, war die Herberge, eine Hotelähnliche Anlage. Die dicken Mauern waren aus grauem Granit, wie alle alten Gebäude des Ortes. Die Dachziegel waren aus landesüblichem rotem, gebrannten Ton. Alte Olivenbäume verzierten das Gelände, rund um die Herberge, deren typischen Spitzbögen um Türen und Fenstern, in weisen Rundsäulen endete. Eine runde Freitreppe säumte den Eingang, dessen doppelflügelige, hohen Türen aus rötlichem Holz bestanden. Je sechs quadratische gerundete Butzengläser waren in jede Türhälfte eingelassen. Die großen, massiven Türgriffe waren aus mattem, abgegriffen Messing.

Peter lenkte seinen goldfarbenen, moderngeschnittenen Kombi in die letzte vorhandene Parkbucht. Das Auto schien so gar nicht hierher zu passen. Alle anderen Autos ebenfalls nicht. Der Anblick des zweistöckigen Hauses, an deren jedes dritte Fenster ein kleiner Balkon angebracht war, vermittelte das Gefühl, man wäre in der Zeit, in der das Haus ausgebaut worden war, stehengeblieben. Die verzierten Geländer der Balkone bestanden aus schwarz lackiertem Eisen, was diesen Eindruck noch verstärkte. Denn sie betonten die mittelalterliche Note. Wir stiegen aus. Und ich glaube, sagen zu dürfen, dass wir uns alle auf Anhieb wohlfühlten. Alles strahlte eine wohltuende Ruhe aus. Und der Blick ins Tal war einfach fantastisch. Man konnte den ganzen Ort überblicken. Die Berge hinter der Herberge verliehen dem Ganzen einen majestätischen Tatsch.

Wir traten ein, und wurden sofort von freundlichen Menschen begrüßt. Eine Frau, mittleren Alters, die hinter einer Teke stand, begrüßte uns mit den Worten: „Holla, Señora et Señores. Ein graumelierter Herr mit schwarzem Schnauzbart, kam auf uns zu, und schüttelte uns die Hände.

„Herr und Frau Ferra? Herr und Frau Müller?" – fragte der Herr des Hauses in gebrochenem Deutsch zaghaft nach. „Wir haben sie erwartet. Bitte, kommen sie näher."

Wir checkten ein, als ob nichts wäre, und wir ganz normale Urlaubsgäste wären. Herr Carraras, so der Name des vermuteten Besitzers, behandelte uns auch genau so – wie Urlaubsgäste. Auch hier reichte das vorzeigen des Ausweises. Was uns gefiel. Was uns jedoch besonders gefiel, war die Tatsache, dass es sich so schnell eingespielt hatte. Das „bezahlen" ohne Geld. Warum auch nicht. Der Besitzer bekam ja auch alles ohne Zahlungsmittel. Jeder, der Arbeit hatte, musste ja arbeiten, um Güter zu erhalten. In Wirklichkeit hatte sich ja nichts geändert. Außer, dass es kein Geld mehr gab. Das Personal der Herberge tat nur seine Arbeit. Wie immer. Nun, wie sich später noch herausstellte, hatte die spanische Regierung ihre Bevölkerung auch dazu aufgerufen, nett zu den „Zuwanderern" zu sein. Man hatte damit gerechnet, dass viele Flüchtlinge aus verseuchten Gegenden kommen würden. Die Regierungen aus Deutschland, Polen, Frankreich und England – eben alle verseuchten Länder, hatten Handelsabkommen geschlossen – im Gegenzug dafür, dass Spanien die Flüchtlinge – zu denen wir nun wohl galten, großzügig aufzunehmen sollte. Und das taten die Leute auch. Teilweise hatten sogar Privatleute, die genügend Platz zur Verfügung hatten, ganze Familien aufgenommen.

Wir bezogen unsere Zimmer. Diese waren einfach aber liebevoll eingerichtet. Es war nur enthalten, was man brauchte. Ein Bett, einen Schrank, beides aus dem gleichen rötlichen Holz, wie die Eingangstür. Einen Tisch mit drei Stühlen, alles aus dem geschnitzten Hartholz. Der Boden war mit Steinfließen ausgelegt. Dann gab es noch ein Bad mit WC. Alle Zimmer waren gleich. Der Unterschied bestand darin, dass unser Zimmer einen dieser kleinen Balkone hatte. An den weisen, verputzten Wänden hing je nur ein Bild über dem Bett. Immer dasselbe Bild. Ein beiger Brunnen, aus deren Spitze klares Wasser sprudelte. Es gab kein Telefon und keinen Fernseher. Alles wirkte irgendwie kahl und dennoch gemütlich. Wie unsere Höhle. Und unsere Gastgeber sprachen sogar ein wenig deutsch. Wir würden uns hier wohlfühlen, dessen war ich mir sicher. Man hatte uns freundlich und mit offenen Armen empfangen. Und es war sicher. Keine Strahlung und nette Menschen – wir hatten einen Glücksgriff getan. Peter hatte den Glücksgriff getan. Die Höhle durfte ich mir auf die Fahne schreiben, aber dieser Ort war Peters Idee, und diese war nicht minder gut. Im Gegenteil. Wir waren in einer Gegend gelandet, die kaum schöner sein konnte. Das Klima war das, was man als Gemäßigt bezeichnet. Das hieß, dass die Temperatur selten den Gefrierpunkt erreicht, es aber auch nicht über dreißig Grad Celsius heiß werden würde. Dann entdeckte ich etwas auf dem Balkon, was mich zum Lächeln brachte – einen hüfthohen, vertrockneten Kaktus, an dessen Spitze eine gelbe Blüte war.

Doris rief mich. „Komm, wir erkunden die Gegend. Vielleicht finden wir ein Geschäft, dass Kinderwagen führt."

Ich war zwar hundemüde, willigte aber ein. Auch ich wollte die Gegend genauer inspizieren. Wir liefen die circa zwei Kilometer bis in den Ort. Und natürlich fanden wir einen Laden, der Babyausstattungen führte. Alles, was man benötigte. Von Windeln bis Kinderwagen war alles zu haben, was das Frauenherz begehrt. Und so verlief dieser Nachmittag auch so, dass wir die beiden Frauen, kaum vom Stöbern wegbekamen, und wir uns letztlich beinahe zwei Stunden dort aufhielten. Erst nach mehrmaligem Bitten, ließ Doris sich erweichen. Sie sah wohl, dass mir beinahe die Augen zufielen. Sie und Renate, sie hätten am liebsten den Laden „leergekauft". So jedoch hatten sie nur Windeln und einen Buggy erstanden. Auf dem

Nachhauseweg dachte ich dann darüber nach, dass wir ein neues Wort für: kaufen – finden mussten. Besorgungen machen, traf im Moment noch am besten das, was wir als „kaufen" bezeichnen.

In unserem neuen Heim angekommen, lies ich mich sofort aufs Bett fallen. Ich war erschöpft wie noch nie und schlief sofort ein. Doris weckte mich dann zum Abendessen.

Die darauffolgenden Monate verliefen ähnlich. Morgens oder mittags erkundeten wir die Gegend oder machten Besorgungen. Alles schien gut zu sein. Besser als gut – wenn es mir gutgegangen wäre. Aber dem war nicht so. Täglich verschlechterte sich mein Gesundheitszustand. Verstopfung wechselte sich mit Durchfall ab. Dann ging wieder tagelang alles gut. Ich fühlte mich besser und erholte mich. Immer, wenn ich dachte, dass ich wieder auf dem Damm wäre, kam wieder der Absturz. Mir ging es wieder schlechter. Magenkrämpfe kündigten an, dass nun wieder Durchfall kommen würde. Dann wieder Verstopfung und Krämpfe, welche wieder Phasen der Erholung einleiteten. Dann begann das Spiel von vorne. Gut und Böse im Wechsel. Zu dem Zeitpunkt machte ich mir keine allzu großen Sorgen. Die machte ich mir erst, als ich Blut oder Schleim, oder Beides im Stuhlgang hatte. Nun machte ich einen Termin beim Arzt. Ich sollte einen Tag später zur Untersuchung kommen.

Ich kannte mich mittlerweile ganz gut im Ort aus. Die Arztpraxis fand ich auf Anhieb. Dort war ein Doktor Della ansässig. Ich meldete mich an, und wurde zunächst ins Wartezimmer geschickt. Mittlerweile konnten wir uns, wenn auch mit Händen und Füßen, in Spanisch unterhalten. Beziehungsweise, auch wenn uns nicht mitteilen konnten, so verstanden wir doch einiges.

Ich hatte kaum Platz genommen, als ich aufgerufen wurde. Es erwies sich, dass Doktor Della ein netter Mittfünfziger war. Wenn sein mittellanges Haar nicht gefärbt war, hatte er kein graues Härchen. Ebenso schwarz war sein schmal gestutzter Schnäuzer. Della begrüßte mich freundlich. Noch bevor ich antworten konnte, bemerkte er: „Ah, Deutscher." Er war sich so sicher, als ob ich die Nationalität auf der Stirn stehen hätte. Und dies, obwohl der Ort nicht das war, was man im Allgemeinen unter einem Ferienort verstand. Die Ferienorte lagen beinahe alle am Meer.

„Wo fehlt es ihnen?" – fragte mich Della, beinahe akzentfrei.

Ich schilderte ihm meine Symptome. Die Krämpfe, die Blähungen, den Durchfall im Wechsel mit Verstopfung. Dann erklärte ich, dass zwischendurch immer wieder alles normal sei.

„Legen sie sich auf die Liege", bat mich Della.

Ich gehorchte.

„Machen sie bitte die Hose etwas auf und das T-Shirt hoch. Ich muss sie tasten, den Bauch."

Während er mich am Unterbauch abtastete, fragte er mich, ob ich Schleim oder Blut im Stuhl hätte.

Ich bejahte die Frage, indem ich sagte: „Ja, etwas, deshalb bin ich hier."

„Tut das weh?" – wollte er wissen.

Als ich schon nein sagen wollte, und er losließ, verspürte ich doch einen leichten Schmerz, der jedoch sofort wieder nachließ. Dalla bemerkte aber, als ich das Gesicht verzog, dass ich Schmerzen hatte. Er sah mich besorgt an.

„Wir müssen Röntgen. Die Schwester wird sie begleiten."

Er führte mich zur Tür, winkte die Sprechstundenhilfe herbei, und sagte ihr etwas auf Spanisch. Sie führte mich in ein anderes Zimmer, und stellte mich vor den Röntgenapparat. Dann verlies sie den Raum. Kurz darauf hörte ich ein Knacken. Sie kam wieder, und zeigte mir, indem sie an ihrer Bluse rubbelte, dass ich mich wieder anziehen könne. Als ich den winzigen Umkleideraum verließ, erwartete sie mich bereits hinter der Tür. Sie führte mich wieder wortlos ins Wartezimmer. Ich schaute aus dem Fenster und erblickte ein halbes Dutzend Spatzen auf einem verkümmerten, kahlen Baum. Es war ein Déjà-vu-Erlebnis – erinnerte mich das Bild doch an die

Vögel, die ich damals sah, als ich mit Peter in der Kneipe saß. Auch heute flogen die Vögel auf, als ob sie aufgeschreckt wären – um sich dann, wenige Minuten später, wieder auf dem Baum niederzulassen. Und ich fragte mich, was damals war, als die Vögel aufflogen und sich wieder setzten.

„Alles hatte begonnen" – waren meine Gedanken. Die Vögel waren gestartet, ohne äußeres Anzeichen. So, als ob sie die Gegend nach Feinden abgesucht hätten, und, als keiner zu sehen war, gaben sie den Weg frei. Den Weg, der mich zu den Visionen führte. Mir kam das Ei, das aus Neonbuchstaben, bestand, und natürlich nur in meiner Fantasie existierte, wieder in den Sinn. Ich nannte dieses Ei, welches ich in meinen Träumen sah, einmal das Ei des Wissens, wegen der Buchstaben. Das Ei, so meine Gedanken, war ein Lexikon, das aus reiner Energie bestand. Auch damals, nach dem Erlebnis mit den Vögeln, erinnerte ich mich an das schwebende Ei der Weisheit. Danach kamen die Visionen. Und nun hatte ich dasselbe Erlebnis. Es war so, als ob mir jemand was sagen wollte. Damals war es die Warnung vor dem Krieg. So war jedenfalls meine Überlegung im Nachhinein. Was also war nun? Wer warnte mich nun vor was? Wer, war egal – aber was? Was?

„Herr Ferra" – rief mich Della. „Kommen sie, bitte."

Kapitel 20

Innerer Kampf

Ich folgte dem Doktor ins Sprechzimmer.

„Setzen sie sich bitte."

Ich hockte mich.

„Ich muss ihnen mitteilen, dass sie Krebs haben. Darmkrebs. Weit fortgeschritten. Wir werden nicht mehr machen können Operation." – sagte er in leicht gebrochenem Deutsch.

Ich schaute ins Leere. Ich hörte die Worte, die der Doktor sagte, aber nach dem Wort „Krebs" brach ich innerlich zusammen. Ich wäre beinahe vom Stuhl gefallen. Mein Mund wurde trocken und ich konnte nichts sagen. Ich hatte auch nichts zu sagen. Was hätte ich auch sagen sollen? Ich konnte meine Hände nicht stillhalten, sie zitterten unkontrolliert. Hitze stieg mir vom Hals her hoch. Schweiß brach mir unter den Achseln aus. Kalter Schweiß. Und mir wurde schlecht. Ich atmete schwer. Es war, als ob mir jemand einen Sack Müll auf die Brust gelegt hätte. Mir wurde schwindelig. Della bemerkte, dass es mir schlecht ging. Er führte mich zur Liege. Ohne nachzudenken ließ ich mich nieder. Der Doktor legte meine Beine auf ein rundes Kissen. Er hielt meine rechte Hand, sagte aber nichts. Er hatte sowas wohl schon öfter erlebt. Ich spürte, dass es ihm nahe ging.

Das war es also, was die Vögel mir sagen wollten. Es gab wieder Krieg. Und diesen würde ich nicht überleben. Diesen nicht.

„Hasta cuando?" – fragte ich.

„Wie lange noch?" – übersetzte der Doktor meine Frage. „Eh, es gibt sehr, sehr gute Medikamente, heute. Bei mir seien sehr viele Leute die haben Robot-Arm, oder, ich müssen sehr oft Leute zu Spezialisten schicken, der Haut neu macht. Wegen Hautkrebs. Sehr oft. Gibt sehr viel."

Ich setzte mich auf. „Sie meinen, sie haben viele Patienten, die die Strahlenkrankheit haben? Aus Deutschland?"

„Ja", nickte Della – „… nicht nur aus Deutschland. Leute kommen von Polen oder auch Norden von Frankreich, und Englandis. Hauptsache Hautkrebs und Darmkrebs. Ist aber kein Strahlenkrankheit. Die brechen sofort aus. Tod in wenigen Wochen. Gewebe zerstört. Manchmal auch Haut so viel verbrannt, das Arm verbrannt ist. Müssen abschneiden. Oder Nase. Ist sehr schlimm. Sie haben sich Krankheit vor Monaten geholt. Sie waren draußen. In schlechter Luft. Nix gut für sie gewesen. Darm ist empfindlich dafür. Aber keine Angst. Sie können noch viele Jahre mit neuen Tabletten leben."

„Welche neuen Tabletten?" – fragte ich, und es schwang wohl eine Portion Hoffnung mit, bei meiner Frage.

„Sind verboten. Aber gut. Die Gene werden verändert. Immunsystem wird stark."

„Und das soll die Krankheit heilen?" Ich war skeptisch.

„Nein, tut mir leid" – Della hob die Schultern – „... nicht heilen. Aber sie können mit Krankheit leben. Fast ohne Schmerzen."

„Sie meinen, der Krebs wuchert weiter, Jahrelang. Die Krankheit wird aufgehalten, aber nicht geheilt?" Ich überlegte, gefühlt mehrere Minuten lang. „Ich würde mir wie ein Zombie vorkommen. Ein lebender Toter. Ohne Schmerzen, ohne Gefühle... nein" – sagte ich erst leise, und dann mit wieder kräftiger Stimme erneut, und bestimmt: „Nein, Danke. So gerne, wie ich..." – bei diesen Worten musste ich die Tränen zurückhalten – „... so gerne ich mein Kind aufwachsen sehen würde... ich kann nicht..." – ich rieb mir die Augen, und die Tränen flossen doch. Della hielt wieder meine Hand. „Ich will in Würde abtreten."

Und ich dachte an die Zeit, während der ich mir wohl die Krankheit geholt hatte. Es muss gewesen sein, als ich den Doktor wegen der Geburt geholt hatte. Wie es ihm wohl erging? War er tot – wegen mir, uns?

Aber nicht so schnell. „Was gibt es noch? Es muss doch noch andere Möglichkeiten geben. Welche?"

„Gibt normale Tabletten, gegen Schmerzen. Aber keine Lebensverlängerung. Sie wären dann... vielleicht halbes Jahr, oder Jahr."

Della schien noch was zu überlegen, weshalb ich fragte: „Was noch?"

Er schaute mich an. Blickte mir tief in die Augen. „Darf nicht sagen, ist geheim, noch."

„Jetzt haben sie a gesagt...“

„Na, gut. Aber, sie dürfen nicht erzählen. Sonst Probleme.“

Ich nickte.

„Es gibt was ganz neues. Ich finde es toll. Ist in Amerika erprobt. Hat keine Nebenwirkungen...“

„Was?“ – fragte ich ungeduldig.

„Ist neue Technologie, aber gut. Gute Sache. Gerade für jemand wie sie. Der will, nicht länger leben.“

Er spannte mich wirklich auf die Folter. Er hob noch einmal die Augenbrauen, um zu überlegen, wie er es mir beibringen sollte. Und, um zu zeigen, dass es ihm ernst war. Ernst damit, dass ich nicht darüber reden durfte. „Also. Sie werden sterben. Aber sie werden auch weiterleben. Gewissermaßen. Ich mache Scan von ihren Gedanken. Dann wird auf Chip gespeichert. Sie können Mensch aussuchen, der mitmachen will. Ihre Frau, ihr Kind.“

Ich verstand nicht, und fragte nach. „O.k., und was soll das bringen?“

„Die Person, die mit ihrem Chip lebt, wird ihre Gedanken haben. Wird wissen, was sie wissen. Aber, was jetzt kommt, müssen sie aufpassen.“

Und ich horchte auf.

„Auch sie werden sehen, was die Person sieht! Sie werden Gefühle haben.“

„Obwohl ich tot bin?“, fragte ich skeptisch.

„Es ist nicht echt. Virtuell. Das Gefühl wird simuliert. Aber ist wie echt. So, als ob sie leben würden. Sie werden natürlich nicht handeln können. Nicht reden können. Auch in Gedanken, werden sie nicht mit dem Träger des Chips kommunizieren können. Er oder sie wird nichts davon mitbekommen. Aber sie werden mit den Augen des Trägers sehen können, was passiert. Die Seele – ihre Seele wird, wenn sie wollen, gespeichert – so werden sie weiterleben, bis der Chip defekt wird, oder der Träger stirbt. Sie werden auch nicht alles erleben. Nur alle paar Tage wird etwa eine Stunde gespeichert. Aber, sie werden wissen, was los ist."

Ich überlegte. Dann sagte ich: „Ja, ich mache es." Ich überlegte noch einmal, und wiederholte dann entschlossen meine Worte. „Ich mache es. Mit meiner Tochter. Wird es ihr weh tun?"

„Sie wird nur einen kleinen Pick spüren. Dann wird sie höchstens mal meinen, sie hätte einen kleinen Pickel am Kopf. Das Ding ist nur etwas größer als zwei Millimeter. Keiner wird es sehen."

Erst sträubte sich alles in mir. Doch von einer zur anderen Sekunde gefiel mir dieser Gedanke. Dieser innerliche Kampf war heftig, hatte aber nur wenige Augenblicke angedauert. Und es siegte eine Hoffnung. Erst dachte ich, es sei egoistisch, „weiterleben" zu wollen. Und sei es auch nur in Gedanken. Letztlich war es jedoch die einzige Möglichkeit, wie ein Mensch zu sterben, und nicht, wie ein Zombie zu vegetieren – vollgestopft mit Chemie. Am Leben gehalten mit bunten Tabletten und dünnen Spritzen. Oder aber, ich würde die Zukunft sehen. Würde Daniela sehen. Im Erwachsenenalter, falls sie mal in einen Spiegel schaut, und ich mal „Online" bin. Sicher, ich würde nicht eingreifen können. Dies würde ich auch nicht wollen. Nein, sie würde ihr Leben leben müssen. So, wie wir alle es tun. Aber ich würde, wenn auch sprunghaft, erleben wie sie heranwächst. Was sie erlebt. Wie sie lebt. Mit wem. Als ob ich da wäre. Und niemand würde es weh tun. Niemand würde es wissen. Auch Doris nicht.

„Ja, ich mache es", murmelte ich erneut vor mich hin.

„Kommen sie, wann immer sie wollen."

Dann verließ ich wortlos die Praxis. Der nächste Patient stand bereits vor der Tür. Ihm fehlte der Unterkiefer. Das halbe Gesicht war mit weißer, künstlicher Haut überzogen. Sein rechter Arm war der eines Roboters.

Er konnte nicht sprechen, nickte mir aber zu, als er in das Sprechzimmer eintrat. Sein Verband, den er um den Hals trug, dort, wo mal sein Kinn war,

war Blutgedrängt. Ich musste einen Moment stehen bleiben. Dann ging ich weiter. Zu Doris und Daniela. Meiner Familie. Was sollte ich ihr sagen. Doris. Gott, wie ich sie liebte. Gerade jetzt. Ich sah sie vor mir. Wie so oft. Ich konnte es ihr nicht sagen. Nicht heute. Irgendwann. Nicht jetzt. Der Tag war zu schön. Auch die nächsten Tage würden schön bleiben. Aber ich wusste, dass ich es nur aufschob. Ich musste es ihr sagen. Sie würde fragen.

Kapitel 21

Der Chip

Teil 7

Bevor ich in unserem Domizil ankam, versuchte ich erst einmal mich selbst zu beruhigen. Meine Hände zitterten noch immer etwas. Doris hätte gerochen das was nicht stimmt. Da war eine Parkbank. Nicht weit von der Herberge entfernt. Auf die setzte ich mich. Ich genoss die Nachmittagssonne. Ich dachte darüber nach wie es weitergehen würde. Was würde kommen? Wie würde es Doris ergehen? Den anderen zwei… Daniela. Wie würde sie aufwachsen? Ohne mich. Würde der Chip funktionieren? So, wie es Della beschrieb. Würde ich Schmerzen haben? Wie lange noch – Hasta cuando?

Ich hatte den Krieg überlebt. Ich hatte andere gerettet. Ich hatte ein gutes Leben, bisher. Nun hatte ich sogar ein Kind. Die kleine Daniela empfand ich als das größte Geschenk. Ja, ich hatte viel. Mehr als viele andere. Vor allem hatte ich eine Frau die mich liebte. Niemand würde sie mir nehmen. Ich würde gehen. Sie zurücklassen. Aber sie würden darüber hinwegkommen. Sie würden trauern. Aber dann würde der Alltag sie einholen. Daniela würde die Schule besuchen. Sie würde behütet aufwachsen, auch ohne mich. Es würde ihr gut gehen. Auch Doris. Der Chip, er würde funktionieren. Dass wusste ich nun. Ich würde sterben. Aber mein Bewusstsein würde weiterleben. Existieren. Ich würde mich an alles erinnern. An meine Jugend – als der Briefkasten explodierte. Ich musste lächeln. Dann dachte ich an das Zugunglück. Den Banküberfall. An Johann Sommer, und Frank, seinen Bruder, der in der Sendung von der Zeitmaschine erzählte. Die Sendung würde heute ausgestrahlt werden. Ja, Karin die Moderatorin, sie würde heute die Sendung ihres Lebens führen. Sie würde davon reden, dass das Geld abgeschafft wäre. Und wie gut das für alle sein wird. Ja, diesen Punkt hatte ich noch erlebt. Beinahe könnte man sogar sagen: ich habe daran mitgewirkt. Es gab kein Geld mehr. Und ich hatte mich bereits daran gewöhnt. Es war gut so. Und ich hatte es herbeigeführt. Indem ich Menschen einschaltete, die die hierzu wichtigen Schritte einleiteten. Der relativ kleine Abgeordnete der an den richtigen Strippen gezogen hat. Er hätte ohne mich nichts getan. So war ich letztlich nicht unbeteiligt, am Aufbau des neuen zukünftigen Paradieses.

Ja, ich konnte abschließen. Mein Leben war so gut wie vorbei. Aber ich hatte nichts bereut. Und ich würde alles immer genauso machen, wie ich es tat. Es ging mir gut. Im Moment. Gut genug jedenfalls, um durchzuziehen, was ich vorhatte. Ich würde morgen Daniela bei der Hand nehmen, um mit ihr zum Doktor zu gehen. Doris würde ich sagen, dass sie geimpft werden muss. Das wäre nicht einmal gelogen.

Einen Tag später erschien ich mit Daniela bei Della. Ich hatte vorher angerufen. Deshalb begrüßte er mich bereits an der Eingangstür. Das gefiel mir. Man fühlte sich gut aufgehoben. Sogar gemocht. Ja, das traute ich mich zu sagen, nach nur einem Tag – er mochte seine Patienten. Er schien das zu sein, was man als Menschenfreund bezeichnet. Jedenfalls war er sehr Kinderfreundlich. Bereits von Weitem begrüßte er die Kleine mit typisch Spanischer Überschwänglichkeit.

„Holla, meine Kleine. Ach, bist du süß. Hast du deinen Papa mitgebracht? Dann kommt mal rein." Während er sprach, fuchtelte er unablässig mit den Armen. Als ob sie sein Sprachrohr wären, und nicht sein Mund. Er winkte uns ins Sprechzimmer.

Daniela hatte sofort Vertrauen zu ihm gefasst. Das erkannte ich, weil sie ihm antwortete. Das tat sie bei längst nicht jedem.

„Wer bist du?" – fragte sie Della.

„Ich bin der Doktor von deinem Papa. Du darfst mich Carlos nennen, Liebes."

„Was ist ein Doktor?"

„Ich mache Leute wieder ganz, die krank sind."

„Ist mein Papa denn krank?"

„Ja, Liebes, er hat Bauchweh. Aber ich helfe ihm."

Bevor Daniela weiterfragte – was sie ganz sicher getan hätte – sagte Della: „Ja, aber heute schaue ich nach dir. Ob du gesund bist."

Und er untersuchte sie tatsächlich. Er hörte sie ab. Schaute in ihren Mund und in ihre Ohren. Er überprüfte ihre Reflexe, tastete ihren Bauch ab und wog sie. Dann maß er ihre Größe. Dann trug er alles in ein Büchlein ein, das er mir anschließend übergab.

Er schaute mich fragend an, als er mir das Dokument in die Hand drückte. Ich wusste, was er wollte und nickte ihm zustimmend zu. „Du bist vollkommen gesund", sagte er daher zu Daniela gewandt. „Aber damit das so bleibt, muss ich dich impfen. Das heißt, ich muss dich ein wenig piksen. Das tut nicht weh. Und zuerst muss dein Papa hier rein schauen."

Während er redete, war er zu der gläsernen Vitrine gegangen. Vieles in dem Sprechzimmer war aus Glas. Ein Tisch, Della´s Schreibtisch, sogar das Telefon war aus Plexiglas. Die Sitzgelegenheiten waren aus schwarzem Leder. Und überall war Chrom. Die Bilder an der Wand waren mit Chromrahmen verziert. Die Tisch- und Stuhlbeine waren verchromt, sowie alle Lampen und Leuchten. Alles wirkte klar, steril und dennoch modern und elegant. Die Einrichtung gefiel mir, sie passte dennoch so gar nicht in dieses alte Haus.

Er entnahm der Vitrine ein Glasröhrchen, das Ähnlichkeit mit einer Spritze hatte. Darin befanden sich kleine braune Plastikteile – die Computerchips. Das Röhrchen schien halb leer zu sein. Scheinbar war es nicht das erste Mal, dass er dies hier tat.

„Diese Impfung ist total unbedenklich", sagte Della, mehr zu mir, als zu Daniela. „Sie ist tausendfach bewährt. Es gibt keine, wie heißt, Nebenwirkungen. „Du brauchst keine Angst zu haben." – sagte er nun lächelnd zu Daniela.

Er kam mit dem Röhrchen zu dem Platz, wo sich das Gerät befand, in welches ich gleich hineinschauen sollte. Das Gerät erinnerte an ein Mikroskop, wie man es vom Labor her kannte. Es war eines der wenigen Gegenstände, das nicht durchsichtig war. Es war blau. Zwei Okulare kamen aus einem quadratischen Kasten heraus. An der Seite war eine kleine Schublade. In diese gab er nun einen Chip. Es sah so aus, als ob er dem Gerät eine Spritze geben würde. Dann legte Della die Spritze zur Seite und schloss die Schublade. Daraufhin wurde automatisch ein bisher unsichtbarer Bildschirm an der Wand aktiviert. Es erschienen in Englisch die Worte:

System zur Speicherung bereit. Bitte schauen sie in die Okulare. Halten sie die Augen ruhig, und blinzeln sie nicht. Der Vorgang dauert 30 Sekunden.

Als ich alles gelesen hatte, setzte ich mich auf den vorgesehenen Hocker, und tat, was da stand – ich blickte in das Okular. Und ich versuchte still zu bleiben. Ich wartete darauf, dass was passieren würde. Doch nach etwa 30 Sekunden, tippte mir Della auf die Schulter.

„Das war es. Alle Daten sind gespeichert."

Das wunderte mich nun doch. Nur durch das hineinschauen in ein Mikroskop sollten nun alle meine Gedanken – mehr noch – mein gesamtes Bewusstsein gespeichert sein? Ich fragte mich, wie das gehen sollte. Doch ich vertraute Della. Ich vertraute der Technik. So lehnte ich mich zurück, und sah, wie die kleine Schublade sich öffnete. Auf dem Bildschirm stand nur das Wort: Redy. Dann schaltete sich der Bildschirm wieder aus – er wurde wieder unsichtbar.

Mit einem zweiten spritzenartigen Gerät, entnahm Della den nun geladenen Chip. Er setzte ihn in eine weitere Schublade ein. Der Bildschirm von eben war augenblicklich wieder zu sehen. Daniela hielt er ein Bonbon hin. Sie nahm ihn, und steckte ihn in den Mund. Somit war sie abgelenkt.

„Welches Datum sollen wir einstellen?"

„Was meinen sie?"

„Den Chip. Wir können uns ausdenken, wann er aktiviert werden soll."

„Ich dachte das geht sofort?"

„Eh, ja, das geht sofort. Aber, was soll ihre kleine Tochter mit ihren Gedanken."

„Ah, so. Ja, verstehe. Sie sollte erwachsen sein. Sie sollte verstehen was durch ihren Kopf geht. Wird sie alles sehen? Mein ganzes Leben?"

„Nein. Ebenso wie sie, wird sie nur sprunghaft, mit Lücken ihre Gedanken lesen. Zum Beispiel bei bestimmten Situationen. Es kann sein, dass sie weiß, was sie denken, bei bestimmten Dingen. Wie gesagt, sie selbst sind dann tot. Sie können nicht in ihre Gedanken eingreifen."

„Aber sie wird wissen, wie ich es getan hätte", vervollständigte ich seinen Satz."

„So ist es", gab Della zu, und nickte dabei.

Ich überlegte kurz. Dann sagte ich, dass er so gut sein solle, ihren achtzehnten Geburtstag einzustellen. Ich sagte ihm das Datum. Er gab es ein. Und man sah das Datum auf dem Bildschirm. Er gab noch eine Uhrzeit ein 12:00 Uhr.

Ich las es und fragte: „Und solange bleibt der Chip inaktiv?"

„Ja, genau. Erst wenn sie achtzehn ist, um zwölf Uhr mittags wird der Chip aktiv. Es sei denn, sie haben es sich anders überlegt." Er hatte die ganze Zeit über den Finger auf der Enter-Taste. Als ich nickte, drückte er. Es erschien: O.k. auf dem Schirm. Dann ging er wieder aus.

Della entnahm den Chip mit der Spritze. Dann beugte er sich Daniela zu, die die ganze Zeit über brav neben Della in dem viel zu großen Sessel hockte und ihren Bonbon lutschte. „Na, Kleines, ist es lecker?"

Daniela nickte nur. Della stand auf. Die Spritze hatte er hinter dem Rücken in der rechten Hand. Er stellte sich hinter sie und streichelte mit der linken ihren Kopf. Dann nahm er blitzschnell die Spritze hervor. Derweil hatte er ihre Haare mit Daumen und Zeigefinger beiseite gewischt. Er setzte in Sekundenschnelle die Spritze an und drückte den Auslöser. Dann streichelte er ihr wieder über den Kopf. Daniela hatte nichts mitbekommen. Della war super. Das hatte er gut gemacht. Hoffte ich.

Ich hoffte, dass ich keinen Fehler gemacht hatte. Ich hoffte, das alles so kam, wie Della es versprach. Doris würde mich ermorden. Ich haderte nun das zweite Mal mit mir. Das zweite Mal verschwieg ich etwas vor Doris. Meine Krankheit würde ich nicht mehr lange verbergen können. Aber das hier. Sollte ich ihr das hier sagen? Ich entschloss mich dazu einen Zettel zu schreiben. Und ihn zu verstecken. Doris würde ihn irgendwann finden. Dann würde sie wissen was los ist. Ich tat das nicht aus Feigheit, sondern, weil ich wusste, dass es Doris nicht recht sein würde. Sie würde verlangen es wieder rückgängig zu machen. Mir wurde klar, dass wir das erste Mal anderer Meinung waren. Ich würde also, überlegte ich mir in dem Moment, einen Brief schreiben, den Doris nach Danielas Geburtstag erreichen würde. Daniela wäre dann alt genug um selbst zu entscheiden, was sie tun würde. An ihr würde dann die Entscheidung liegen. Ja, das schien vernünftig zu sein.

Ich verabschiedete mich von Della. Er nickte freundlich. Dann nahm ich Daniela bei der Hand. Sie winkte Della zu und er winkte zurück. Dann machten wir uns auf den Heimweg. Jetzt erst stellte ich fest, dass der gesamte Weg aus Pflastersteinen bestand. Die Steine waren aus demselben Material, wie die Häuser – aus diesem grauen Granit. Der Weg war sechshundert Jahre alt, und er würde noch einmal so lange überdauern. Wenn kein Erdbeben das Dorf zerstörte, was quasi auszuschließen war, würde der Ort ewig existieren. Auf jeden Fall noch sehr, sehr lange.

Dieser Weg hatte viele Füße getragen. Generationen von Familien. Und nun sogar Fremde. Der Ort war kein Urlaubsort. Nur selten verirrten sich Fremde hierher. Wir, die Flüchtlinge, waren die ersten Fremden, die diesen Weg benutzten. Umso mehr imponierte mir Della, weil er so super Deutsch konnte. Was mich in dem Moment jedoch bewegte, während ich mit Daniela diesen Weg entlang lief, war die Tatsache, dass der Ort schon viel erlebt hatte. Er würde nicht nur mich überleben, sondern auch Della, Doris und Peter und Renate – und noch weitere Generationen nach uns. Wir, die vom Schicksal geleiteten Menschen, waren, im Vergleich zu diesen alten Felsen, nur für Sekundenbruchteile auf dieser Welt. Was also sollte es, ob ich nun noch zehn oder zwanzig Jahre auf dieser Welt wandelte – wo bestand der Unterschiet? Es gab keinen. Es spielte einfach keine Rolle. Und ich hatte – wieder einmal – was andere nicht hatten. Einen Chip, der es mir gewissermaßen ermöglichte, weiterzuleben. Das hatte schon was, es war aber auch schauerlich und verwirrend. Aber ich wollte es. Ich hatte so viel erlebt. Ich konnte so viel erreichen. Tun, wozu andere nicht die Möglichkeit hatten. Meine Visionen. Sie hatten Menschen das Leben gerettet. Ich musste wissen wie es weitergeht. Wie die Welt sich entwickelt. Wie Daniela sich entwickelt. Was aus Doris wird – nach meinem Tod. Ich wollte und konnte nicht kontrollieren... nur wissen, was noch kommt. Ja, ich setzte Hoffnung in die Zukunft. Obwohl ich so krank war. Obwohl ich sah, wie die Menschen sein konnten. Die, die nur an sich dachten, und einen Krieg anfingen. Ich musste wissen, ob sich nun alles ändern würde. Die Erde endlich zum Paradies werden würde, was sie ja eigentlich war. Die Erde war so schön. Vielleicht hätte es der Mensch, nun, da es kein Geld mehr gab, ja endlich verstanden, auf was es ankam. Darin lag meine Hoffnung, für die ich den Grundstein gelegt hatte, mit meinem Tun. Ich musste einfach wissen, wie es weitergeht – über meinen Tod hinaus. Ich konnte nicht anders.

Kapitel 22

Gute Zeit

Ein weiterer Besuch bei Della war gut verlaufen. So folgte eine Zeit während der es mir wieder besser ging. Das Gespräch, das wir nach der Untersuchung geführt hatten, war gut gewesen. Ich betrachtete ihn mittlerweile als Freund. Er hatte mir drei Schachteln Tabletten mitgegeben. Einmal waren da eine Packung Antibiotika, dann Schmerztabletten, die ich bei Bedarf einnehmen sollte, und dann waren da noch Kapseln, die entzündungshemmend wirkten und das Immunsystem stärken sollten.

Wichtiger war mir jedoch das Gespräch mit Della. Er hatte es verstanden mich auf das unaussprechliche vorzubereiten. Und so vergingen die Monate, ohne weitere Zwischenfälle.

Es kam der Tag, an dem wir Danielas zweiten Geburtstag feierten. Diese Zeit war zu schön. Daniela war so goldig. Ständig am Lachen. Wir spielten viel zusammen.

Alles verlief gut soweit – wie es so schön heißt: den Umständen entsprechend. Das hieß, dass sich bisher mein Gesundheitszustand nicht verschlechtert hatte. Die Pillen vom Doc halfen gut und ich verspürte keine Nebenwirkungen. Uns gefiel es sehr hier. Weswegen wir uns einig waren, noch eine Weile zu bleiben. Was auch kein Problem war. Niemand fragte nach, ob wir nicht doch mal arbeiten wollten. Scheinbar stellte niemand Fragen, solange es dieses Abkommen zwischen Spanien und Deutschland gab. So lebten wir sorglos in den Tag hinein. Machten Ausflüge ins Landesinnere oder ans Mittelmeer. Was bedeutete, dass wir mal einige Tage nicht in der Herberge waren. Wenn wir dann zurückkamen bereitete uns dann immer Carraras, der Chef persönlich, eine Paella zu. Ja, auch zu ihm und seiner Familie hatten wir alle ein freundschaftliches Verhältnis. Wir waren wirklich am richtigen Ort angekommen. Das bestätigte sich immer mehr. Vor allem, als wir an einem Sommerabend die deutschen Nachrichten verfolgten. Carraras hatte erlaubt, dass wir uns einen Fernseher ins Zimmer stellten. Es zeigte sich, dass sich nicht nur in Europa die Politik gewandelt hatte – nein, weltweit gab es eine globale Welle der Einigkeit. Geld gab es nun nirgends mehr auf dem Globus. Die Börse war abgeschafft. Güter wurden unter den Ländern getauscht. Weltweite Abkommen wurden geschossen, Werte wurden festgelegt. Und diese Werte blieben konstant. Es galt: gib mir eine Tonne Eisen, dafür erhältst du 300 kg Kupfer oder 250 Liter Öl. So erhielt jedes Land, was ihm fehlte. Die Ressourcen wurden gleichmäßig unter ökologischen Gesichtspunkten verteilt. Wer wie viel vom welchen Produkt in einem Zeitraum erhielt, entschied der Länderrat. Dies funktionierte verblüffend gut. Es herrschte Frieden. Und dies, obwohl sich einige Länder, die immer noch den anderen die Schuld gegeben hatten, sich vom gegründeten Weltrat distanzierten, und lieber eigenständig bleiben wollten. So kam es, dass sich China und Russland zusammenschlossen. Beide Regierungen führten wieder den

Kommunismus ein, beteiligten sich aber an den meisten Handelsabkommen.

Sogar ein weiteres Jahr später erging es mir einigermaßen gut. Die immunstärkenden Pillen bewirkten, so hatte mir Della beigebracht, das mein Körper sich gegen die Krankheit wehrte. Was jedoch zur Folge hatte, das ich ständig Hunger hatte. Er, Della, hatte mir nach der ersten Untersuchung noch höchstens ein Jahr prophezeit. Eher weniger. Nun war ein Jahr und ein halbes vergangen, und ich hatte sogar zugenommen. Die Krämpfe waren noch da. Auch hatte ich immer noch Durchfall und Verstopfung im Wechsel. Die Krankheit hatte sich jedoch nicht wesentlich verschlechtert. Della nannte das einen A-Typischen Verlauf. Della betonte stets, dass er das so nicht kannte. Er schob diesen positiven Umstand darauf, dass nicht nur die Medikamente bei mir gut anschlugen, sondern auch darauf, dass ich, wie er es nannte, eine starke Natur hätte. Körperlich sei ich fit, und, was seiner Ansicht nach noch wichtiger war, war, dass ich geistig die richtige Einstellung hatte. Auch dies hatte sich in den vielen Gesprächen, die ich mit Della geführt hatte, herauskristallisiert. „Es ist wichtig", hatte er immer betont – „... dass Körper und Geist gut miteinander harmonieren. Kommt ein negativer Einfluss, wie eine Krebserkrankung, so hängt es nicht selten an den Menschen selbst, wie lange sie noch leben. Es gibt welche", führte er weiter aus – „... die sich sofort selbst aufgeben, und innerhalb kürzester Zeit versterben. Andere kämpfen und halten sich so Jahrelang am Leben. Selten gibt es Fälle, wo die Leute etwas Verrücktes tun, wie durch halb Europa Joggen. Und, aus unerklärlichen Gründen, ist die Krankheit dann plötzlich komplett verschwunden. Manchmal macht die Krankheit auch nur eine Pause und dann geht es oft sehr schnell. Eine sichere Prognose lässt sich deshalb oft nicht stellen."

Diese Worte kannte ich. Ich hatte davon gelesen und mich auch schon mit Peter darüber unterhalten. An einen dieser unzähligen Tagen, an denen wir über Gott und die Welt geredet hatten. Dennoch hatten Della´s Ausführungen dahin geführt, dass ich Doris an diesem Tag die Erkrankung gestand. Sie war sichtlich geschockt – auch darüber, dass ich es so lange für mich behalten hatte. Böse war sie mir jedoch nicht. Was hätte es auch genutzt. Nichts würde die Krankheit zurücknehmen.

„Was denkst du war der Auslöser?" – hatte sie gefragt. Und ich hätte sagen können, dass ich den Verdacht hätte, das es passierte, als ich bei Danielas Geburt den Doktor geholt hatte.

„Ich habe keine Ahnung", sagte ich daher, weil für mich ohne Belang war, was denn nun der Auslöser war.

„Wir müssen eben so gut wie möglich damit umgehen", bemerkte dann Doris, und führte somit den Satz weiter, den ich ansonsten im Anschluss gesagt hätte.

„Genau", bestätigte ich daher nur ihre Worte. „Hoffen wir, dass mir noch einige Jahre bleiben. Leben wir sie, so schön wir es können", fügte ich noch an, und hatte eine Träne im Auge.

Doris bemerkte die Träne. Sie wischte sie mir weg. Wobei sie selbst Tränen in den Augen hatte.

Mit den Worten: „Ich liebe dich über alles", die jedoch in Tränen erstickt waren – drückte sie mich fest an mich, und gab mir einen Kuss. Und ich schmeckte ihren salzigen Tränen.

„Ich liebe dich auch so sehr", antwortete ich ihr, und umarmte sie ebenfalls.

Daniela war wach geworden. Sie schaute mich mit ihren zweifarbigen Augen an. Ich stellte fest, dass sie der Original-Daniela immer mehr glich. Ich löste mich von Doris, und nahm sie in den Arm.

„Na, Kleine, wach? Was spielen wir?"

Doris streichelte erst mir, dann Daniela über das Haar, dann gingen wir alle an die frische Luft. Wir spielten Verstecken und hatten viel Spaß.

Kapitel 23

... will Papa

2048 – wir feierten Danielas vierten Geburtstag, wobei wir uns immer noch in Spanien aufhielten. Alle hier, die wir nun schon seit Jahren in dieser Herberge lebten, waren zu unserer Familie geworden. Da war nicht nur Carraras, der liebe Besitzer, dessen Vornahmen wir gar nicht wussten, weil er von allen nur Carie genannt wurde – und dessen Frau Maria. Nein, auch viele Gäste, die ebenso wie wir hier ihre zweite oder gar dritte Heimat gefunden hatten, hatten wir liebgewonnen. Jeder interessierte sich für den Anderen. Überall war man willkommen. Jeder begrüßte und empfing einen mit offenen Armen. Ja, dieser Ort, diese Feststellung machte ich immer wieder und wieder – war das Paradies. Sicherlich gab es mittlerweile einige Orte auf der Welt, wo es wieder schön und lebenswert war. Aber, das auch die Menschen, die dort wohnten, sich so gut verstanden und gegenseitig halfen und miteinander durch ein durchsichtiges Band der Freundschaft regelrecht miteinander verbunden waren, wie dies bei uns hier der Fall war, dies bezweifelte ich doch stark. Es war kein Wunder, dass wir uns alle so wohl fühlten. Ich schob die Tatsache, dass es mir trotz dieser Krankheit noch relativ gut ging diesem Umstand zu. Della bestätigte mir auch, dass es sehr wohl daran liegen könne, das ich in einem Umfeld lebte, welches sich klimatisch wie seelisch positiv auswirkte. „Mildes Klima, gutes Essen, Medikamente die griffen und die du gut verträgst, dann Menschen, die dich lieben und umsorgen... diese Dinge helfen alle weiter. Die schöne Umgebung, in der du dich wohl fühlst... ohne das alles wärst du vielleicht längst..." – hatte er mir vor kurzem gesagt. Und damit hatte er wohl recht.

Es wäre aber gelogen gewesen, wenn ich zu dem Zeitpunkt behauptet hätte, dass es mir gut ginge. Ich hatte einige Kilo abgenommen. Die Schmerzen hatten etwas zugenommen, weshalb mir Della, Charles, stärkere Pillen verschrieb.

Nun aber übergab ich Daniela ihr Geburtstagsgeschenk. Eine Puppe. Sie hatte sich riesig gefreut und mich umarmt und geküsst. „Danke Papa, wie schön. Genauso eine habe ich mir gewünscht."

Dann wurde ich mit den Worten: „Du bist nicht alleine auf der Welt", von Renate lächelnd beiseitegeschoben – „... auch andere wollen unserem kleinen Schatz noch ihr Geschenk geben."

Ja, Daniela und ein anderes kleines Mädchen, gleichen Alters aus Frankreich waren tatsächlich die Lieblinge unserer wachsenden Gemeinschaft.

Wir feierten fröhlich und aßen Torte und Kuchen. Wir alle gestalteten Daniela ein schönes Fest. Sie schlief dann relativ früh am Abend Seelig, mit ihrer Puppe im Arm, ein.

Alles war bei Daniela mit Spaß verbunden. Selbst, wenn man sie nur beim Schlafen beobachtete. Sie lächelte im Schlaf. Ihre blonden Locken schimmerten im Licht der Nachtlampe golden. Sie hatte ihre zweifarbigen Augen beibehalten, wodurch sie ihrer Namensgeberin immer mehr glich. Ja, so wie sie, so hatte Daniela in ihrem Alter ausgesehen. Es war verblüffend – und auch ein wenig verwirrend. Ich hatte mich mit der alten Daniela blendend verstanden, und mit Daniela verstand ich mich ebenso gut. Was man immer von ihr hörte war: „Will Papa... will mit Papa spielen.“ Sicher, ebenso schön spielte sie mit Doris oder auch mit Renate, oder einem der anderen Kinder. Aber, sowie ich in ihre Nähe kam, waren die Anderen, wer auch immer, abgemeldet. Sie löste sich von Demjenigen, und rannte zu mir, umarmte mich, und wollte von nun an stets mit mir was unternehmen. Das ließ mein Vaterherz zwar höherschlagen, manchmal – beispielsweise bei Doris, war mir dies auch etwas peinlich – letztlich bedrückte es mich. Meine Tage waren schließlich gezählt. Ich machte mir Sorgen. Gerade in letzter Zeit war dies so. Es ging mir zunehmend schlechter. Meine Sorgen galten alleine Doris und – vor Allem, Daniela. Doris würde trauern. Ich bezweifelte zu diesem Zeitpunkt sogar, dass sie jeweils wieder einen anderen Mann anschauen würde. Aber Daniela, wie würde sie weiter aufwachsen? Ohne ihren Papa.

Drei Monate später

Es war heiß. Es war August. Daniela spielte mit den anderen Kindern draußen. Und das war auch gut so. Denn es ging mir seit ein paar Wochen bedeutend schlechter. Della hatte mir, bei der letzten Untersuchung, mitgeteilt, dass der Krebs gesiegt hätte. Alle Lymphknoten seien betroffen. Der Darm sei größtenteils zerstört. Und auch der Magen und die Leber waren angegriffen.

Es war Mittag und ich lag im Bett und schwitzte. Ich war erschöpft. Es war mir unmöglich, aufzustehen. Doris hatte Della gerufen. Doch der war nicht lange geblieben. Er hatte mich nur kurz untersucht. Dann sprach er mit Doris draußen einige Worte, die ich nicht mitbekam. Dann ging er wieder. Als er ging hatte er diesen unerklärlichen Blick drauf, der mir sagte, dass heute für mich der letzte Tag hier auf Erden sein würde.

Doris kam herein. Sie hatte ein Glas Wasser in der Hand, welches sie mir reichte, als sie bei mir am Bett angelangt war. Sie wirkte sehr angespannt. Ihr Gesicht wirkte versteinert. Die Adern an ihren Schläfen traten hervor. Das hatte ich noch nie bei ihr gesehen. Sie musste unter großem Stress stehen. Sie rang sich ein Lächeln ab und küsste mich. Dann nahm sie mir das geleerte Glas ab und stellte es auf dem Nachttisch ab. Als Peter ins Zimmer trat, setzte sie sich zu mir auf die Bettkannte. Bis dahin hatte sie nur in unbequemer Pose zu mir gebeugt dagestanden.

„Na, Alter", begrüßte er mich in alter Manier. Aber auch er wirkte verkrampft. Nun kam auch Renate ins Zimmer. „Wo seid ihr denn alle?" – hatte sie lachend gefragt. „Daniela sucht euch alle… sie befahl mir euch zu suchen… will Papa… hatte sie gesagt. Sie wartet draußen."

Della hatte mir eine Spritze gegeben. Der Inhalt war klar und gelblich. Jedenfalls spürte ich nichts. Das einzige, was mich störte war, dass ich kaum einen Arm heben konnte. Und ich hatte schon wieder Durst. Ich schwitzte immer mehr. Ich war müde. Unendlich müde. Die Augen vielen mir zu. Ich fühlte, wie die Augenlieder schwerer wurden. Ich schaute alle nacheinander an. Renate, die nun ebenfalls denselben Blick draufhatte, wie schon Peter und Doris. Sie alle, die sie mich in den letzten Jahren begleitet hatten, standen nun um mein Bett herum, und schauten besorgt drein. Peter, mein Freund. Er war mehr als das. Er war stets Kumpan, Sinnesgenosse – keiner verstand mich so wie er. Er war immer Helfer und Ratgeber gewesen. Von klein auf. Dann schaute ich zu Doris. Tränen standen in ihren Augen. Aber sie blickte mich so liebevoll an, wie man nur jemanden anschauen kann, den man von ganzem Herzen liebt. Die Adern an ihren Schläfen waren weg. Sie sah sanft aus. Entspannt. Sie hatte mit beiden Händen meine rechte Hand gehalten. Sie küsste mich wieder. Aber ich spürte kaum etwas.

Ich sah meine Mutter vor mir. Als sie mich zur Schule brachte. Das Bild, das von meiner Einschulung gemacht wurde, sah ich vor Augen. Peter als kleiner Junge. Er hatte in der Schule neben mir gesessen. Ich sah meinen unaufgeräumten Schreibtisch in der Redaktion vor mir. Doris als junges Mädchen, an dem Tag, an dem wir uns so leidenschaftlich geküsst hatten. Dann sah ich in schneller Reihenfolge den berstenden Briefkasten und die lachenden Gesichter meiner Kumpels vor mir. Ich sah, wie wir am Lagerfeuer Würstchen grillten. Das Zugunglück. Der Überlebende. Den Kopf seiner Frau. Den Bürgermeister Meier. Den Abgeordneten. Die Atombombenexplosion. Die Höhlentür, die ich aufsperrte. Die

leidenschaftliche Nacht, die dazu führte, dass Daniela auf die Welt kam.
Die alte Daniela – ihre blaugrünen Augen. Diese wunderbaren Augen.
Dann sah ich meinen Traum vor meinem inneren Auge. Ich stand auf dem
Berg und rief zu den anderen. Dem Volk. Das schwebende Ei, das aus
Neonbuchstaben bestand.

Dann sah ich Doris wieder vor mir. Eine Träne tropfte von ihrem Kinn.
Daniela kam hereingerannt: „Will Papa", hatte sie gerufen. Ich erblickte sie
zwischen den Schultern von Renate und Peter. Ich sah sie an. Ihr
strahlendes Gesicht. Sie lachte. Wie immer. Ich schaute in ihre
zweifarbigen Augen.

Dann wurde es schwarz.

Es war, als schalte man einen alten Röhrenbildschirm aus.

In der Mitte erschien ein weiser Punkt.

Dann war es dunkel.

Nacht.

Kapitel 24

Die Zukunft

Teil 8

Vierzehn Jahre später. 12:00 Uhr

Es wurde hell. Blendend hell. Erst konnte ich – oder besser, der Chip in Danielas Kopf, nichts erkennen. Und es dauerte auch einige Sekunden. Die ersten Bilder die ich sah, waren die, die ich als letztes sah. Die Bilder, die in schneller Reihenfolge, bei meinem Tod, vor meinem inneren Augen abgelaufen waren. Es schien als wurden sie Hochgebootet.

 Meine Gedanken, meine Erlebnisse, mein ICH wurde gestartet. Erst dann, als meine Gedanken alle gebootet waren, wurde der Blick scharf. Und ich sah, was Daniela sah. Eine Sahnetorte mit achtzehn Kerzen darauf. Dann sah ich Doris und ich hatte das Gefühl, als ob mein Herz höher schlagen würde. Es war mir aber klar, dass alle Gefühle nur Virtuell waren. Es zeigte aber, wie leistungsstark der Chip war. Die Bilder waren echt. Ebenso die Gedanken- die alten und die neuen Gedanken. Alles andere, wie, die Gefühle wurden nachgeahmt. Aber es fühlte sich echt an. Als wäre ich dabei.

Wahnsinn.

Ich konnte aber nichts spüren, nichts schmecken, nicht mitreden. Ich war nicht da. Existierte nicht. Und dennoch bereute ich nichts. Denn alles was ich sah, war faszinierend, überwältigend, verblüffend. Obwohl ich nichts hörte, nur Bilder sah. Es war großartig. Und verrückt.

Und ich fragte mich was ich in Zukunft sehen würde.

Doris. Sie hatte ein paar Falten bekommen. Ebenso Peter, dessen Schläfen nun ergraut waren. Auch Renate trat nun in mein Gesichtsfeld, wenn ich so sagen darf. Ihre Haare waren komplett grau. Sie war deutlich gealtert. Die Kerzen, sie waren nun alle aus, und dampften vor sich hin. Dann sah ich eine zarte Frauenhand. Es musste die Hand Danielas gewesen sein. Denn ich sah keinen Körper, kein Gesicht. Es war, als ob ich die Kerzen entfernte, und nun den Kuchen anschnitt.

Dann sahen wir – Daniela und ich, ein anderes Gesicht. Eines, das ich nicht kannte. Ein junger Mann. Er kam näher. So nahe, dass ich bald nur noch seine Nase und seine Augen sah. Sie waren braun. Was tat der Mann? Dann kapierte ich. Er küsste Daniela. Es war ihr Freund. Ein freundlich schauender, gut aussehender Mann, ohne nennenswerten Bartwuchs. Er hatte breite Wangen, und dass, was man als römische Nase bezeichnet. Das hieß, dass sie einen leichten Knick hatte. Sein Kinn war etwas eckig und hatte ein Grübchen. Auffallend waren seine dichten Augenbrauen, und Haare, die superkurz geschoren waren. Er war muskulös. Ich konnte seine breite Brust und ein Sixpack durch ein weises, knappgeschnittenes T-Shirt erkennen.

Nette Wahl, dachte ich, und es tat mir schon etwas leid, dass ich ihn nicht kennenlernen würde. Nicht mitreden konnte. Keinen Rat geben konnte. Mit ihm keinen Trinken konnte... nie Opa werden würde. Und doch würde ich es miterleben. Still. Im Verborgenen. Ich kam mir schon ein wenig hinterhältig vor. Was war, wenn ich angeschaltet war, wenn Daniela mit ihrem Freund im Bett war? Ich hatte nicht die Möglichkeit die Augen zu schließen. Nun, ich würde damit zurechtkommen. Überhaupt musste ich mir klarwerden, dass bei allem was ich sehen würde, damit zurecht kommen musste – was immer es auch sein würde.

„Du wirst nicht eingreifen können. Du wirst alles akzeptieren müssen. Auch wenn sich jede Faser deines Chips – deines ICH's, dagegen sträubt. Du wirst in Zukunft nur Beobachter sein" – dies sagte ich in Gedanken zu mir selbst – „... noch nicht einmal deine Gefühle werden echt sein. Selbst deine Gedanken werden nur simuliert sein. Aber vorhanden. Ja, du kannst dir ein Bild machen. Sehen was kommt, was passiert. Nicht mehr und nicht weniger. Beobachter." Ich musste mir klar werden, dass ich nicht mehr der Mann der Tat sein würde. Der, den ich mal war – der war tot. Es wurde mir klar, dass ich Dinge sehen würde, die mir ganz und gar nicht gefallen würden. Und ich würde nichts dagegen tun können.

Oft würde es aber auch so sein wie heute. Denn viel gab es an dem Tag nicht mehr zu sehen. Daniela schaute aus dem Fenster, wodurch ich erkennen konnte, dass wir uns nicht mehr in Spanien aufhielten. Jedenfalls war dies nicht unsere Herberge. „Bestimmt sind sie nach meinem Tod von dort weg", dachte ich. Auch daran musste ich mich gewöhnen: ich würde nicht wissen wo wir – Daniela, sich aufhielt. Oder was für eine Jahreszeit es ist, es sei denn, es liegt Schnee. Ja, ich würde mich an vieles gewöhnen müssen. Ich war nicht mehr am Leben. Was ich sah, sehen würde, waren Danielas Bilder und Eindrücke. Nicht meine. Ich, das war nur ein Stück Plastik, welches mit haarfeinen Goldfäden durchzogen war. Energie, also Strom erhielt ich, der Chip, von Danielas Gehirn. Wenige Milliampere. Doch diese minimalen Stromstöße würden mich am Leben erhalten – den Chip. Er – ich - würde erst aufhören zu existieren, wenn die Verbindung gelöst wird, sprich: wenn der Chip entfernt werden würde. Oder der Speicher voll wäre. Zehn Terabyte. Das war meine Größe. Das war ich nun.

Schwarz. Es wurde wieder dunkel. Die erste Stunde meines neuen Daseins war zu Ende.

Licht. Wieder dieses helle, blendende Licht. Ich, nein, Daniela schaute auf ihre silberne Armbanduhr. Es war wieder zwölf Uhr mittags. Ich hatte sozusagen ausgeschlafen. Was für ein Tag es war? Keine Ahnung.

Daniela sah fern. Super, auf die Art würde ich was von der Welt sehen. Und so war es auch. Daniela sah einen Bericht, der zeigte, wie Raketen starteten. Das Fernsehbild schaltete um. Im Bild war nun eine Kolonie auf dem Mond zu sehen. Eine Luftaufnahme zeigte eine beachtliche Stadt. Wie es aussah, war im Hintergrund eine weitere Stadt zu sehen. Wahnsinn. Ich hatte ja mitbekommen, dass es neugegründete Orte auf dem Mond und unter dem Meer gab. Aber, dass diese Orte nun diese Größe erreichten, damit hätte ich nicht gerechnet. Ich wusste nicht, ob ich es gut oder schlecht finden sollte. Der Untertitel, welcher im unteren Bildrand, wohl für Hörgeschädigte, eingeblendet wurde, informierte mich darüber, dass eine künstliche Sonne über dem Mond gezündet werden sollte, damit man dort Gemüse unter Gewächshäusern pflanzen konnte!

Ein weiterer Bericht zeigte warum jedes Mal Untertitel eingeblendet wurden. Durch die Folgen der Atombomben waren wohl viele behinderte Menschen auf die Welt gekommen – oder die Leute waren Schwerhörig geworden, wegen der Bomben. Jedenfalls ging es in dem Bericht darum, dass ein neues Reha-Zentrum eingeweiht wurde. Es waren Menschen zu sehen, die dort behandelt werden würden. Es waren grauenhaft entstellte Menschen zu sehen. Menschen mit großflächigem Hautkrebs, welcher scheinbar bereits operiert war, und wieder ausgebrochen war. Schlimme Vernarbungen waren die Folge. Dann gab es Menschen, die sich während des Krieges schützen wollten. Zum Glück wurde der Untertitel eingeblendet. Sonst hätte ich nicht verstanden, um was es sich dreht. So jedoch konnte ich die Zusammenhänge begreifen. Diese Leute ließen sich Spritzen geben, in denen eine Genveränderte Substanz enthalten war. Dadurch würden sie weit über hundert Jahre alt werden. Das Fernsehbild zeigte alte geschrumpelte Kreiße, die eher was mit Frankensteins Monster zu tun hatten, als mit Menschen, die nur Angst um ihr Leben hatten – weswegen sie sich diese Spritze hatten geben lassen. Es waren bedauernswerte Kreaturen, welche wohl nicht bedacht hatten, das ein hohes Alter nicht nur Vorteile hatte. Sie alle hatten alle Arthritis, einen schlimmen Rücken, oder andere Krankheiten, die man im Alter eben bekommt. Dann gab es noch Menschen, auf die die Bezeichnung: Monster, noch am ehesten zutraf. In schneller Folge wurden Leute gezeigt, deren Arme oder Beine durch Roboterteile ersetzt wurden. Aber auch Nasen, Ohren, und ja, sogar Penisse wurden durch Prothesen ersetzt. Künstliche

Augen… grauenhafte Bilder – weshalb Daniela wohl auch umschaltete. Das Bild zeigte nun Orte unterm Meer. Auch hier war zu sehen, dass aus den ehemals kleinen Dörfchen mit wenigen Habitaten, beachtliche Städte entstanden waren.

Dann sah ich wieder Danielas Hand, in der sich eine Fernbedienung befand. Sie hatte ausgeschaltet. Dann war sie aus einem Sessel aufgestanden. Sie lief zum nahegelegenen Fenster, schob die Gardine beiseite, und schaute hinaus. Es regnete. Die Gegend kannte ich nicht.

Dann lief sie zu einem Spiegel. Ihr Blick in den Spiegel überwältigte mich. Und dies in mehrerer Hinsicht. Zum einen war ich von ihrer Schönheit begeistert. Ihr Gesicht erinnerte an die Statue der Göttin Aphrodite, nur, dass ihre Haare blondgelockt waren. Und dann diese fantastischen Augen. Sie waren immer noch Grün und Blau. Diese Augen zogen die Blicke auf sich, wie ein Magnet. Dieser stolze Blick. Es war, als schaute man die alte Daniela an. Sie hätten Zwillinge sein können. Was zum Zweiten überwältigend für mich war, war der Umstand, dass ich sie ja als letztes als Kind sah. Nun schaute ich in zwei Augen, in die man sich nur verlieben konnte, wenn man nicht gerade der Vater war. Es war wie im Zeitraffer. Dieses Gefühl, wie ich es in dem Moment hatte, dies konnte außer mir nur Johann Sommer haben, wenn er in der Zeit hin und her gereist ist, und wohl seine Mutter oder seinen Bruder Frank einmal so sah, wie er ihn kannte, und dann, wie er Jahre später ausgesehen hatte. Das Wort überwältigend traf nicht das, was man da fühlte. Und für mich war dieses Gefühl noch größer. Dieses Gefühl verstärkte sich noch als Daniela sich in die Augen schaute. Sie hatte sich das Haar gekämmt und hatte die Bürste nun beiseitegelegt. Sie war näher an den Spiegel gerückt. Es sah zuerst so aus, als suche sie einen Pickel in ihrem Gesicht. Dann jedoch blieb ihr Blick bei ihren Augen hängen. Sie blickte tief. Ein langer Blick. Es war, als ob sie noch näher zoomte. Den Blick noch weiter schärfte. Wie ein Raubtier, das in der Ferne ein Opfer entdeckt hat, und nun nicht mehr aus den Augen ließ.

Dachte sie an mich? Es schien mir, als ob sie an mich dachte. Mehr noch. Da war mehr. Ich hatte so etwas wie eine Vision. Der Chip leistete unglaubliches. Nicht nur, dass er Bilder so verarbeitete, das mein gespeichertes ICH, also so, wie ich mal war – das dies noch alles vorhanden war, nein, ich hatte eigene Gedanken, die abgespeichert wurden – und darüber hinaus, hatte ich nun auch diese Vision. So, wie ich sie ja früher auch hatte. Und was ich sah, so, als ob es vor meinem inneren Auge ablaufen würde, wie ein Film, war ebenfalls überwältigend: ich erkannte Danielas Gedanken! Jedenfalls war dies meine Vision davon, denn laut Della konnte ich ja Danielas Gedanken nicht lesen. Und auch sie sollte ja nichts davon mitbekommen.

Jedenfalls sah, so meine Vision, Daniela sich selbst in Della's spiegelndem Schreibtisch. Dann schweifte ihr Blick auf mich, als wir damals bei Della waren. Am Tag, als sie den Chip bekam. Ich sah, was sie damals als Kind gesehen haben muss – die Chromumrandeten Bilder auf denen Teile des Ortes zu sehen waren. Dann spürte ich einen Picks. Ich fühlte ihn! Es musste dasselbe Phänomen sein, wie bei einem, der ein Bein amputiert hat. Eine Art Phantomschmerz. Simuliert, und doch zu spüren, als sei er echt. Ein Stich einer Spritze. Sie schaute wieder zu mir. Sie war damals vier Jahre alt, und ich fragte mich, wie ihre Erinnerungen so detailreich sein konnten. Doch dann erinnerte ich mich an meine eigene Kindheit, und es fiel mir ein, das auch bei mir Fragmente hängenblieben, die, wie es so schön heißt: eine bleibende Erinnerung bildeten.

Sie hatte sich also an den Tag erinnert. Und nun, als sie so tief in ihren wunderbaren Augen blickte, war es so, als ob sie mich anschaute. Als ob sie sich nicht nur an den Tag erinnern würde, an dem sie den Chip – mich, erhielt. Nein, es war so, als ob sie wüsste, dass ich in ihrem Kopf sei.

„Hat Della es Doris gesagt? Hat sie es Daniela weitergegeben? Oder hatte Daniela ähnliche Visionen wie ich? Eine Verbindung zwischen unseren Gehirnen bestand laut Della nicht. Wir konnten keine Gedanken austauchen. Das waren Della's Worte" – so dachte ich. Der Chip nahm ja nur auf, was Daniela sah, und ICH konnte Schlüsse daraus ziehen. Und dennoch war da dieses Gefühl, als ob Daniela Bescheid wusste. Wie es auch immer war. Ich würde es wohl nie herausbekommen.

Dann wurde es wieder Schwarz.

Kapitel 25

Winter

Sprunghaft vergingen die Tage. Immer um 12:00 Uhr aktivierte sich der Chip, also ich, für exakt eine Stunde. Jeder weiß, wie schnell manches Mal die Zeit verrinnt. Für mich war es so, als ob ich im Kampfflieger durch die Zeit raste. Ich konnte es mir nicht aussuchen. Gerne hätte ich auch mal gesehen, was Daniela abends so treibt. Kino, Theater – gab es so etwas überhaupt noch? Es gab Tage, die langweilig für mich waren. Daniela joggte durch einen mir unbekannten Park. Dann hasste ich, dass nach einer Stunde wieder das Licht ausging, ohne dass etwas Nennenswertes passiert war. Oder ich sah was spanendes, welches ich gerne noch weiterverfolgt hätte, aber dann wurde es wieder dunkel. Wodurch ich nicht immer wusste was wirklich da draußen vorging. Meistens konnte ich aber gut mitbekommen, was los war. So sah ich – Daniela, auf einen Kalender. Demnach hatten wir Juli, den Sechzehnten. „Sommer", dachte ich noch, als der Blick Danielas hinaus schweifte. Durch die Gardine konnte man deutlich erkennen, dass es schneite! Schnee im Sommer! Viel Schnee. Zentimeterhoch lag der Schnee auf einer Mauer, die ein Grundstück umgab. Gott, dass ich nie wusste, wo ich mich befand! War dies Danielas Haus, dass von Doris? Wo stand es? In Amerika? Ich sah keinen Hinweis, wie einen Berg oder eine Brücke oder ein bekanntes Haus, wie einen Wolkenkratzer. Tags darauf schien dann wieder die Sonne, so grell, wie ich es kaum kannte. Und aller Schnee war weg. Einen Tag später stürmte es dann. Das erkannte ich, weil Bäume sich krümmten und Äste vorbeiflogen. Dann Regnete es wie verrückt. Anschließend es blieb über Wochen trocken. Daniela schaute des Öfteren auf ein Thermometer. Ein altertümliches Teil, das noch mit echtem Quecksilber gefüllt war. Das bedeutete aber, dass es genau die Temperatur anzeigte. Da war es mal angenehme zwanzig Grad. Dann unangenehme zweiundvierzig. Dann wieder minus drei Grad Celsius.

Womit unschwer zu erkennen war, dass das Wetter verrücktspielte. Das zeigten dann auch gewisse Fernsehbilder, bei denen man Getreidefelder sah, die aus unterschiedlichen Gründen zerstört oder unbrauchbar waren. Die Kartoffel-, Mais- oder Getreidefelder waren entweder durch Frost, Hagel, zu trockenes oder zu feuchtes Klima unbrauchbar.

Wie ich erfuhr, meist durch Fernsehberichte oder auch Zeitungsartikel, welche Daniela sah, beziehungsweise las, hatten die Missernten weitreichende Folgen. Einerseits fehlten das Gemüse, die Kartoffeln und das Getreide auf dem Tisch der Menschen. Aber nicht nur deren Teller blieben vielerorts leer, nein, dadurch wurden - erst vereinzelt, später weltweit, die Futtermittel für Tiere knapp. Erst für Schweine, aber auch für Pferde. Anschließend dann auch für Rinder. Diese weideten ja auf Wiesen. Doch diese Futterquelle hielt nicht sehr lange an. Weshalb die Rinder als letztes betroffen waren. Letztlich starben jedoch viele Tiere. Etliche Höfe, in denen Schweine starben, mussten geschlossen werden, weil Seuchengefahr drohte.

Es kam also, etwa zwei Jahre nach Aktivierung des Chips, Daniela war nun zwanzig, zu Hungersnöten. Nicht überall auf der Welt, aber doch an einigen Orten. Europa und Nordamerika waren betroffen. Ebenfalls Teile Russlands und Chinas. Länder unterhalb des Äquators waren weniger betroffen, weil dort kaum Bomben gefallen waren. Der Weltrat hatte natürlich reagiert. Güter, wie Getreide, wurden in alle Länder verteilt. Aber, es reichte nicht.

Geflügelhöfe wurden geschlossen, weil die Tiere verendeten. Damit war das Chaos komplett. Hunger und Seuchen, des Menschen größter Feind, breitete sich wie die Pest aus. Was die Sache nicht besser machte, war das Wetter, das immer noch verrücktspielte. Die Menschen kamen nicht zur Ruhe. Sie hatten Hunger, wurden krank und mussten mit dem Wetter kämpfen.

War das eine schöne Zukunft? Schnee im Sommer. Hunger. Seuchen. Genmanipulierte Menschen, die Roboterarme und Kunstaugen hatten, und

150 Jahre alt wurden. Dies fragte ich mich immer wieder. Immer, wenn ich etwas davon mitbekam. Immer, wenn Daniela etwa las oder im TV verfolgte.

Doch, wie es Gott sei Dank immer wieder geschieht, besserten sich die Dinge auch dieses Mal etwas. Etwa zwei Jahre weiter schien sich das Klima wieder normalisiert zu haben. Wie sich herausgestellt hatte, war der warme Golfstrom, der für Europa Wetterbestimmend war, abgerissen, weil eine Unterwasserwelt gigantische Ausmaße angenommen hatte, und deshalb das ökologische Gleichgewicht gestört war. Dieser Ort, und das wunderte mich, durfte bestehen bleiben. Er wurde nur soweit zurückgebaut, dass der Golfstrom wieder ungehindert seine alte, gewohnte Bahn ziehen konnte.

Auch die Bewohner auf dem Mond gingen nicht eben zimperlich mit ihrer Umwelt um. Auf dem Mond sorgte die kleine künstliche Sonne, die sie gezündet hatten, zwar für reiche Tomatenernte auf dem Mond – was bis dahin niemand für möglich gehalten hatte, und auch einerseits eine glänzende Ingenieurskunst bedeutete – aber eben auch negative Auswirkungen hatte. Auf der Erde kam es nämlich deswegen auf dem Nordpol zu Eisschmelze in ungeahnter Geschwindigkeit. Große Teile Venedigs und Amsterdams, aber auch Städte wie New York und Hong Kong wurden aufgegeben. Die Liga der Unterwasser-Welter rissen sich darum. Alles verwertbare Material wurde von ihnen recycelt, um neue Unterwasserstädte zu bauen.

Sie war fantastisch und erregend, aber auch beängstigend und irrrational. Lebenslustig und bunt, aber auch schroff und rau. Wie immer. War es nicht immer so?

Nacht. Immer wieder ging das Licht aus. Es wurde aber auch jeden Tag wieder hell. Für eine Stunde. Wie immer. Alles war wie immer.

Epilog

Man, es waren Jahre vergangen. Weg. Verflogen. Etwa zwanzig Jahre waren vorbeigehuscht, nachdem der Computerchip, seit ICH aktiviert war. Ich wäre jetzt über sechzig und Opa. Ja, Daniela war Mutter geworden. Ein kleines Mädchen. Die Geburt war das freudigste Ereignis der letzten Jahre. Doris hatte Falten bekommen. Es freute mich immer ganz besonders, wenn sie bei Daniela zu Besuch war, und ich sie sehen konnte. Auch Peter und Renate waren von Zeit zu Zeit anwesend. Relativ oft sogar, was mich aber nicht wunderte. Sie hatten ja noch zu meinen Lebzeiten zur Familie gehört.

So war es so, dass ich mitbekam, was auf der Welt vorging. Nein, ich bereute den Schritt nicht, den Chip in Daniela einpflanzen zu lassen. So konnte ich sehen, wie es den anderen erging, nach meinem Tod. Ich hätte sonst nie meine Enkelin gesehen. Doris, ihre Falten, die sich um die Augen und am Hals gebildet hatten. Ich liebte das alles. Das waren die schönen Momente. Und dann waren zwischendurch auch immer wieder die hässlichen Bilder im TV oder in den Zeitungen. Berichte, die meine Gedanken wieder zu Höchstleistungen aktivierte, womit oft so etwas wie Frust verbunden war, weil ich ja nichts tun konnte.

Letztlich holte mich der Alltag ein. Mein Dasein bestand nur noch aus Erinnerungen und Gedanken. Manches Mal war ich sogar froh, wenn die Stunde, in der ich Online war, endlich vorbei war. Oft, weil nichts Interessantes zu sehen war. Oft, weil die Bilder sich stets wiederholten. Aber auch oft, weil ich nicht eingreifen konnte. Vor allem aber, weil ich keine meiner Gedanken mit einem teilen konnte.

Gott, wie mir das fehlte.

„Jetzt ein Bier mit Peter", dachte ich oft. Oder ein Gespräch mit Doris. Oder, das ich das Baby mal in den Arm hätte nehmen können. Eine Nacht mit Doris – was hätte ich dafür gegeben. Ja, manches Mal war es auch ein Fluch. Wenn ich gekonnt hätte, hätte ich den Chip längst ausgeschaltet. Ich kam mir dann schizophren vor, weil in mir die Ungeduld brodelte – beispielsweise, als das Baby auf die Welt kam, und mir das Licht mal wieder ausging, und ich wieder bis zum nächsten Tag 12:00 Uhr warten musste, bis ich wieder online war. Bis dann wieder eine Situation eintrat, bei der ich am liebsten aufgestanden wäre, um was zu tun, was natürlich nicht ging.

Was am meisten störte, war jedoch dieses an und aus. Die knappe Stunde, welche mein Leben bedeutete. Und dann immer wieder diese negativen Bilder.

Eines Tages, an einem Tag, an dem ich nichts anderes sah, als dass Daniela mit dem Kinderwagen unterwegs war, stellte ich mir vor, dass ich mit Peter in der Kneipe saß. Es war wie Früher, nur dass wir nun älter waren. Auch Werner, der Wirt der Kneipe lebte noch in meiner Fantasie – und ich war dankbar dafür, was der Chip alles zu leisten imstande war. Nur so funktionierte es, das ich in Gedanken mit Peter reden konnte. Aber ungewöhnlich war es nicht. Hatte der Chip doch mein ICH kopiert. So war es, als hätte ich eine Vision. Eine Vision in der ich meinen Gedanken freien Lauf lassen konnte. Mich unterhalten konnte.

Wir saßen also an unserem Stammplatz. Peter und ich. Und Werner brachte uns zwei Biere. Ich konnte sogar den Geruch wahrnehmen, der stets in der Kneipe geherrscht hatte. Alles schien echt. Wie immer. Ich sah zwischendurch – so, wie man sich selbst in einer Fensterscheibe sieht, zwei Bilder gleichzeitig. Einmal war das echte Bild vorhanden, dass, welches Daniela sah – den Spazierweg. Dann war da meine Vision – Peter in der Kneipe. Ich konnte Das Bild von Daniela ausschalten, indem ich mich auf das Gespräch mit Peter konzentrierte. Und wir redeten.

„Na, alter, wie geht´s" – begrüßte mich Peter in gewohnter Manier. Ich musste mich zusammennehmen, denn das Gefühl mit Peter dazusitzen, als wäre ich nur mal in Urlaub gewesen, war überwältigend. Fantastisch. Unbeschreiblich.

Ich nahm mich zusammen und antwortete: „Gut, es geht mir gut, Kumpel. Hast nette graue Schläfen bekommen. Sieht interessant aus."

„Alter Schmeichler."

Ich nickte: „Nun, was gibt's Neues?"

„Ah, so dies und das. Es war so viel geschehen, seit wir uns das letzte Mal gesehen haben."

Ich wollte, das er was Neues raus lässt, und fragte daher: „Was hat dir, in den vergangenen Jahren gut gefallen, was fandest du weniger gut, und was findest du aktuell – gut und böse – und wie siehst du die Zukunft?"

„Wird das die alte Rede über das Schicksal?" – Er musste Schmunzeln: „Das Thema lässt dich nicht in Ruhe, was?"

Nun musste ich schmunzeln.

„Ja" – Peter legte die Stirn in Falten. Er überlegte: „Was wirklich gut war, war die Sache mit dem Geld... also, dass es keines mehr gab. Ich ging alleine schon wieder Arbeiten, weil es mir langweilig wurde. Die schöne Zeit in Spanien... das war schon toll. Auch einkaufen, ohne zu zahlen, dass hatte was. Es dauerte aber nicht lange, und man hatte sich daran gewöhnt." Er legte erneut die Stirn in Falten: „Es sieht so aus, als ob einen der Alltag immer einholt. Irgendwann ist etwas, was vorher neu war, bekannt. Und später dann wird es langweilig. Der Mensch sucht immer das Neue. Deshalb, und dies ist der zweite Punkt der mir gefällt, gab es, ohne Unterbrechungen, Erfindungen. Wie immer. Direkt nach dem Krieg, als die Städte unterm Meer noch nicht diese Dimensionen angenommen hatten, konnte man sogar davon Reden, das die Menschen, jedenfalls in der kurzen Zeit, als das Wetter noch normal war, wie im Paradies lebten. Das war die schönste Zeit meines Lebens. Nirgends hörte man etwas von Unruhen. Überall auf der Welt war es friedlich. Worte wie Arbeitslosigkeit gehörten der Vergangen an. Dann riss der Strom ab, und das Klima veränderte sich dramatisch. Das ist der Punkt den ich als weniger toll bezeichnen würde. Ebenso, die Städte, die unter Wasser gebaut wurden. Gut daran fand ich, dass man den Leuten ihren Willen lies. Ihre Redner konnten glaubhaft rüberbringen, dass die Leute, die unter Wasser leben wollten, denen, die oben lebten, nicht vertrauten – ja, sogar Angst hatten. Ihre größte Sorge war, den Strahlen ausgesetzt zu werden. Die Leute hatten keine Bunker, und nicht die Mittel das Land zu verlassen. Der Einzelne hätte es sich leisten können. Aber die Leute wollten zusammenbleiben. Was ja verständlich ist. Schutz bot ihnen, bei Ausbruch des Krieges das Meer. Sie fühlten sich wohl, konnten autonom, also ohne Hilfe von außen, überleben. Sie bildeten ihre eigene Regierung. Alles klappte. Man arrangierte sich… alles war gut. Bis die Städte zu groß wurden –genau wie die Orte auf dem Mond. Dann waren da noch diese Irren, die sich spritzen ließen, um alt wie Methusalem zu werden. Wirklich schlimm waren die Seuchen. Zuzusehen, wie Rinder auf der Weide starben. Hühner, die in großen Bottichen verbrannt wurden. Kein schöner Anblick. Zusammenfassend kann man sagen, dass nach einigen Jahren des Glücks – in den zehn Jahren, in denen man die Erde als Paradies bezeichnen konnte, wieder das Chaos ausgebrochen ist. Wenn der Hunger regiert, setzt der Verstand aus. Die Situation jetzt würde ich sagen, kann man als angespannt bezeichnen. Wirkliche Zufriedenheit besteht nicht. Die Leute wissen, was früher war. Vor dem Krieg. Sie kennen das Schöne, doch die Zukunft, die kennen sie nicht."

„Das war doch nie so", unterbrach ich ihn.

„Ja, dass stimmt. Aber die Menschen hatten immer die Wahl. Sie konnten arbeiten wo sie wollten. In dem Land leben, dass ihnen gefiel. Die meisten Leute heute, im Jahr 2068, haben kaum noch eine Wahl. Es bleiben eigentlich nur zwei Orte, wo man ohne Seuchen, ohne Krawalle, ohne Chaos leben kann. Auf dem Mond oder im Meer. Es gibt noch einen dritten Ort. Aber dafür muss man als Pionier geboren sein."

„Wo denn?" – fragte ich Peter.

„Die Rede ist vom Mars. Die ersten Schiffe sind dort gelandet. Die Kolonien dort sind aber noch sehr einfach. Luxus ist dort ein Fremdwort. Alles befindet sich in den Kinderschuhen. Der Mars wird vielleicht in Zukunft mal ein Ort, den man sich zum Leben aussucht. Heute aber noch nicht."

Schwarz. Mein Tag war wieder vorbei.

Als es wieder hell wurde, am Mittag, sah ich Danielas Baby in den Armen von Doris. Ich freute mich riesig. Auf diesen Anblick hatte ich lange gewartet. Der Anblick war rührend. Oma und Enkelin, ein Bild, wie es in keinem Familienalbum fehlen durfte. Ich würde es quasi als digitales Foto abspeichern.

Was ich als nächstes sah, verschlug mir den Atem. Daniela schaute durch ein gewölbtes Bullauge.

Mir wurde schlagartig klar, dass es Daniela unters Wasser gezogen war. Wenn ich Peter, oder besser, meine Vision von unserer Unterhaltung, richtig verstanden hatte, war dies nicht die dümmste Wahl. Lebte Doris auch hier unten? Peter, Renate?

Was sie sah waren ein Heer milchiger Qualen und eine Heringsschule! Im Hintergrund schwamm ein Delphin. Mein Lieblingstier.

Doch plötzlich wurde mein Blick unscharf. Erst dachte ich, Daniela hätte wohlmöglich eine Krankheit. Doch ich sah einen Vorhang bläulicher Blitze vor mir. Der Blick klarte sich wieder. Dann begriff ich, das was mit dem Chip – mit mir – nicht stimmte. Es kamen wieder die blauen Blitze. Dieses Mal mehr. Stärker. Scheinbar eine Art Kurzschluss. Ich dachte noch: aus, das war's. Vorbei mit mir. Daniela würde mich beim nächsten Kämmen verlieren, wie eine Kopfschuppe.

Dann wurde es wieder schwarz. Für immer.